Marlian Wall

Punktum

Impressum
Titel: Punktum
Autor: Marlian Wall
1. Auflage
© Marlian Wall, 2017

ISBN: 9783743187481
Herstellung und Verlag: BoD-Books on Demand, Norderstedt

Umschlaggestaltung: Isabell Valentin
Bild: © vencav / Fotolia
Schrift Titel: Twilight New Moon, P. A. Vannucci, Alphabet & Type

Bibliografische Information der Deutschen Nationalbibliothek: Die Deutsche Nationalbibliothek verzeichnet diese Publikation in der Deutschen Nationalbibliografie; detaillierte bibliografische Daten sind im Internet über dnb.dnb.de abrufbar.

Dieses Buch ist urheberrechtlich geschützt. Übersetzungen, Vervielfältigungen, Nachdruck, Speicherung, Aufarbeitung in elektronischen Systemen, Aufführung, Sendung sind auch in Auszügen nur mit vorheriger schriftlicher Zustimmung des Autors zulässig.

Auch als E-Book überall erhältlich

Punktum
Marlian Wall
Roman

Prolog

In engen Serpentinen führte die Straße durch den sommerlich dichten Laubwald hinauf zum Klinikgelände über der Stadt. Arrogant missachtete der Fahrer Hinweise auf Parkmöglichkeiten für Patienten und Besucher. Er folgte den Schildern zu dem früheren Hauptgebäude aus der wilhelminischen Zeit, das am Gipfel des Hügels die modernen Bettenhäuser überragte. Das Parkverbot ignorierend, hielt er am Fuß der Freitreppe.

Die beiden Herren stiegen aus, liefen die wenigen Stufen hinauf. Eine Empfangsdame führte sie zum Büro des Chefarztes, der bei ihrem Eintreten aufsah und ihnen widerwillig zur Begrüßung zunickte. Mit einem kurzen Wink wies er ihnen die Plätze vor dem imposanten Schreibtisch zu, der sicher seit der Eröffnung der Klinik von den Direktoren an ihre Nachfolger weitergegeben wurde. »Der Zustand unserer Patientin ist unverändert! Über eine Besserung hätte ich Sie unterrichtet. Warum stören Sie uns nun schon wieder?«, fragte der Chefarzt nervös.

Die Herren übergingen seine Frage, nahmen Platz.

»Genau davon wollen wir uns überzeugen«, erwiderte der jüngere der beiden Besucher unbeeindruckt, nachdem er einen Ordner aus seinem Aktenkoffer gezogen hatte. »Wir überprüfen in regelmäßigen Abständen die Arbeitsfähigkeit unserer Berater.«

»Sie hat nie für Sie gearbeitet!«, fauchte der Chefarzt.

»Das sehen wir anders. Und all Ihre ärztliche Kunst war erfolglos?«, provozierte er. »Seit sechs Monaten?«

Der Arzt zuckte zusammen, sah zu dem Älteren der Besucher, der sich ein wenig abseits positioniert hatte, um die

Kontrahenten im Blick zu behalten. Sein Blick wanderte zurück zu dem Wortführer, der den Knopf seines dunklen Sakkos geöffnet hatte, kurz über die Krawatte strich und die Akte öffnete. »Stupor unbekannter Genese mit phasenhaft auftretenden Krampfanfällen bei Ausschluss einer Epilepsie.« Er sah auf. »Sie wissen also, dass sie keine Epileptikerin ist! Na immerhin!«, lobte er mit ironischer Stimme. »Wahrscheinlich konnten Sie auch eine Altersdemenz ausschließen? Die Patientin ist«, er sah kurz auf das Deckblatt, »ja schon 42!« Aus seinem Mund klang es tatsächlich uralt.

»41«, antwortete der Arzt genervt. »Sie ist einundvierzig! Ihr Geburtstag ist erst im August!«

»Ach ja«, stimmte sein Gesprächspartner zu, als er das Geburtsdatum genauer kontrollierte. »Also, wann können wir sie befragen?«

»Sie haben wirklich keine Ahnung!«, schnappte der Chefarzt. »Wissen Sie überhaupt, was Stupor ist? Auch wenn wir anhand des EEGs feststellen können, dass sie wach ist und auch auf Umweltreize reagiert, kann sie sich nicht rühren! Wenn wir sie ansprechen, liegt sie nur steif im Bett, ist wie starr vor Schreck. Meine Patientin kann weder allein essen noch trinken und Sie sprechen von Arbeitsfähigkeit! Und wenn sie jemals wieder aufwacht, wird sie ganz sicher nicht mit Ihnen sprechen, nachdem Sie sie in keiner Weise unterstützt haben!«

Ein überhebliches Lächeln des jungen Mannes spiegelte sich in seiner Miene. »Das sollte sie aber tun und das wissen Sie ganz genau!«

Der ältere Herr unterbrach das Blickduell zwischen den Kontrahenten. »Gibt es denn gar keine Verbesserungen?«, lenkte er ein.

Der Arzt seufzte. »Doch, es gab kleine Fortschritte. Seit wir sie in dieses Haus hier verlegt und sie von anderen Patienten weitgehend isoliert haben, ist sie ruhiger. Im vergangenen Monat gab es nur einen schweren Anfall, den wir auf den unerwarteten Besuch eines Kollegen zurückführen konnten.«

Der erfahrene Besucher schüttelte ungläubig den Kopf. »Ein Arzt hat einen Anfall bei ihr ausgelöst?«

»Ja, er war der einzig Fremde in ihrer Umgebung, deshalb gehen wir davon aus, dass sie auf unbekannte Reize reagiert. Zurzeit wird sie nur von freiwilligen Pflegekräften betreut. Wir steuern nun den Zutritt und nur bei erwiesen ausgeglichener Tagesform dürfen die Ärzte und Schwestern ihr Zimmer betreten.«

»Soll das ein Scherz sein?«, fuhr der andere Mann auf. »Wenn ich schlecht drauf bin, kann ich sie nicht besuchen?«

Ein scharfer Blick des Arztes traf ihn. »Genau! Es handelt sich bei dieser Patientin um einen Präzedenzfall, soweit unsere weltweiten Nachforschungen ergeben haben. Und wir werden sie heilen!«, setzte er mit verzweifelter Entschlossenheit hinzu.

»Na, dann schauen wir uns das Psychowrack doch mal an!« Der Junge klappte die Akte zu.

»Wie bitte, das Wrack? Hüten Sie Ihre Zunge!«, fauchte der Arzt. »Sie sprechen von meiner Frau!«

Überrascht suchte er Jüngere den Blickkontakt des Kollegen, der ihm beruhigend zunickte. »Entschuldigen Sie, Herr Dr. Lindscheid«, wandte er sich an den Neurologen. »mein Mitarbeiter ist mit dem Fall noch nicht vertraut. Damit hier kein falscher Eindruck entsteht: Wir sind selbstverständlich an der Genesung Ihrer Patientin interessiert«, sagte er verbindlich. »Dürfen wir sie jetzt besuchen?«

Mit einem Seufzen schob Dr. Lindscheid seinen Ledersessel zurück und stand auf. »Schauen wir, wie es ihr geht«, erlaubte er.

Er führte sie ins Erdgeschoss und bog in einen Gang ab, der sie weiter von den anderen Häusern der Klinik entfernte. Sie passierten drei Türen, von denen die letzte geräuschgedämpft war. Die dahinterliegenden Räume wirkten wie behelfsmäßig zu Krankenzimmern umgewidmete Büros. Im Flur stand ein Wagen mit Medikamenten und Pflegeutensilien, im ersten Zimmer hielt eine Krankenschwester Wache. Klassische Musik klang leise aus einem Lautsprecher, ein beruhigendes Aroma von Lavendel lag in der Luft.

Nach einem kontrollierenden Blick durch das Fenster einer weiteren Tür sprach der Chefarzt mit der Schwester, überprüfte die Anzeige der Monitore und drehte sich zu seinen Besuchern um. »Okay, sie schläft. Schauen wir kurz in ihr Zimmer.«

Er öffnete die Zwischentür zu einem weiteren Raum, dessen Fenster dem Wald zugewandt war.

Auf dem Krankenbett lag eine Frau, die schlafend wirkte. Ihr graues Haar ließ sie deutlich älter erscheinen, unter dem Laken zeichnete sich ein ausgemergelter Körper ab. Schläuche führten ihr eine weiße Nährlösung zu, leiteten Flüssigkeiten ab. Beide Hände der Patientin steckten in weißen Handschuhen und ruhten locker neben ihrem Körper.

»Sie sieht aus, als würde sie tatsächlich schlafen«, bestätigte der junge Mann. »Aber so können wir nicht beurteilen, wie ihr Zustand ist. Sie müssen sie aufwecken«, forderte er mit Nachdruck.

»Seien Sie leise!«, flüsterte der Chefarzt noch scharf, als Bewegung in die Frau kam. Sie riss beide Arme hoch, hielt sich nun die Ohren zu, wand sich plötzlich. Mit ihren Beinen wehrte sie sich gegen einen unsichtbaren Angreifer, trat ins Leere. Doch der jaulende Klagelaut, der aus ihrer Kehle drang, war nur als endloses Entsetzen zu deuten.

»Raus hier! Sofort!«, herrschte Dr. Lindscheid den anderen an. »Schwester!«

Der junge Mann sah fassungslos zu seinem Vorgesetzten, der nicht eingriff, als der Arzt ihn grob am Arm packte und aus dem Zimmer stieß. Er sah noch, wie die Krankenschwester zu der Patientin stürzte, eine Spritze in den Infusionsschlauch setzte und das Rollventil öffnete.

Der zweite Besucher beugte sich zu der Patientin hinunter, strich über ihr Haar. »Halt durch, kleine Psycho! Wir holen dich hier raus!«, flüsterte Stephan von Lysander ihr beruhigend zu.

Vermont

1

Seit zwei Tagen waren wir umeinander geschlichen, aber heute Nacht würde ich alle Geheimnisse um Elisabeth lüften. Die Dreiecksbeziehung zu meinem Bruder Max und seinem Partner Vincent hatte ich in den Gesprächen mit den Beteiligten aufgedeckt, doch die große Unbekannte war Elisabeth geblieben. Wie hatte sie diese Liebesgeschichte erlebt, was war in ihrem früheren Leben geschehen?

Ich hatte mir all meine Fragen notiert, hatte Hypothesen gebildet und sie wieder verworfen. Doch je mehr ich über sie erfuhr, desto rätselhafter wurde mir die immer ganz in Schwarz gekleidete Frau, die meine Familie im vergangenen Jahr so durcheinander gewürfelt hatte. Und meinen Bruder gerettet hatte. Mir blieb nur diese eine Nacht, bevor sie das Land wieder verlassen würde, das sie nicht einmal betreten durfte. Auch das war eine der Fragen, die ich ihr stellen würde!

Wir hatten uns nach den Nachtwachen bei Max, den wir nach dem Erwachen aus dem Koma nicht allein lassen wollten, erst für den Abend verabredet. Max und Vincent, meine Schwester Franca und mich hatte Elisabeth eingeladen. Sie selbst würde ihren Sohn Georg mitbringen, vielleicht um die Übermacht der Familie Llewellyn ein wenig auszugleichen. Befürchtete sie etwa Vorwürfe?

Nein, keine Hypothesen mehr! Weil ich noch einige Details mit meinem Bruder abklären wollte, betrat ich das

Krankenzimmer von Max schon vor dem festgelegten Zeitpunkt um zwanzig Uhr.

»Hallo Rick, wie gut, dass du schon da bist«, begrüßte mich Franca und auch Vince saß bereits am Krankenbett. »Wir wollten überlegen, welche Fragen zu Elisabeth uns am meisten beschäftigen.«

Das traf sich ja gut: Vielleicht brachten mich die anderen noch auf Ideen! »Und, was wollt ihr wissen?«, fragte ich, nahm meinen Notizblock hervor. »Vielleicht habe ich ja noch etwas vergessen?«

»Warum hat sie mir geholfen?«, antwortete Max wie aus der Pistole geschossen. »Und warum bin ich ihr wichtig, wie sie es genannt hat. Obwohl ich sie nicht gerade gut behandelt habe«, setzte er reumütig hinzu.

»Nicht gerade gut?«, schnaubte Franca. »Du hast sie fast mal als Hexe bezeichnet!«, erinnerte sie. »Aber heute Abend wirst du dich benehmen!«, mahnte die große Schwester.

Max fuhr auf. »Das ist schon lange her!«

Ich unterbrach die Diskussion zwischen den beiden, weil die Zeit drängte. »Ja, wir wissen, dass ihr euch angefreundet habt. Also Franca, was willst du sie fragen?«

Franca überlegte. »Ach, da fällt mir so Vieles ein, was ich nicht verstanden habe. Ihre Geheimniskrämerei hat mich ja schon immer genervt. Aber ihre empathische Fähigkeit interessiert mich am meisten! Wo hat sie die gelernt? Und warum trägt sie immer nur schwarze Klamotten, macht sich selbst so unscheinbar? Am Abend der Filmpremiere sah sie so gut aus!«, erinnerte sie sich und die anderen stimmten ihr zu.

Den Abend hatte ich leider nicht miterlebt. Und auf dem Video, das damals aufgezeichnet wurde und zur Trennung von Max und Vincent geführt hatte, konnte man Elisabeth kaum erkennen. Zu gerne würde ich sie einmal tanzen sehen! Ich wandte mich an meinen Exschwager. »Und du, Vince?«

»Das ist doch wohl klar!«

Ich nickte. »Ja, das größte Rätsel ist wohl die ‚Sache'.«

Vince sah in die kleine Runde. »Ich denke, all ihre Fähigkeiten und auch Probleme hängen mit diesem Punkt zusammen, über den sie noch nicht einmal mit mir gesprochen hat«, analysierte er. »Aber das hatte ja einen wichtigen Grund. Ihr habt von der Schweigepflichterklärung gehört, die sie unterschreiben musste. Und ich meine nicht die, die Max ihr vorlegen wollte«, spielte er auf den Anfang ihrer gemeinsamen Geschichte an. »Wenn sie also heute Abend darüber spricht, ist das ein großer Vertrauensbeweis. Alles, was sie preisgibt, muss in diesem Raum bleiben!«, warnte er eindringlich und ich bemerkte die Zustimmung von Franca und Max.

Mir selbst fiel es schwer, denn ich dachte, dass all ihre Geheimnisse doch auch andere interessieren könnten, vielleicht sogar einen Romanstoff abgaben? Aber ich spürte den forschenden Blick von Vince auf mir ruhen. »Ja, sicher«, stimmte auch ich zu. »Obwohl …«

»Nein Rick! Denk´ nicht mal dran!«, antwortete Vince scharf und ich sah auch meine Geschwister aufgebracht den Kopf schütteln.

»Ja okay, ist schon gut!«, lenkte ich ein und sah auf meinen Notizblock. »Eure Fragen hatte ich schon aufgeschrieben. Jetzt müssten sie ja gleich kommen«, meinte ich mit Blick auf die große Wanduhr und lenkte ihre Blicke darauf. So konnte ich mein Grinsen unter Kontrolle bringen. Meine wichtigste Frage war eine andere und die würde ich gleich zu Beginn stellen! Die Nacht würde einige Überraschungen bereithalten, da war ich mir sicher.

Vince sah sich in dem Zimmer um. »Am besten setzen wir uns alle um dein Bett, Max«, schlug er vor. »Oder traust du dir ein längeres Sitzen schon zu?«

Max schüttelte den Kopf. »Meine Muskeln sind noch wie Pudding!«

»Gut, dann nehmen wir noch zwei Stühle von dort drüben für Elisabeth und Georg.« Vince stand auf.

»Aber zwei von uns könnten doch das Sofa nehmen?«, wandte Franca ein und wies zur Stirnseite des Raumes.

»Nein, es wäre mir lieber, wenn ihr euch um mein Bett verteilen würdet«, bat Max.

Franca drückte ihm die Hand. »Ja sicher, wie du willst! Wo steckt Elisabeth denn?«, fragte sie Vincent ungeduldig.

Er seufzte. »Sie wird morgen früh abgeholt und wollte, dass Georg auch schon packt.«

»Stimmt«, fiel mir ein. »Das sind auch einige der Fragen: Wer holt sie ab? Wie hat sie es geschafft, in die USA zu kommen, wo sie doch sonst nicht einmal Deutschland ohne das Wissen der Behörden verlassen darf! Welchen Deal hat sie da gemacht?«, fügte ich meiner Liste hinzu, als die Tür geöffnet wurde und Elisabeth mit Georg eintrat.

Blass sah sie aus, noch bleicher als am Morgen nach der anstrengenden Nachtwache bei Max. Ihre Schritte wirkten zögernd, fast unsicher und Georg schien sie zu stützen, obwohl er sie nicht berührte. Eine verzweifelte Traurigkeit lag plötzlich in der Luft.

»Was ist denn, my Lady?« Auch Vince hatte die Veränderung bemerkt, Sorge klang aus seiner Stimme. »Fühlst du dich krank?«

Sie sah ihn mit einem unbestimmten Blick an, straffte sich und lächelte. »Nein, alles okay! Schön, dass ihr alle gekommen seid!«, überspielte sie die Situation, doch die traurige Stimmung legte sich auch auf mein Gemüt. Mein Blick fiel auf ihr Handgelenk, als sie einen der Stühle zurechtrückte. Heute Abend trug sie sogar das schwarze Zifferblatt ihrer Uhr, während sie in den vergangenen Tagen die helle Seite gewählt hatte. Wie immer war sie ganz in Schwarz gekleidet, aber heute schien mir auch eine dunkle Stimmung von ihr auszugehen. Ich bemerkte, wie Georg kurz und unauffällig ihren Arm streifte und sie ihn erstaunt ansah, sich dann kurz schüttelte. »Ja richtig«, nickte sie ihm zu. »Aber wir sollten die Plätze tauschen, Rick. Darf ich neben Max hier auf der linken Seite sitzen? Und Franca, würdest du Vince den Platz neben Max überlassen?«, dirigierte sie. Nach dem Stühlerücken war sie zufrieden. »So wird es gehen.«

Was bezweckte sie mit dieser Sitzordnung? Rechts neben Max saßen mir nun Vince und Franca auf der Längsseite des Bettes gegenüber und ich spürte Elisabeth an meiner linken Seite. Georg zog einen kleinen Würfellautsprecher aus seiner Jackentasche und schloss ein schmales Abspielgerät an, legte beides auf den Tisch neben ihm ab und schloss den Kreis, indem er sich ans Fußende des Bettes setzte. Nachdenklich kontrollierte ich noch einmal die Runde, sah Max und Vince zustimmend nicken. Was hatte ich übersehen? Na, zumindest hatte sich bei dieser unerwarteten Reise nach Jerusalem die bedrückte Stimmung im Raum aufgelöst. Elisabeth lehnte sich nun locker in ihrem Armlehnstuhl zurück. Ich musste den Kopf drehen, um sie im Blick zu behalten.

Entspannt schlug sie die Beine übereinander und sah in die Runde. »Ich habe versprochen, euch alle Fragen zu beantworten, die ihr an mich habt. Weil es nun an der Zeit ist, Entscheidungen zu treffen«, begann sie.

Welche Entscheidungen, jagte mir die Frage kurz durch den Kopf.

»Also, was möchtet ihr von mir wissen?«

»Was ist die Sache?«

»Warum hast du mir geholfen?«

»Woher stammt deine empathische Fähigkeit?«, klangen die Fragen der anderen erneut auf.

»Und was möchtest du fragen, Rick?«, wandte sie sich an mich.

»Erzähl uns von deinem ersten Treffen mit Max!«, forderte ich und sah sie nachdenklich nicken, obwohl Franca den Kopf schüttelte. »Das wissen wir doch schon! Das war in dem Hotel, als Max sie zu Vince ins Krankenhaus bringen wollte.«

»Mit roten Hausschuhen!«, grinste nun auch Max. »Daran erinnere ich mich noch haargenau!«

Doch Elisabeth sah mich ernst an. »Deine Frage habe ich erwartet und eure Anliegen hängen zusammen. In den letzten Wochen hatte ich so ganz allein in Deutschland viel Zeit zum Nachdenken. Und hier in der Klinik ist mir klar geworden, dass ich am Anfang beginnen muss, wenn ich euer Verständnis und vielleicht auch eure Vergebung erlangen will. Bevor wir aber anfangen, möchte ich eine kleine Übung mit euch machen. Wie ihr wisst, waren Emotionen und Gefühle schon immer die bestimmenden Elemente in meinem Leben und nur wenn ihr spüren könnt, was ich erlebt habe, könnt ihr es verstehen.«

»Verständnis? Sogar Vergebung?« Franca schüttelte ungeduldig den Kopf. »Was redest du denn da? Wir alle sind überglücklich, dass du Max wieder zu uns zurück gebracht hast!«

Auch Max nickte, während Vince sie mit einem ungläubigen Blick maß.

»Bitte Franca, urteile erst nach dieser Nacht!«, bat Elisabeth.

Vince beugte sich alarmiert vor. »Was hast du vor, my Lady?«, fragte er.

»Nur eine erste und kurze Übung zum Einfühlen«, überging sie den Sinn seiner Frage und sah zu Georg. »Würdest du beginnen?«

Er griff nach dem kleinen Gerät, tippte einige Male und Musik klang aus dem Lautsprecher. Waren das Hits aus den Achtzigern?

»Ihr versteht es leichter, wenn wir einen empathischen Kreis bilden. Vince und Georg werden mir helfen, meine Gefühle an Franca und Rick zu übertragen. Du kennst das ja schon, Max«, merkte sie kurz an. Nun verstand auch ich die Sitzordnung: Die Empathen Vincent, Georg und Elisabeth saßen zwischen den Neulingen der Llewellyns: Max, Franca und mir. Lernte ich die ominöse Wolke aus Gefühl nun an eigenem Leib kennen, die Max im Kontakt mit Elisabeth und Vince schon erlebt hatte? Auch in Deutschland erzählte sie ihm doch Geschichten, die ihn in seiner Krise beruhigt hatten und ihn wieder gesund werden ließen.

»Darf ich, Rick? Ich werde dich nicht wieder verletzen!«, versprach sie, als ich es ihr vorsichtig erlaubte.

Mit einer leichten Berührung legte sie mir Zeige- und Mittelfinger oberhalb des Handgelenks auf den Unterarm. Abwehrend zuckte ich bei dem ersten Kontakt zusammen, aber ich spürte nur ein leichtes Vibrieren, das eine angenehme Wärme ausstrahlte und mich entspannte. Ich legte auch den rechten Arm auf die Lehne des Stuhls und Georg berührte mich ebenfalls. Ein weiteres Summen durchlief mich, das die Frequenz auf dem anderen Arm zu wiederholen schien. Franca beobachtete mich genauestens, ließ die oberflächliche Berührung durch Georg ebenfalls zu, als sie meine entspannte Reaktion bemerkte. Ich fühlte mich so wohl, dass ich am liebsten die Augen geschlossen und mich ganz dieser Ruhe hingegeben hätte. Noch zweimal durchlief mich ein leiser Ruck, als Vince und Max hinzukamen, dann war der Kreis geschlossen.

»Schlimmer wird es nicht werden«, murmelte Elisabeth neben mir.

Schlimmer? Das war doch berauschend und zugleich ein glückliches Gefühl, das mich wie ein sanfter Schauer durchlief. Welch wundervolle Farben erzeugte es! Kaleidoskopähnlich schienen sie sich zu immer neuen Bildern zusammenzusetzen.

Elisabeth begann mit leiser Stimme zu erzählen. »Zwei junge Frauen haben heute ihre letzte Diplomprüfung bestanden und ihr Studium erfolgreich beendet«, hörte ich ihre angenehme Stimme und spürte, wie mich gleichzeitig eine Welle des Glücks und der Erleichterung durchströmte. Doch konnte es wirklich sein, dass es nach Badeschaum und Deo in der plötzlich so feuchten Luft roch? Ich musste an ein enges Badezimmer denken, in dem die Frauen sich vor dem Waschtisch drängten, um einen Blick in den Spiegel zu erhaschen.

»Wir haben es geschafft! Wirklich geschafft! Ich kann es noch gar nicht glauben!«, jubilierte eine dunkle Frauenstimme. »Heute Abend wird so richtig gefeiert! Stephan hat eine Superkneipentour vorgeschlagen. Und in jeder trinken wir Sekt und tanzen auf den Tischen bis zum Sonnenaufgang!«

»Bis zum Sonnenaufgang? Aber ohne mich!«, wandte eine etwas hellere Stimme ein. »Ich habe morgen früh um neun ein wichtiges Vorstellungsgespräch!«

»Ach komm, du Spaßbremse! Du bekommst mit deinem Prädikatsexamen doch jede Stelle, die es in Stadt und Land gibt! Wie viele Bewerbungen hast du denn geschrieben?«

»Nur zwei«, gab die andere zu. »Aber der Job an der Charité ist der interessantere und den will ich haben!«

»Du bekommst ihn!«, versicherte die Erste, sandte eine Welle der Zuversicht aus. »Aber ich brauche heute Nacht einen Mann! Drei Monate nur Bücher und Paukerei! Heute beginnt das Leben ganz neu und wie öde wäre es ohne Sex!«, stellte sie mit leichter Erregung fest und öffnete die Badtür. Ein kühler Luftzug traf die beiden. »Huh! Was ziehst du an?«

»Jeans und die weiße Bluse?«

»Oh nein! Heute wirst du mal zeigen, was du hast!« Ein Schmunzeln lag in der Luft. »Mein rotes Paillettenkleid und die hohen Stiefel! Und kein Mann der Welt kann dir widerstehen!«, stellte sie überzeugt fest.

»Isa, ich bin so müde vom Lernstress, dass mich heute kein Mann der Welt interessiert!«, stöhnte die andere.

Isa wischte den Einwand mit einem Lachen fort. »Auch du wirst heute feiern, hörst du? Schau mal, ich habe vorgesorgt!« Sie ging zu ihrer Handtasche und zog eine kleine Papierschachtel hervor. »Kondome mit Bananen-, Ananas- und Erdbeergeschmack!«

»Erdbeere? Oh wie widerlich!«

»Dann eben Banane und Ananas! Ich stecke die Gummis schon mal in das kleine Seitenfach deiner Handtasche. Damit du sie nicht vergisst!«, neckte sie lächelnd. »Du hast keine Ausrede!«

Die Freundin schien die Augen zu verdrehen. »Ich brauche sie aber nicht!«, beharrte sie.

»Doch, heute schon! Das habe ich fast im Gefühl. Und nun hole ich dir das Kleid! Du wirst super darin aussehen und dein Haar lässt du heute auch mal offen!«, riet sie.

Elisabeths Erzählung verklang, doch ich spürte der Situation noch ein wenig nach. Diese glückliche, aber auch erschöpfte Stimmung der anderen Frau beschäftigte mich und ich dachte an meine Abschlussprüfung im Studium. Auch ich war an dem Abend so müde gewesen, obwohl wir uns seit Wochen aufs Feiern gefreut hatten.

»Rick?«, sprach Elisabeth mich leise an.

Ich öffnete die Augen und sah, dass auch die anderen wieder in den Raum zurückgefunden hatten.

Georg stellte die Musik leiser, Elisabeth sprach weiter. »Empathische Erfahrungen können auf sehr unterschiedliche Arten bei den Zuhörern ankommen. Vielleicht berichtet ihr, wie ihr die Situation erlebt habt?«

Max suchte vorsichtig nach Worten. »Ich habe mehr auf die Töne gehört! Und die Musik schien so gut zu ihren Gefühlen zu passen. Mal leise und erschöpft, dann auch wieder lebhaft und glücklich. Und als Isa über den Plan für den Abend sprach, war es ein richtiger Beat!«, grinste er, klopfte mit der Hand den Takt auf die Bettdecke.

»Nein, da war doch kaum Musik!«, widersprach Franca. »Ich hatte den Eindruck, dass es in dem Badezimmer eng war, eben wie in einer Studentenbude. Und eine der Frauen stand eindeutig auf einen Duft von Chanel. Ungewöhnlich für eine Studentin! Dafür hatten wir im Studium doch gar kein Geld!«

»Volltreffer, Franca!«, bestätigte Elisabeth. »Das Parfum war ein Geschenk von Isas Eltern!«

»Das war also eine reale Situation?«, hakte ich ein. »Warst du die andere, die Spaßbremse mit Prädikatsexamen?«, zog ich sie auf.

»Ja, auch wenn es schon fast eine Ewigkeit her ist: So ist es abgelaufen«, gab sie zu. »Ich war erschöpft, nachdem ich monatelang gelernt hatte. Was ist dir denn aufgefallen?«

»Also, Chanelparfüm war es nicht«, antwortete ich zögernd. »Aber die feucht-heiße Luft im Bad habe auch ich mitbekommen. Und da waren Farben, die sich wie in einem Kaleidoskop ständig änderten.«

»Das ist eine Vorstufe, Rick«, bestätigte sie, »und bald werden die Bilder klarer. So wie Vince anfangs nur einzelne Farben über meinem Land in dem Tresor ausmachen konnte.« Zufrieden lächelte sie uns an. »Ich wusste es doch, die Llewellyn-Kinder sind Naturtalente der Empathie! Und ihr nutzt eure Fähigkeiten schon unbewusst«, überraschte sie uns. »Max fühlt sich in seine Rollen ein und du, Rick, erspürst die Stimmung deiner Interviewpartner, bist deshalb so erfolgreich. Und Franca hat sofort bemerkt, dass mit mir etwas nicht stimmt, nicht wahr?«

Franca lachte. »An dem Morgen, als Vince so krank war? Ja, da hatte ich mich gewundert, welch einen komischen Vogel sich Vince zur Freundin auserkoren hat! Wie war es bei dir, Vince?«

Vince fuhr auf, als sei er unserem Gespräch nicht gefolgt. »Umwerfend!«, brachte er hervor. »Das Paillettenkleid und ihre langen dunklen Locken!«, beschrieb er atemlos. »War das der Abend vor dem Vorstellungsgespräch bei Peter? Zu schade, dass du mir diese Bilder aus deiner Vergangenheit bisher vorenthalten hast!« Seine Stimme klang plötzlich rau und der Blick zwischen ihnen war eindeutig. Die beiden gehörten in ein Bett.

Aber nicht jetzt! Ich löschte das Knistern der aufkommenden Flammen zwischen ihnen mit einer nüchternen Frage. »Also, wie ging es weiter, Elisabeth?«

Bedauernd löste sie den Blick von Vince. »Nun, dann lasst uns beginnen! Georg hat mir geholfen, die Musik des Abends noch einmal zusammenzustellen, um uns den Einstieg zu erleichtern!«

Georg startete ein anderes Album und ich fuhr zusammen: Ausgerechnet Abba!

2

Elisabeth

»Und jetzt auch noch Abba!«, stöhnte ich. »Isa, das wird ganz sicher kein Abend zum Tanzen. Diese Tische hier eignen sich höchstens für professionelle Tabledancer, so klein und wackelig, wie sie sind«, nörgelte ich weiter. »Und vom Sekt habe ich schon so viel intus, dass er mir bei Ananas oder Banane sicher wieder hoch käme!«

»Ach komm, Lisa, es ist doch erst halb zwölf!« Stephan hatte meine Meckerei gehört. »Ihr habt mir einen tollen Abend versprochen! Auch wenn ich zugeben muss, dass hier niemand für mich herumläuft!«, maß er die anderen Gäste der Diskothek mit kritischem Blick.

»Sag´ ich doch: Lasst es uns nächstes Wochenende noch einmal versuchen. Außerdem ist nach dem Mauerfall die ganze Stadt von Touristen überschwemmt.«

»Nun hör sich das einer an!«, lachte Isa. »Sie lebt gerade mal fünf Jahre in Berlin und fühlt sich schon als Einheimische. Und es ist immer noch früh am Abend, Lisa. Jetzt geht es doch gerade erst los!« Leise summte sie mit, als der Hit von Soft Cell aus den Boxen wummerte. »Auch die Musik wird besser!«

»Na toll, ‚Tainted Love‘, das ist doch mal ein Motto für eine gelungene Nacht!«, ätzte ich.

Isa seufzte. »Okay, machen wir einen Deal: Wenn ich in der nächsten halben Stunde nicht deinen Partner für die Nacht gefunden habe, darfst du nach Hause. Einverstanden?«

Ich seufzte, als ich ihren bittenden Blick sah. »Na gut«, wollte ich sie nicht enttäuschen. »Aber bei deiner Auswahl habe ich ein Mitspracherecht, hörst du? Sonst läuft es wie an diesem Abend, an dem wir Stephan anmachen wollten!«

»Ach Mann, war das putzig!«, erinnerte er sich mit einem Lachen. »Zwei Mädels aus der Provinz bei der ersten Disconacht in der Aula. Und sie bekommen nicht mit, dass es auch Homos geben könnte!« Isa knuffte ihn mit dem Ellenbogen. »Eure tapsigen Schritte zur Anmache waren ebenso niedlich wie bei mir verschwendet. Aber für den schmeichelhaften Versuch liebe ich euch beide noch heute!«, sagte er mit mehr Ernst in der Stimme.

Ja, Isa und Stefan waren meine besten Freunde. Ich drückte ihm kurz die Hand.

»Hey, schaut mal!«, rief Isa leise. »Die Typen, die gerade hereinkommen! Ich sagte es doch, je später der Abend ...«

Ich folgte ihrem Blick und tatsächlich, da war eine ganze Gruppe neuer Gäste eingetroffen. Sie gingen zur Bar und sahen sich um. Drei Frauen und sage und schreibe sieben Männer, alle in unserem Alter. Die waren richtig gut drauf, so wie sie sich gegenseitig auf die Schulter klopften und ziemlich albern lachten. Eindeutig schon angetörnt!

Natürlich nahmen wir jeden einzelnen der Typen aus der Ferne unter die Lupe, denn mindestens vier von ihnen waren ja ohne Partnerin gekommen.

Isa hatte ihre Wahl schnell getroffen. »Schau mal, der Große mit den breiten Schultern! Der wäre doch was für dich!«, schlug sie vor.

»Um Himmels Willen, der ist bestimmt behaart wie ein Affe!«, lehnte ich empört ab, und ließ den Blick weiterwandern. »Wie wäre es denn mit dem Jungen hinter dem Affen? Der lacht so nett!«

Isa stimmte mit einem leisen Pfiff zu »Ja, richtig!«

»Welcher«, fragte nun auch Stephan, schüttelte aber kurz darauf den Kopf. »Der? Sorry Ladys, aber ich glaube, da bin ich dran!«

»Oh nein!«, seufzte Isa enttäuscht. »Warum müssen denn alle sympathischen Männer schwul sein?«

»Glaub ich nicht!«, zweifelte ich Stephans Urteil an, als ich den Fremden weiter beobachtete. »Nein, der hat keinen Ohrstecker und bewegt sich auch nicht so typisch.«

»Nicht jeder traut sich den Ohrstecker zu!«, mahnte Stephan. »Schon gar nicht heutzutage. Aber ich wette, dass er schwul ist, kleine Psycho!«

»Du sollst mich doch nicht so nennen!«

»Aber wieso denn?«, lachte er. »Jetzt bist du doch sogar eine Psycho mit Diplom!«

Auch Isa lachte nur bei dem Spitznamen, den ich schon zu Beginn unseres Studiums erhalten hatte. Warum nur hatte er mich so genannt? Aber das war Schnee von gestern und die liebevolle Bedeutung hinter dem unfreiwilligen Titel wusste ich mittlerweile zu schätzen. »Und du willst tatsächlich wetten?«, kam ich zum Thema zurück. »Die Wette nehme ich an«, versprach ich übermütig. Der Sekt tat eindeutig seine Wirkung! »Was setzen wir ein?«

»Wenn ich gewinne, spülst du morgen bei mir!«

Ein hoher Einsatz, eindeutig. Stephan spülte wohlweislich in seiner Badewanne. »Und wenn ich gewinne, darf ich eine Runde auf deinem Motorrad drehen.«

Ich sah trotz des Schummerlichts, dass er blass wurde, überlegte und dann nach einem weiteren Blick auf den Jungen einschlug. »Abgemacht! Und den Notarzt schicke ich dir bei deiner Tour gleich hinterher!«, rechnete er die Möglichkeit seines Misserfolges mit ein. Er war sich also doch nicht so sicher! »Wollen wir uns dann also bekannt machen? Kommst du auch mit, Isa?«

»Ja klar, ich finde den anderen Typen gar nicht so affig.«
»Na ja, vielleicht steht er ja auf Banane!«

Zum Takt von Level 42's 'Lessons of Love' drängten wir uns durch die Tänzer hindurch zur Bar. Ich nickte Stephan noch entschlossen zu, bevor ich zuerst den Mann neben meinem Zielobjekt ansprach, mich von meiner besten Seite präsentierte, wie ich hoffte. Und der Junge meines Interesses hatte mich tatsächlich im Blick, als ich ihn beiläufig bat, auf mein Getränk achtzugeben. Der andere wollte mit mir tanzen.

Stephan sah mir erstaunt nach, fast als hätte ich unsere Wette missverstanden. Er nutzte seine Chance, sprach den jungen Mann an, wie ich von der Tanzfläche aus beobachtete. Nun, sollte er sich doch seinen Korb holen! Mein Hauptgewinn sah trotzdem manchmal zu mir herüber, ein gutes Zeichen.

Ich brachte den Tanz hinter mich, kehrte mit einem Lachen an die Theke zurück, wo er mir sofort das Glas wieder in die Hand drückte. »Und wie heißt du?«, fragte er etwas schüchtern.

»Lisa!« Welch wunderschön blaue Augen! Ich schnappte nach Luft, versank in ihnen wie in einem See aus Leidenschaft.

»Tanzt du auch mit mir?«, lud er mich ein.

Zu Maniac? Das Technogehämmer war ziemlich schnell, aber ich fühlte mich plötzlich selbst wie elektrisiert, vergaß sogar den Berg an verklebtem Geschirr in Stephans Badewanne. »Ja sicher«, brachte ich noch heraus.

Der Junge hatte es echt drauf, stellte ich auf der Tanzfläche fest und betrachtete ihn unauffällig. Eine weitere Hitzewelle traf mich. Ja, mit ihm konnte ich es mir vorstellen! Auch ‚Moonlight Shadow' brachten wir noch mit Anstand hinter uns. Er hatte keinen Blick zu Stephan geworfen! Ich hatte mich nicht geirrt, freute mich schon auf die Tour durch Brandenburg auf seiner heiß geliebten 650er Honda!

Doch wie bei jedem Discoabend, kam nun die Oldieecke, die nicht fehlen durfte. Schon bei den ersten Takten erkannte ich Suzi Quatro und Chris Norman, die in ihre Liebesgeschichte stolperten! Nein, wie kitschig konnte es denn noch werden? Warum spielten die nicht Queen oder die Pixies?

Doch mein Tanzpartner schaltete sofort, nahm Haltung an und forderte mich mit einer leichten Verbeugung zu einem Discofox auf. Ganz klassisch mit leicht ausgestrecktem Arm und der lockeren Hand auf meiner Hüfte fand er sofort den richtigen Takt, wir beide die passenden Schritte. Nach einer Drehung ließ seine erneute Berührung endgültig die Welle über mir zusammenschlagen. Ich vibrierte vor Überraschung und … Glück!

Das hatte auch er bemerkt und ich sah, wie sich seine Pupillen erstaunt weiteten, wir fast aus dem Takt kamen. ‚Whatever you need', hörte ich noch Chris Norman singen, bevor wir uns küssten und die Welt um mich versank.

And so we begin, stumblin´ in.

3

Rick

Ja, auch so kann man in eine große Liebe hineinstolpern, dachte ich ebenso beglückt wie dieses junge Paar, als die letzten Takte des Songs an mein Ohr drangen. Diese beiden waren wirklich ein Traumpaar, dem man alles Glück der Welt wünschte. Selbst beim Zuhören hatte ich die erotische Spannung zwischen ihnen kaum noch ertragen können, hatte bei ihrem Kuss erleichtert aufgeseufzt. Und in den Farben, die sich in meinem Kopf tatsächlich langsam zu Bildern zusammenfanden, glaubte ich schemenhaft Elisabeths Mann Peter zu erkennen. Doch nein, den kannte sie damals ja noch nicht, kam mir zu Bewusstsein und ich riss die Augen auf. Ich fand mich in einer eisigen Nacht in Vermont wieder, ein Vierteljahrhundert nach dem Mauerfall in Berlin.

Franca hielt die Augen noch geschlossen, obwohl die Musik geendet hatte. Ein verträumtes Lächeln umspielte ihre Miene. Georg stand am Fenster, sah in den Schneesturm hinaus, stellte ich fest, als ich mich umsah. Doch wo war Elisabeth?

Gegenüber saß Vince stocksteif auf dem Stuhl, sah fassungslos zu Max. Erst jetzt fiel mir auf, dass mein Bruder sich die Hände vors Gesicht geschlagen hatte und verzweifelt den Kopf schüttelte. »Lisa, oh nein, Lisa!«, glaubte ich in seinem Stöhnen zu hören.

Bei seinen Worten öffnete auch Franca die Augen, noch immer verzückt lächelnd.

»Max?«, brachte Vince heraus. »Max, was hat diese Geschichte zu bedeuten?«, fauchte er angespannt.

Aber warum ging er Max so hart an? Es war doch nur der Auftakt zu einer wunderbaren Liebe gewesen, deren Glück noch immer in mir nachklang.

»Lisa!«, stöhnte Max noch einmal.

Fast grob riss Vince ihm die Hand vom Gesicht und ich sah, wie Max sich schnell mit dem anderen Arm über die Augen fuhr, bevor er an die Decke starrte. Sein Atem ging schnell.

»Wann war das?«, verstand nun auch Franca. »Und warum hast du die einzige Traumfrau in deinem Leben nicht wiedererkannt?«

»Und wie konntest du sie verlieren?«, flüsterte Vince leise, war uns schon einen Schritt voraus. Er wandte sich ab, doch sein Aufruhr war nicht zu übersehen. Was ging wohl in ihm vor?

Elisabeth, Lisa, ja sicher! Ich sah, wie Max immer noch nach Luft rang.

Nun funkelte Franca mich an. »Die erste Begegnung mit Max, ach ja? Warum hast du uns nicht vorgewarnt?«, fuhr sie mich an. »Von wegen rote Hausschuhe! Das war eindeutig ein dunkelrotes Traumkleid an einer sehr jungen Elisabeth! Und ich hätte nicht gedacht, dass du auf Parfum von Chanel stehst, Max«, wandte sie sich wieder an ihn. »Erklär uns das!«, forderte sie nun auch.

»Das war in Berlin!«, nannte er das Offensichtliche. »Ein Gastengagement, das Joseph mir besorgt hatte, noch während des Studiums«, begann er nach Worten suchend und ich erinnerte mich. Das hatten die beiden erwähnt, als sie aus der Zeit berichtet hatten, bevor Max und Vince zusammenkamen. Da war er doch erst 23!

»Die ganze Stadt befand sich in einem Freudentaumel und es gab ein internationales Theaterfestival mit Gruppen aus aller Herren Länder«, fuhr Max fort. »Ich war nur die zweite Garde, aber am Nachmittag dieses Tages hatte sich die Hauptbesetzung den Magen verdorben. Und ich durfte spielen, zum ersten Mal in einem großen Haus in einer ausverkauften Vorstellung! Als der Schlussvorhang fiel, war ich glücklich, und der Applaus des Publikums berauschte mich geradezu. Ich schlug den anderen vor, noch durch die Kneipen dieser aufregenden Stadt zu ziehen und so landeten wir in der Diskothek. Dann stand Lisa plötzlich neben mir, machte Conrad an. Und ich habe mich mit Stephan unterhalten, schon damals!«

»Stephan? Der Stephan, der dir bei der Flucht aus dem Osten geholfen hat?«, fragte Franca irritiert nach.

»Ja, jetzt bin ich mir sicher. Er kam mir doch bei dem Fest bekannt vor, das Elisabeth und Vince zu meinem Geburtstag ausgerichtet hatten. In Deutschland!«

»Stimmt, das hast du erwähnt«, bestätigte Franca. »Aber er hat sich herausgeredet, sagte, er habe ein Allerweltsgesicht und sei mit anderen leicht zu verwechseln«, fiel ihr ein. »Deshalb hatte Elisabeth so die Luft angehalten!«

»Hat sie?«, fragte Max nun erstaunt.

»Ja, und als du Stephans Ausrede akzeptiert hast, war sie erleichtert. Da haben sie sich hinter deinem Rücken zugenickt«, schilderte sie. »Die beiden wussten sehr wohl, wen sie da aus dem Osten entführt hatten.«

»Ich sehe es jetzt auch«, nickte Max. »Aber in Berlin waren wir noch so jung und die beiden trugen lange Haare. Lisa hatte sie offen, bei Stephan waren sie zu einem Zopf zusammen gefasst. Und wer erinnert sich schon an eine Thekenbekanntschaft vor über zwanzig Jahren?«, bat er um Verständnis.

Das konnte ich gut nachvollziehen. »Aber die Lisa von damals!«, hakte ich nach. »Die war dir doch wohl wichtig!«

Max sah bedrückt auf die Bettdecke. »Hätte ich Vince nicht schon vorher gesehen, hätte ich sie auf jeden Fall gesucht!«

»Hast du mit ihr geschlafen?«, fragte Vince nun leise.

»Ja, habe ich«, gab Max mit festem Blick auf ihn zu. »Da war dieses Vibrieren in ihr, das mich vollkommen mitriss. Schon damals hat sie gesummt!«, fiel ihm nun erstaunt auf. »Und ich war glücklich!« Wieder unterbrach er sich und durchforstete seine Erinnerungen. »Als ich sie in Schottland berühren musste, war mir dieses Summen fast immer unangenehm.«

»Fast immer?«, hakte Vince sofort nach. »Du wolltest sie loswerden und hast sie sogar auf unser Bett gelegt!«, spielte er auf die Situation an, die die ungewöhnliche Verbindung zwischen Elisabeth und ihm erst ermöglicht hatte. Nun sah er Max scharf an. »Woran denkst du?«

Max wand sich. »Nun, das letzte Mal, das war nicht so! Als du dich mit der Schere verletzt hattest, habe ich das Bad aufgeräumt und die Scherben zusammengekehrt. Danach trug ich Elisabeth hinunter in die Suite. Sie hatte die Arme um meinen Hals gelegt, war völlig fertig. Da habe ich es gespürt, das leise Klingeln in ihr. Und ich dachte noch, dass mir eine wichtige Erinnerung verloren gegangen ist! Aber es war nur ein leichter Hauch, kaum fassbar nach dem ganzen Chaos an dem Abend!«

Ich versuchte ebenfalls, mich an diesen Abend zu erinnern, doch Max sprach schon weiter.

»Nach der Nacht in Berlin, war sie am Morgen schon fort und hatte nur eine Nachricht auf einer Papierserviette hinterlassen. ‚Sorry Max, ich habe einen wichtigen Termin! Rufst du mich an?' Darunter hatte sie ihre Telefonnummer geschrieben, eine Festnetznummer, wie damals noch üblich. Und die habe ich verloren! Ein Gewitter überraschte uns auf dem Ku´damm und als ich sie wieder aus der Hosentasche zog, war sie nur noch Matsche, die Schrift verlaufen. Ich wollte sie anrufen, aber ich musste doch auch zur letzten Vorstellung am Abend. Und am nächsten Tag flogen wir zurück.«

»Und danach hast du sie auch nicht gesucht?«, fragte Franca vorwurfsvoll.

»Ja, wie denn? Weißt du, wie viele Lisas es allein in Berlin gab? Wir haben in dieser Nacht nicht viel geredet«, deutete er an. »Da waren nur Lisa und Max, zwei Studenten in einem Onenightstand, der viel für die Zukunft bedeuten konnte. Und unsere einzige Verbindung lag aufgeweicht in meiner Hosentasche. Ich sah keine Chance, sie in der Millionenstadt wiederzufinden.«

»Sie war dir nicht wichtig genug!«, merkte Vince leise an. »Ich hätte sie gefunden!«

Traurig sah Max ihn an. »Ja, das ist vielleicht richtig, Vince. Aber ich war schon verliebt, in einen Mann, der mich noch nicht kannte!«

»Okay«, fasste ich trocken zusammen, bevor es zu glitschig wurde. »Eine Liebesnacht in einem fremden Land. Eine Frau, die vielleicht wichtig werden könnte, aber auch unauffindbar ist. Tragisch, aber eigentlich keine große Sache, oder? Ihr kanntet euch doch kaum! Aber Eines verstehe ich nicht: Warum hast du sie nicht wiedererkannt, als sie in dem Hotel in London vor dir stand? Das Schicksal gibt uns so selten eine zweite Chance, und du hast sie nicht einmal bemerkt, Max!«

»Wer bringt denn eine Elisabeth Brücken-Irgendwie mit einer Liebesaffäre vor zwei Jahrzehnten zusammen?«, verteidigte er sich. »Sie sah doch so anders aus mit ihrem weißen Haar. Und ich war in Sorge um Vince! Nein, ich habe sie nicht erkannt!«

»Und sie?«, fragte Franca angespannt. »Hat sie sich an dich erinnert?«

»Das sollten wir sie wohl selbst fragen!«, meinte Vince entschlossen. »Wo steckt sie denn?«, wandte er sich an Georg, der unser Gespräch ohne Kommentar verfolgt hatte.

Er zuckte mit den Schultern.

»Ich werde sie suchen«, sagte ich und stand auf. »Und sie finden!«, nahm ich mir vor. »Sie muss unbedingt weitererzählen!«

Erst beim zweiten Rundgang über die Station fand ich sie auf einem winzigen Balkon neben der Feuerleiter. Sie hatte sich vor den spitzen Eisnadeln im Wind geschützt und sich hinter der Brüstung zusammengekauert, sich ganz klein gemacht und den Kopf unter den Armen versteckt. Ein wahres Bild des Jammers! Und sie trug in dieser Kälte nur den dünnen Wollpullover.

»Elisabeth, was tust dort draußen in der Kälte! Komm wieder herein!«

Sie schüttelte den Kopf, sah nicht auf und wirkte ebenso mitgenommen wie Max vor einer halben Stunde. Doch mein Bruder hatte seine Familie um sich und konnte seine Situation erklären. Warum hatte Georg sich nicht um sie gekümmert?

Ich zog meine Jacke aus, trat auf den Balkon und legte sie ihr um. »Wenn du hier draußen erfrierst, höre ich nie die Geschichte von Elisabeth«, zog ich sie auf. »Oder soll ich dich jetzt Lisa nennen?«

»Nein, auf keinen Fall!« Nun sah sie doch auf und ich bemerkte, dass ihr Tränen in den Augen standen. Um wen hatte sie geweint? Um Max? Oder sich selbst? Bestimmt hatte sie die Situation in der Diskothek ebenfalls noch einmal durchlebt, als sie ihre Gefühle an uns weitersendete. Und schon gewusst, dass es kein Happy End gab. Nur in Ansätzen konnte ich erahnen, wie schwer es für sie gewesen sein musste, sich nur auf die Gefühle des Abends zu konzentrieren und die folgende Traurigkeit dabei auszublenden.

Ich zog sie an der Hand hoch, spürte wieder das leichte Summen in ihr. »Ich gebe zu, dass es für die anderen eine große Überraschung war«, grinste ich. »Aber die Llewellyns gehören nicht zu der Kategorie der Menschenfresser!«

»Dann vielleicht eher zu den Hühnerrupfern?«, fragte sie verzagt.

»Nun, um einige Erklärungen wirst du nicht herumkommen!«, warnte ich. »Aber insgesamt war es doch keine große Sache«, versuchte ich sie zu beruhigen. »Ein erregender Tanz, ein inniger Kuss, der mich neidisch gemacht hat! Obwohl ich meinen Bruder sicher nie küssen wollte. Das war ganz schön realistisch!«, lachte ich ein wenig verlegen. »Fast hätte auch ich mich in Max verliebt. Ich gehe einmal davon aus, dass du uns die intimeren Details dieser Nacht ersparst? Und den Fruchtgeschmack?«

»Ach, du willst nicht mit Max schlafen?«, fragte sie ironisch. »Glaub´ mir, es lohnt sich!«

»Nein danke!« Ich schüttelte mich theatralisch und war erleichtert, dass sie ihren Witz wiedergefunden hatte, nun lächelte. Ich wagte es sogar, ihr den Arm um die Schultern zu legen und sie in Richtung der Zimmertür umzudrehen. Und genoss dabei dieses zarte Klingen in ihr! »Komm, wir haben noch weitere Fragen!«, lenkte ich sofort ab, als sie überrascht zu mir aufsah.

»Nein, warte mal noch einen Moment!« Schnell löste sie sich von mir. »Wie hat Vince es aufgenommen?«

Natürlich, es ging ihr um Vince! »Nun, er war nicht gerade erfreut, aber es ist doch schon so lange her, Elisabeth. Alte Geschichten! Das Hier und Jetzt zählt«, versuchte ich, sie mit einer Plattitüde zu beruhigen.

»Das Hier und Jetzt«, nickte sie ernst, verstand meine oberflächliche Binsenweisheit in anderem Sinne. »Noch kann ich es so stehen lassen und verschwinden. Und vielleicht käme Vince noch mit mir?« Sie sah mich verunsichert an.

Bat sie um meine Meinung? »Er liebt dich, Elisabeth! Sicher folgt er dir auch an den Südpol, falls es dir hier nicht kalt genug ist«, war ich mir sicher. Warum beschäftigten sie diese Zweifel?

Meine Mimik, oder auch unser kurzer Kontakt, hatte ihr verraten, was ich dachte. »Ihr habt noch nicht alles gehört«, murmelte sie nebulös und straffte sich. »Dann also zu den Hühnerrupfern!«

4

Rick

Das Gespräch der anderen erstarb abrupt, als wir in das Krankenzimmer zurückkehrten. Erstaunlicherweise sah Elisabeth zuerst zu Georg, der ihr fast unmerklich zunickte. Sie nahm wieder auf dem Stuhl Platz, hob dann den Blick und sah uns der Reihe nach an, las in unseren Mienen. Max starrte sie nur an, als wolle er ihr heutiges Erscheinungsbild mit der jungen Elisabeth in Einklang bringen.

Vince war immer noch blass, aus seinen Augen sprach reine Ungläubigkeit. »Wie hast du das geschafft, Elisabeth? Wie konntest du dieses wichtige Ereignis vor mir verbergen?«, fragte er angespannt.

Ja sicher, niemand war Elisabeth jemals näher gekommen als Vince! Er hatte ihre Feuerschwertbarriere übertreten und das Land in ihrem Geist entdeckt, diesen Tresor, der ihr selbst nicht einmal bewusst war. Hatte das Land erforscht, während sie geschlafen hatte, und ihr beim Wiederaufbau geholfen. Deshalb glaubte er sich am heutigen Abend vor Überraschungen sicher, doch nun sah er sie an, als sei sie eine Fremde.

Elisabeth suchte mühsam nach Worten, blickte ihn um Verständnis bittend an. »Vince, ich musste es erst verstehen! Du weißt fast alles von mir und dir habe ich es zu verdanken, dass ich einen verloren geglaubten Teil meiner Erinnerungen wiedergefunden habe. Doch in meinem Land hast du nur das Offensichtliche entdeckt, meine heutige Gedankenwelt. Alle meine tiefen Geheimnisse habe ich unbewusst unter tiefen Schichten verborgen, so dass heute Fabeltiere durch mein Land streifen können und dort weiße Blumen blühen. Erinnerst du dich an den flachen Hügel?«

Vince nickte kurz, wartete ab.

»Dort auf dem Hügel hast du Erde von den Steinplatten gekratzt und festgestellt, dass der Platz von Menschen gestaltet wurde. Und das ist richtig! Er ist ein Abbild meiner schlimmsten Albträume, die ich zusammen mit der Sache tief innerhalb des Hügels vergraben habe.«

»Oder sie zu einem ewigen Gletscher erstarren ließ?«, fragte er immer noch distanziert, klang selbst fast eisig.

Ich erinnerte mich an den schneebedeckten Berg im Zentrum des Landes, der sogar heute noch bei Vince unangenehme Gefühle geweckt hatte. Dorthin war er nur ungern gegangen und hatte sich lieber im Tal der Stelen oder am Gletscherbach aufgehalten. Wie gerne würde ich es einmal sehen!

Elisabeth nickte. »Ja, ich denke, unter der Oberfläche des Landes liegen meine Ängste verborgen. Doch du hast nicht weitergeforscht, nicht tiefer gegraben und dafür bin ich dir sehr dankbar!« Sie presste die Lippen zusammen, schloss kurz die Augen und schüttelte sich ungeduldig, als sei sie mit sich selbst unzufrieden, weil sie nicht die richtigen Worte fand, um ihm ihre Verschwiegenheit zu erklären. »Erinnerst du dich an den Abend in Schottland, als ich dich zum ersten Mal mit meinem Feuerschwert verletzt habe?«

»Wie könnte ich den vergessen!«

Das war eine Erfahrung, auf die ich nicht so scharf war! Hoffentlich ersparte Elisabeth uns diesen Schmerz.

»Das Feuerschwert ist mein innerster Schutz, sagte ich damals. Gäbe es ihn nicht, dann könnten auch andere tief in meine Gedankenwelt vordringen. Bei Berührungen erspüre ich nicht nur, wie es in anderen Menschen aussieht, sondern gebe bei dem Austausch auch meine Geheimnisse preis.«

»Aber ich dachte, selbst Vince kann dein Land nur betreten, wenn du schläfst?«

»Wir haben Fortschritte gemacht, Rick!«, erklärte Vince. »Ich fand es nicht richtig, dass Elisabeth zu ihrem eigenen Innersten keinen Zugang hatte. Nun können wir uns in Sekundenschnelle in ihr Land zurückziehen, wenn wir uns berühren.«

Ich verstand es einfach nicht! »Also, wenn du mich berührst und meine Stimmung spürst, dann könnte ich auch gleichzeitig in dein Land vordringen?«, versuchte ich, ihre Vorstellungswelt zu erfassen. Das klang doch völlig absurd!

Doch sie stimmte mir zu. »Ja, das könntest du wie alle anderen hier auch, in jeder unserer empathischen Runden. Ich senke meine Barrieren, meine Abblockung, um euch an meinen Erinnerungen teilhaben zu lassen. Damit erlangt ihr die Möglichkeit, meine Stimmung zu erfassen und in mein Land einzutreten. Ihr könntet es sogar zerstören!«, schauderte sie. Als ich sie immer noch fragend ansah, fuhr sie mit der Erklärung fort. »Vince findet den Weg so leicht, weil er ihn schon oft gegangen ist. Doch mit jeder weiteren Übung heute Abend ebne ich auch euch den Weg. Die Bilder werden immer klarer werden, die Eindrücke realistischer, bis ihr das seht, was auch Vince entdeckt hat.«

»Und es ist ein großer Vertrauensbeweis!«, meinte Vince nachdenklich, klang fast besorgt. »Du musst deinen Tresor schützen, my Lady, das sehe ich nun ein. Ich wollte auch nicht, dass andere Menschen in meine Gedankenwelt eindringen!«

»Schutz durch mein Feuerschwert und gleichzeitig Einlass gewähren, das geht nicht«, schüttelte sie den Kopf. »Ich vertraue darauf, dass niemand mir schaden will.«

»Indem er deine Geheimnisse in dem Hügel ausgräbt?«, versuchte ich eine Analogie.

»Ja, so in dieser Art«, lächelte sie schief. »Ich werde euch selbst in meinen Hügel führen«, versprach sie. »Aber dafür braucht es noch Übung.«

»Und trotzdem bleibt es gefährlich!«, bekannte Vince. Er schien besänftigt und lächelte ihr vorsichtig zu. »Gut, dass ich es jetzt weiß, my Lady! Aber den jungen Max hast du sehr gut vor mir versteckt«, murmelte er nachdenklich und ich ahnte, was er fühlte. Er war zutiefst verunsichert, dass sie in dem ominösen Hügel solche Geheimnisse verstecken konnte. Kann ich dir vertrauen, my Lady, schien sein Blick zu sagen.

Sie wollte zu einer weiteren Erklärung ansetzen, doch Franca schnaubte. »Oh nein, so leicht entkommst du mir aber nicht! Hast du Max erkannt, an dem ersten Abend in London?«, begann sie das Verhör.

»Ja, ich habe ihn erkannt«, gab Elisabeth offen zu. »Auch wenn ich kaum glauben konnte, dass ich Max noch einmal so unvermittelt treffen würde! Um halb zwölf in der Nacht, wie beim ersten Mal. Und wieder hat es mir die Sprache verschlagen!«, meinte sie verlegen, ging in ihrer Erinnerung zurück. »Max, da stand Max! Kein Junge mehr, sondern ein Mann. Ein Mann, der um seinen Partner bangte. Er sah mich kaum an, war nur mit Vince beschäftigt und ich war das Mittel zum Zweck. Vielleicht konnte diese Fremde Vince helfen, die Nacht vor der Operation zu überstehen? Doch er hat mehr auf meine roten Hausschuhe geachtet, als auf die Frau, die ihm gegenüber stand«, vermittelte sie uns ihren Eindruck und ich sah ihn nicken. »Wohl kaum die passende Situation, um ihm um den Hals zu fallen! Er sah nur die Deutsche, deren Englischkenntnisse eindeutig in die Jahre gekommen waren und sich nur mühsam in einer

Fremdsprache ausdrücken konnte. Natürlich hat er mich nicht erkannt. Und mich hat die Situation doch auch umgehauen!«

»Bist du deshalb mit uns ins Krankenhaus gekommen? Wegen mir?«, wagte nun auch Max eine Frage.

Sie sah ihn an, lächelte traurig. »Auch meine Gedanken rasten, Max! Ich wollte nicht mitgehen, erinnerst du dich? Doch dann hast du mir deine Liebe zu Vince gezeigt und ich war sicher, dass du mich nicht erkannt hattest. Aber dieser unbekannte Mann, der im Krankenhaus litt, der tat mir schrecklich leid. Ich bin für Vince mitgekommen«, stellte sie klar.

Vince lächelte erleichtert. »My Lady!« In diesen beiden Wörtern schwang ein tiefes Gefühl der Achtung mit. Ich war sicher, dass er sie geküsst hätte, wenn er neben ihr gesessen hätte.

So konnte Franca weiter fragen. »Aber hast du nicht daran gedacht, dass Max dich später erkennen könnte? Als es Vince besser ging?«

Elisabeth schüttelte den Kopf. »Max war von seiner Hilflosigkeit so erschöpft, dass er im Krankenhaus nur kurz nach Vince eingeschlafen ist. Ich konnte dagegen keine Sekunde an Schlaf denken! Ich habe Max nur angesehen, und mein Leben ist in dieser Nacht an mir vorbeigezogen. Natürlich habe ich überlegt, mich zu erkennen zu geben! Vielleicht hätten wir Freunde werden können? Was wäre geschehen, wenn er mich nach der Nacht in Berlin doch angerufen hätte? Aber er hatte seine Entscheidung getroffen!«

Max stöhnte auf. »Hatte ich nicht! Ich habe deine Telefonnummer verloren und am nächsten Tag musste ich zurück nach London!« Stockend berichtete er ihr, was vorgefallen war.

»So, du hast meine Nummer nur unglücklich verloren? Nein, Max! Wäre ich dir wichtig gewesen, dann hättest du besser darauf achtgegeben. Und schon damals warst du in Vince verliebt«, entschuldigte sie ihn zugleich. »Glaub mir Max, diese Nacht im Krankenhaus war schwer für mich und ich konnte mich nicht entscheiden! Als du im Schlaf zu frieren begannst, habe ich die Nachtschwester um ein Kissen und eine Decke für dich gebeten. Die Decke konnte ich dir so über legen, aber für das Kissen musste ich dich kurz berühren.« Sie sah ihn entschuldigend an. »Da war nur Vince in deinen Gedanken, auch noch die Llewellyns und Jo. Doch kein Hauch der Erinnerung an mich.« Sie stellte es eher lakonisch fest, doch wieder breitete sich eine Wolke der Traurigkeit im Zimmer aus, die mir fast den Atem nahm. »Auch das hätte ich nicht tun dürfen, aber ich brauchte die Sicherheit«, fuhr sie mit einem Flüstern fort. »Vielleicht hätte ich sogar irgendwo eine Erinnerung an mich gefunden, doch ich wollte nicht tiefer gehen. Nein, der Mann, der in meinem Leben so wichtig war, hatte mich vergessen. So war es eben und als ich die Enttäuschung verarbeitet hatte, traf ich den Entschluss, mich so schnell wie möglich aus deinem Leben zurückzuziehen. Man kann die Zeit nicht zurückdrehen und wir beide hatten unseren Weg gemacht.«

Ich konnte Elisabeths Schritt nachvollziehen. Sie sah, wie glücklich Max und Vince früher waren und auch bei ihrem Besuch in Edinburgh hatte sie versucht, die beiden zu versöhnen.

Ich hörte Georgs warnendes »Mama!«

Elisabeth schreckte auf, räusperte sich und die Traurigkeit verließ meinen Geist.

»Welch eine tragische Geschichte«, fühlte auch Franca ihr nach. »Aber ihr habt euch doch noch mal getroffen. Da hättest du dich outen können.«

Elisabeth rieb sich kurz mit beiden Händen übers Gesicht. »Ja, der Abend im Restaurant«, nickte sie und ich sah Max zusammenfahren. Sie hatte es auch bemerkt und wandte sich an ihn. »Ehrlich, ich hatte mich so gefreut, dich noch einmal zu sehen. Und du hattest mich gesucht! Zuerst dachte ich, du hättest dich doch an mich erinnert, war glücklich! Aber als ich deine Absicht erkannte, war es mir klar: Das war nicht mehr der sensible Max, der in meinen Träumen lebte, das war ein berühmter Mann, der sich um seine Karriere sorgte. Verständlich zwar, aber mit diesem Menschenschlag hatte ich schon zu oft zu tun und meine Entscheidung in der Nacht zuvor war richtig. Wir würden uns nie wieder sehen.«

Max ächzte in seinem Bett. »Ich wollte dich nicht beleidigen! Und ich hätte Lisa nur zu gerne wiedergetroffen. Ein Wort hätte doch genügt!«

»Jetzt machst du es dir sehr einfach, Max!«, schimpfte Franca. »Soweit ich mich erinnere, wollte nur Vince sich bei Elisabeth bedanken und schon das wäre deine Aufgabe gewesen! Aber als du sie gesucht hast, warst du nur in Sorge um deine ach so wichtige Karriere. Das hast du ja schon zugegeben. Ich kann Elisabeths Reaktion gut verstehen!«

Sie würden sich schon wieder streiten! Georg beugte sich interessiert vor, doch ich unterbrach das erneute Geplänkel zwischen meinen Geschwistern. »So ganz habe ich es immer noch nicht verstanden, Elisabeth«, kam ich auf meine Fragen zurück. »Okay, das war eine tolle Liebesnacht, aber danach habt ihr euch doch nur gestritten!«, spielte ich auf ihre Zeit in Schottland an. »Und das war erst im vergangenen Jahr! Warum hast du Max trotzdem aus dem Osten entführt? Es war eine gefährliche Aktion, auch für dich und deine Freunde. Stehst du all deinen Exlovern ein Leben lang so loyal zur Seite?« Ich gebe zu, ich wollte sie provozieren, aber auch Franca, Max und Vince sahen sie auffordernd an. »Den Mann, der in deinem Leben so wichtig war, hast du auch gerade eben wieder erwähnt!«, ließ ich sie nicht entkommen. »Warum Elisabeth?«

»Ja, warum?«, seufzte sie. »Um es zu verstehen, müssten wir noch einmal zu meinen Erinnerungen zurück. Wollt ihr euch das wirklich antun?«

Unser aller Nicken setzte ein deutliches Zeichen und sie schloss erneut den empathischen Kreis.

5

Elisabeth

Was für eine Nacht! Und welch ein wundervoller Tag!

War ich jemals glücklicher? Mein Studium in der kommenden Bundeshauptstadt war beendet, ich hatte Aussicht auf eine Stelle an einer der besten Kliniken des Landes und mein Lover hatte die Welt der Liebe für mich neu erfunden. Ich schwebte an diesem Oktobertag durch Berlin und nicht einmal die abschätzigen Blicke der Langweiler in der U-Bahn konnten mich treffen. Ich lachte sie einfach an!

Als ich die klapprige Tür zu unserer Dachwohnung in Kreuzberg aufschloss, saß Isa am Frühstückstisch.

»Nanu, du bist schon auf?«, fragte ich überrascht. »Ich habe dich frühestens zum Abendessen erwartet!« Ich ließ mich auf den anderen Küchenstuhl in unserer kleinen Bude fallen, zog die Stiefel aus.

Sie verdrehte die müden Augen. »Der Typ war tatsächlich so hohl wie ein Affe! Ein Tatscher, der mich doch mal eben auf dem Klo bumsen wollte. Nee danke!« Sie hob ihren Teebecher, wies auf die Kanne. »Willst du auch?«

»Wildkirsche?«, schnupperte ich. »Ja, gern. Besser keinen Kaffee! Ich muss sowieso ins Bett. Bin hundemüde!« Ich angelte meine angeschlagene Teetasse vom Spülbrett hinter mir, schenkte mir ein.

»Na, wie war´s bei dir?«

Bei Isas erwartungsvoller Miene lachte ich. »Wunderbar! Max ist ein Traummann!«

»So, er heißt Max! Ihr wart ja so schnell verschwunden, dass ich ihn gar nicht kennengelernt habe!«

»Oh, das wirst du noch!«, war ich mir so sicher. »Er ist Schauspieler, studiert in London. Und gestern hatte er seinen ersten großen Auftritt, ausgerechnet hier bei uns!«, schwärmte ich.

»Na klar, du bekommst den Star des Abends und ich nur den Beleuchter!«, grummelte Isa missmutig.

»Den Beleuchter?«, prustete ich. »Welch ein Glücksgriff! Aber den Job bekommen vielleicht sogar Affen hin!«

Sie stupste mich unter dem Tisch spielerisch ans Bein. »Au weia, bist du gut drauf. Ist ja kaum zu ertragen. Okay, und sonst?«

»Also, das war eindeutig der beste Lover, den ich je hatte! Was man so alles anstellen kann!«, begann ich mit großen Augen, aber Isa schnaubte.

»Ich glaube es dir ja! Aber auf Einzelheiten hab´ ich im Moment echt keinen Bock. Wie alt ist er, wo wohnt er und wann ist er mit seinem Studium fertig?«

»Hab´ ich doch eben gesagt, er wohnt in London! Und sicher ist er bald mit der Uni fertig, er hatte doch schon ein Engagement im Ausland!«

»Wie alt ist er, Lisa?«, löcherte mich Isa mit plötzlich angespannter Stimme.

»Na, ich denke, so alt wie wir«, meinte ich vage.

»Du hast ihn nicht gefragt?«

Ich schüttelte den Kopf. »Weißt du, wir hatten nicht so viel Zeit zum Reden«, deutete ich vergnügt an.

»Lisa, ihr wart schon um Mitternacht weg. Du warst doch mindestens«, sie rechnete kurz, »doch mindestens sieben Stunden mit ihm zusammen!«

»Nur sieben Stunden!«, trällerte ich. »Aber da kommen noch mehr! Wir haben so viel Zeit vor uns!«

Isa sah mich scharf an, griff dann nach meiner Handtasche, die auf dem Boden lag. Sie tastete in der kleinen Seitentasche. »Wie oft hast du mit ihm gepennt?«

Was hatte sie denn? »Du hattest recht, die Kondome waren eine gute Idee«, gab ich zu.

Sie öffnete meine Tasche, wühlte darin herum. »Hattest du noch mehr dabei?«, fragte sie nervös. »Für den Notfall?«

»Notfall? Ich habe in diesem Semester doch keinen Typen angesehen. Und die Gummidinger gehen in der Tasche so schnell kaputt«, meinte ich mit einem Schulterzucken.

»Wie oft hast du mit ihm geschlafen, Lisa!«, fragte sie in nun so scharfem Ton, dass ich zusammenzuckte.

»Was ist denn? Die Kondome sind weg, also war es wohl eine Doppelschicht!«

»Eine Doppelschicht war es? Aber ganz sicher bist du dir nicht?«, setzte sie ihr Verhör fort.

»Sag mal, bist du eifersüchtig?«, blaffte ich zurück.

Sie ließ sich an die Lehne zurückfallen, stöhnte. »Hat dir der Typ auch das Hirn rausgevögelt? Lisa, du hast mit einem Kerl gepennt, den du gar nicht kennst! Ein Schauspieler aus der Londoner Künstlerszene, der sich als äußerst erfahren im Bett gezeigt hat. Das hat er nicht heute Nacht bei dir gelernt! Und Stephan war überzeugt, dass er schwul ist!«

Langsam verstand ich, worauf sie hinaus wollte. »Ach Quatsch, Max hat doch kein Aids!«, lachte ich, wollte sie beruhigen.

»Ach, hast einen Bluttest bei ihm gemacht? Auf dem Weg ins Hotel?« Als ich die Augen aufriss, fragte sie noch einmal, klang nur noch besorgt. »Hattest du öfter als zweimal Verkehr mit ihm?« Jetzt war sie im Berufsmodus, ich hörte es an der Betonung. So sprach sie mit ihren Patienten.

Ich versuchte, mir die sektdurchtränkten Einzelheiten in Erinnerung zu rufen. Das schmale Bett in dem kleinen, leicht herunter gekommenen Hotel hatte mich nicht gestört und zwischendurch waren wir auch eingeschlafen. Aber war da nicht noch etwas beim Morgengrauen, als wir so eng beieinander lagen? Er war so unglaublich süß!

Mein Schweigen ließ Isa aufspringen. »Los. Raus aus dem Fummel. Wir fahren in die Klinik und schauen nach!«

»Sag mal, spinnst du? Du siehst doch nur zu viel Mist in deinem Krankenhaus. Ich geh jetzt ins Bett!«

Sie hielt mich am Arm, schüttelte mich. »Ja, ich sehe unglaublich viel ‚Mist' in der Klinik. Und auch sehr junge Aidskranke, die auf widerliche Art eingehen. Du musst mit mir kommen, Lisa! Und hoffen, dass du jedes Mal ein Kondom benutzt hast!«

»Ach was, Max ruft sicher gleich an und dann will ich hier sein!«, widersprach ich bockig.

»Eindeutig: Akute Demenz bei Liebestollheit!«, stellte sie ihre Diagnose. »Oder bist du noch auf dem Glückshormontrip? Du ziehst dich jetzt sofort um und wir nehmen die nächste Bahn! Und dein Max kann sich mit dem Anrufbeantworter begnügen. Falls er denn anruft!«

Ich war so müde, dass Isa mich umziehen musste, in der U-Bahn bin ich sogar eingeschlafen. Die Atmosphäre im Krankenhaus, in dem Isa während ihres Studiums gejobbt hatte, mochte ich noch nie! Aber sie zog mich weiter, fand auf der Frauenstation eine junge Ärztin, mit der sie sich angefreundet hatte. Gemeinsam zerrten sie mich auf den Stuhl.

Die Ärztin blickte besorgt, als sie den Abstrich auf den Objektträger ansah und unters Mikroskop legte. »Spermien, eindeutig! Wir müssen leider das große Programm starten!«

Und ich hörte Isa neben mir leise aufschluchzen.

Von dem großen Programm bekam ich nicht viel mit, weil ich doch so müde war. Die meisten der tausend Fragen beantwortete Isa für mich, die mich besser kannte als meine Familie, nachdem wir fünf Jahre eine Wohnung geteilt hatten. Mir fiel nur auf, dass der Pfleger, der mir Blut abnehmen musste, sich gleich drei Paar Handschuhe übereinander zog und die Proben in einen Container mit gelbem Gefahrensymbol legte. War das nicht übertrieben? Der hatte mich schon so angewidert angeschaut!

Als wir endlich in die Wohnung zurückkamen, war es bereits wieder dunkel geworden. Ich schwankte ins Bad, Isa drückte als erstes den beruhigend blinkenden Knopf am AB. Stephans Stimme erkannte ich, dann ertönte schon der Endton, der mich entsetzte. Noch einmal sah ich unsere Küche, wo Isa sich verzweifelt die Hände vors Gesicht geschlagen hatte.

»Er hat nicht angerufen?«, fragte ich verzagt.

Sie sah auf, war so müde. »Nein, Lisa, hat er nicht!«

»Er wird anrufen, ganz bestimmt!«

Aber sie versteckte sich wieder.

Sie weckte mich am nächsten Morgen.

»Komm, Lisa, du musst aufstehen! Stephan braucht weitere Angaben von dir.«

Während ich geschlafen hatte, war sie schon seit Stunden auf den Beinen, hatte im Krankenhaus angerufen, sich neue Informationen beschafft und Stephan benachrichtigt, der in unserer Küche saß.

Sorgenvoll sah er mich an. »Morgen, Lisa. Es tut mir so leid! Hätten wir dich nur gehen lassen, als du nach Hause wolltest.« Er machte sich Vorwürfe!

Ich nickte ihm zu, schenkte mir einen Kaffee ein. »Es war eine wundervolle Nacht, die ich nie vergessen werde«, beruhigte ich ihn. »Und Max hat kein Aids!«, sagte ich überzeugt, als ich mich zu ihnen an den Tisch setzte.

»Nein, krank sah er nicht aus«, stimmte Stephan zu. »Aber trotzdem könnte er HIV-positiv sein.«

»Vielleicht weiß er es selbst nicht einmal!«, setzte Isa hinzu.

»Hat er sich gestern Abend noch gemeldet?«, fragte ich sie nun doch verunsichert.

Isa schüttelte den Kopf. »Und ich habe im Krankenhaus angerufen. Deine Werte sind alle bestens, noch bist du gesund, sagte mir meine Freundin unter der Hand. Aber das Endergebnis erhalten wir erst in drei Monaten, bei einer zweiten Untersuchung. Solange giltst du als Verdachtsfall. Du musst schon jetzt alle Vorsichtsmaßnahmen einhalten, damit du niemanden infizierst! Und sie wollen auch Max untersuchen.«

»Deshalb bin ich hier«, sagte Stephan. »Wir müssen ihn suchen, Lisa, das ist jetzt deine beste Chance. Wenn er auch negativ ist, sind wir diesen bösen Zauber schnell wieder los. Wo ist sein Hotel?«

Verlangten sie von mir, dass ich Max nachlief, mich lächerlich machte? »Vielleicht war er gestern auch nur müde«, wandte ich ein. »Und abends war doch seine Vorstellung. Er ruft sicher gleich an!«

»Also, mir reicht´s jetzt!«, stöhnte Isa. »Sie will es einfach nicht verstehen!«

»Isa hat recht, Lisa!«, sprang Stephan ihr bei, als ich sie böse ansah. »Für Stolz ist es nun wirklich nicht der richtige Zeitpunkt. Wir fahren jetzt zu diesem Hotel und werfen ihn aus dem Bett. Wo wohnt er?«

Ich zuckte hilflos mit den Achseln. »In Charlottenburg. Wir sind mit der U-Bahn gefahren. Bismarckstraße«, nannte ich die Haltestelle.

»Aber an den Namen von dem Laden erinnerst du dich nicht?« Als ich den Kopf schüttelte, fragte er ohne Kommentar weiter. »Würdest du das Hotel wiedererkennen?«

»Ich bin gestern Morgen doch ziemlich schnell los, weil ich das Vorstellungsgespräch hatte«, entschuldigte ich mich.

»Vielleicht fällt es dir wieder ein, wenn wir dort sind.« Er stand auf, nahm seinen Autoschlüssel. »Wecken wir Max!«

Ich erkannte das Hotel erst, als wir in der schmalen Eingangshalle standen und nach einem Mitarbeiter klingelten. Er kam aus der Küchentür, wischte sich die Hände an einem fettigen Tuch ab, das er hinter die Theke fallen ließ. »Ja?«

Stephan übernahm das Reden. »Wir suchen einen jungen Mann aus der Londoner Theatertruppe. Max heißt er.«

»So, er heißt Max? Und wie weiter?«

Oh, wie peinlich war mir die Situation! Aber Stephan blieb ganz gelassen. »Das wird er uns sicher gleich sagen, denke ich. Ich habe hier seinen Autoschlüssel, den er gestern Abend in meiner Bar liegen gelassen hat. Sicher will er ihn zurückhaben!«, log er, hielt seinen eigenen Schlüsselbund hoch.

Das wirkte. »Nun, ich fürchte, ich kann Ihnen nicht weiterhelfen! Die zehn Zimmer wurden von einer Agentur gebucht, ohne die Namen der einzelnen Gäste. Und die sind heute Morgen um sechs abgereist.«

Und dann überfiel sie mich, jagte mir eine eisige Kälte über den Rücken und nahm mir den Atem: die Todesangst.

6

Rick

Entsetzt fuhr ich auf, schnappte panisch nach Luft, löste mich aus dem Kreis, um mir den Kragen zu weiten.

Elisabeth griff noch einmal nach meiner Hand und ich spürte ihr zartes Klingen, das mir die Angst sofort abnahm. »Ruhig, ganz ruhig. Ich wollte dich nicht erschrecken. Es ist alles in Ordnung und ihr alle seid hier vollkommen sicher!«, murmelte sie leise. »Es war nur eine Geschichte, es geht uns allen gut!«

Anscheinend war nur ich so erschrocken, denn alle anderen wirkten noch wie in Elisabeths Traum gefangen. Leise sprach sie weiter, schilderte einen Sonnenaufgang über einer unberührt glitzernden Schneewelt, die wir morgen vielleicht auch sehen würden, hier in Vermont, zwanzig Jahre später.

Aber ihre Schilderung war so realistisch gewesen! Isa mit dem hellen Pagenkopf und Stephan mit dem Muttermal am linken Ohr. Ihre Freunde hatte ich nun klar vor mir gesehen, und auch ihre angeschlagene, grüne Henkeltasse in der engen Küche der Studentenwohnung. Hatte da nicht ein Bambusrollo über dem Fenster gehangen?

Georg stand als Erster auf, öffnete das Fenster und ließ für einen Moment kühle Luft ins Zimmer strömen. Seine stille und zurückhaltende Art irritierte mich zunehmend. Den ganzen Abend über hatte er noch kaum ein Wort gesagt und uns nur durch seine schwere Brille fixiert.

»Es tut mir leid, Elisabeth, wirklich so leid!«, hörte ich Max flüstern und drehte mich zu ihm um, sah, dass er ihr kurz die Hand drückte. Auch Franca und Vince hatten die

Augen wieder geöffnet. »Das konnte ich doch nicht ahnen!«, fuhr Max fort. »Selbstverständlich war ich gesund! Jo und ich haben uns regelmäßig testen lassen!«

»Dieser Satz kommt zwanzig Jahre zu spät!«, schimpfte Franca aufgebracht. »Ich will gar nicht daran denken: drei Monate mit dieser Angst. Und damals war es noch ein Todesurteil!« Mitleidsvoll sah sie Elisabeth an.

»Jetzt verstehe ich, warum er für dich so wichtig war, dass du ihn nicht vergessen hast«, meinte ich trocken. »Hattest du denn keine Kondome, Max?«

»Na klar, irgendwo! Aber dieses letzte Mal hatte sich einfach so ergeben. Wir waren beide noch im Halbschlaf«, erklärte er verlegen.

Drei Mal in sieben Stunden, so war es in diesem Alter! Ich zollte meinem kleinen Bruder im Nachhinein Respekt, aber natürlich sprach ich es nicht aus. »Und wie hast du die Zeit erlebt, Elisabeth? Diese drei Monate?«, fragte ich, war von ihrer Art, zu erzählen, zunehmend fasziniert. Und sie würde mir wieder ihre Hand auf den Arm legen ...

»Ihr wollt es wirklich mit mir durchstehen?«, warnte sie.

»Das bin ich dir wohl schuldig!«, bekannte Max.

»Zum Glück gibt es ein gutes Ende!«, seufzte Franca.

Den Blick von Vince konnte ich nicht deuten, aber auch er nickte.

7

Elisabeth

Aus, es war vorbei!

Ich zitterte so sehr vor Angst, dass Stephan mich fast in unsere Wohnung tragen musste. »Jetzt hat sie es verstanden«, flüsterte er Isa zu, die mich in Empfang nahm und sofort zu Bett brachte.

Doch an Schlaf war nicht mehr zu denken. Wie lange würde ich noch leben? Ein Jahr, oder zwei? Wie würde ich eingehen? Übersät von den widerlichen Flecken des Karposi-Sarkoms, abgemagert wie ein Gespenst? Ich hatte die Bilder der prominenten Aidskranken doch gesehen! Und schon stieg mir die Galle auf und ich stürzte ins Bad, putzte und schrubbte danach wie eine Besessene. Körperflüssigkeiten, wo konnten die alle kleben? Überall! In der Zahnbürste, der Haarbürste und um Himmels Willen: im Rasierer! Hing dort nicht noch ein Schaumrest in der Kachelfuge?

Isa stand in der Badezimmertür, als ich auf dem Wannenrand balancierte, alles mit Reiniger einnebelte, was mir potenziell gefährlich schien. »Sag mal, Lisa, spinnst du jetzt? Ich sagte in sechs Wochen bis zu drei Monaten! Erst dann wirst du wirklich ansteckend sein! Und gestern warst du noch genauso gesund wie heute! Jetzt komm von der Wanne runter, denn wenn du ausrutschst, haben wir gleich ein Blutbad!«

»Aber ich muss dich schützen! Und du musst sofort ausziehen, bevor ich dich auch krank mache!«

Isa kam auf mich zu, reichte mir die Hand, um mir beim Abstieg von der Wanne zu helfen. »Ich werde ganz sicher nicht ausziehen!«, sagte sie leise, nahm mich in den Arm. »Wir werden ein wenig vorsichtiger sein, aber wir bekommen das hin, hörst du?«

Ich löste mich von ihr, weil mir die Tränen in die Augen schossen, auch eine Körperflüssigkeit! »Und wenn du auch stirbst?«

Ich bemerkte die Unsicherheit in ihren Augen, aber sie widersprach. »Ach Quatsch!«, meinte sie tapfer. »So leicht infiziert man sich doch nicht! Es könnte sogar sein, dass du dich nicht angesteckt hast, selbst wenn Max positiv ist, sagen die Ärzte.« Sie hatte sich gut erkundigt und sicher bereits mit dem Gedanken gespielt.

Und so putzte ich weiter und weiter, vernebelte in den folgenden Tagen unsere Wohnung mit Desinfektionsmitteln, sprühte und wischte, wo ich ging und stand. Und das nervte sie wirklich. »Wann wollte sich die Charité melden? Du musst wieder unter Menschen!«, stöhnte sie. »Wenn du so weitermachst, züchtest du uns resistente Keime, die uns dann tatsächlich krank machen!«

Andere Leute, aber das ging doch gar nicht! Ich würde sie auch krankmachen, ihr Leben zerstören. Taschenweise trug Isa Informationsmaterial herbei, das ich lesen musste und jedes Niesen im feuchtkalten Wetter schien mir der Anfang vom Ende zu sein. Weil ich kaum Nahrung bei mir behalten konnte, verlor ich an Gewicht, sah schon aus wie eine Aidskranke im fortgeschrittenen Stadium. Und dieser Pickel, der partout nicht abheilen wollte, war doch ein Zeichen, dass meine Immunabwehr bereits zusammenbrach.

Isa fand die Zusage der Charité im Mülleimer und kam damit in mein Zimmer, in dem ich mich nun überwiegend aufhielt. »Was soll das, Lisa? Du kannst schon nächste Woche dort anfangen und wirfst das Schreiben einfach weg?«

»Ich kann doch so nicht in einem Krankenhaus arbeiten! Das ist verboten!«

»Ist es nicht! Noch bist du nicht krank, wirst es vielleicht auch nie! Wenn du die Stelle nicht annimmst, haben wir kein Geld mehr, um die Wohnung zu bezahlen!«, improvisierte sie, wollte mich bei meinem Pflichtgefühl packen. Aber genau das war ja das Problem!

Auch Stephan bekniete mich, doch als ich mich wehrte, machte er kurzen Prozess. Er zog mir die Jacke an, stülpte mir die Mütze über den Kopf. »Wir fahren jetzt in das Krankenhaus und du unterschreibst den Vertrag. Ab Montag wirst du arbeiten.«

Wie konnte es auch anders sein, natürlich trafen wir Dr. Lindscheid zufällig in der Eingangshalle. »Da sind Sie ja, Frau Brücken! Kommen Sie, ich zeige Ihnen schon mal die Labore!« Mit einem Seitenblick auf Stephan führte er uns durch die Gänge ins Untergeschoss und dann in einen Seitentrakt. »Hier werden wir beginnen! Sie sind die Erste unseres neuen Teams, aber wir hoffen, dass die Mannschaft spätestens im Februar komplett ist«, meinte er entschuldigend, als wir an den leer stehenden Büros vorbeigingen. Dieses Labor war eindeutig der Traum meines Lebens! »Bis die anderen an Bord sind, stehen zuerst die weiteren Recherchen, das Erarbeiten eines Konzeptes und der Forschungsantrag an. Auch wenn es zunächst einsam ist, werden wir doch bald diese Labors mit Leben füllen!«, warb er und ahnte nicht, wie erleichtert ich war. Hier konnte ich arbeiten, ohne die Kollegen zu gefährden und einen Seiteneingang hatte ich auch bereits erspäht.

»Ist wirklich ganz ideal!«, schwärmte Stephan neben mir und bekam gerade noch den Bogen, als ich ihn in die Rippen stupste. »Niemand wird dich ablenken und ein Radio habe ich auch noch, falls es dir zu einsam wird.«

Ich unterschrieb den Vertrag unter Stephans wachsamen Blick, dann wollte er mit mir meinen ersten Job feiern!

»Nein, bring mich zum Schlachtensee!«, bat ich.

»Schlachtensee bei Regenwetter Ende Oktober?« Aber er fügte sich. »Ich sagte es doch, hier ist es deprimierend zu dieser Jahreszeit!«, murmelte er abfällig, als wir uns auf die feuchte Bank setzten, zu den schon deutlich kahlen Laubbäumen am anderen Ufer sahen.

»Das ist die Alternative, die mir immer noch bleibt!«, murmelte ich, starrte aufs Wasser.

»Wie bitte?« Er verstand nicht.

»Mein Vater hat mir die Geschichte aus seiner Kindheit erzählt: Er lebte während des Krieges in Zehlendorf. Bei Kriegsende haben sich die Nazibonzen hier an den Laternenpfählen erhängt oder sich in ihre dicken Perserteppiche gerollt und in diesen See gestürzt. Die Wolle sog sich voll und sie ertranken. Mein Vater wusste nicht mehr, wie viele Leichen sie als kleine Jungen aus dem See gezogen haben. Die sind wieder an die Oberfläche gestiegen, als die Verwesung einsetzte.«

»Himmel, wie gruselig, Lisa!«

»Wegen dieser Erinnerung mag ich den See nicht mehr«, nickte ich. »Aber im Moment kann ich es den Leuten nachfühlen.«

»Soweit wird es nicht kommen!«, meinte er bestimmt und legte tröstend den Arm um mich.

Die Arbeit lenkte mich ab.

Morgens nahm ich meist eine der ersten U-Bahnen, stieg ganz am Ende ein und war allein im Abteil. War allein in meinem Büro, fuhr spät zurück. Ich wollte für das zukünftige Team zumindest eine gute Vorarbeit leisten.

Einmal am Tag kam Dr. Lindscheid in seiner Mittagspause vorbei, fragte nach meinen Fortschritten, versuchte sich an Konversation und brachte mich manchmal sogar zum Lachen. Er lud mich zum Umtrunk anlässlich seiner Ernennung zum Oberarzt ein, ich lehnte ab. Er lud mich zum Martinsgansessen der Klinik ein und ich lehnte wiederum ab. Und doch kam er Tag für Tag, ließ sich von meiner abweisenden Art nicht beirren. Während ich mich hinter Bücherbergen versteckte, Grundlagen erarbeitete und Forschungsdesigns modellierte, mich in meiner Einsamkeit zunehmend einrichtete, lockte er mit dem Leben der Großstadt, an dem ich nicht teilhaben konnte. Nein, ich sah nur die Feiertage, die meine Stimmung so hervorragend spiegelten: Allerseelen, Volkstrauertag, Buß- und Bettag, und zur Krönung noch den Totensonntag. Es war am 21. November, als Peter, den ich nun beim Vornamen nannte, mich abends um zehn im Büro erwischte. Er war zu einem Notfall hinzugerufen worden und nahm seine Pflichten als neuer Oberarzt sehr genau.

»Aber was tust du denn noch hier, Lisa? Es ist Freitagabend, die Stadt feiert und du solltest die Partykönigin sein!« Wie um es zu zeigen, stellte er das Radio an, das Stephan mir mitgegeben hatte und das ich noch nie genutzt hatte.

»Bitte mach es wieder aus!«, bat ich noch, dann spielten sie wieder das Lied meines Entsetzens. Wie bei einem konditionierten Reflex stieg mir die Magensäure nach oben und ich schaffte es gerade noch bis zum Waschbecken im Labor nebenan. Peter folgte mir, nahm eines der Papierhandtücher und reichte es mir, als ich mir den Mund ausspülte. Er bekam einen Spritzer ab, als ich eilig das Waschbecken säubern wollte. »Oh nein, um Himmels Willen!« Ich riss seine Hand unter den warmen Strahl und rubbelte verzweifelt an ihr, hämmerte auf den Desinfektionsmittelspender.

Noch unter dem Wasserstrahl legte er seine andere Hand um meine, umfing sie sanft. »Was ist hier los, Lisa? Du hast dich so verändert, seit ich dich zum ersten Mal sah!«

»Es könnte Blut darin gewesen sein und dann wirst du auch krank!«

»In der Magensäure überleben keine Retroviren«, maß er mich mit einem scharfen Blick und ich konnte nicht mehr.

»Das ist es also«, murmelte er, stellte den Wasserhahn ab und nahm mich in den Arm. Zog mich fest heran und ließ mich weinen, streichelte mir über den Kopf, murmelte beruhigend. »Welch schreckliche Stunden musst du hinter dir haben! So viel Angst!«

Nein, er sagte nicht, dass alles wieder gut wird und das rechnete ich ihm hoch an! Und er brachte mich nach Hause in seine Wohnung.

»Wann wird der nächste Test gemacht?«, fragte er, als ich mit der Geschichte geendet hatte.

»Im Januar«, schniefte ich.

»Dann warten wir ab sofort gemeinsam«, versprach er schlicht.

Und er hielt es mit mir aus! Meine Angst, meine Verzweiflung, meine Trauer. Nie relativierte er sie, nie machte er mir falschen Mut mit einem dieser Sätze wie ‚Das wird schon wieder!', mit denen Isa und Stephan meine Grabesstimmung abwehrten, wenn sie es selbst nicht mehr ertrugen. Eine langwierige Erkältung ließ mich fast wahnsinnig werden, er nahm sie gelassen hin und beruhigte so auch mich. Er verstand mein Bedürfnis, an Weihnachten ‚noch einmal' die Familie zu sehen. Und machte mir in der Silvesternacht einen Heiratsantrag, ganz klassisch.

»Du willst heiraten, obwohl wir noch nie miteinander geschlafen haben?«, fragte ich fassungslos. »Vielleicht bin ich in einem Jahr tot!«

Auch das schockierte ihn nicht. »Dann war ich eben zuvor der glücklichste Mann der Welt.«

Die Blutentnahme und die Untersuchungen waren am dritten Januar. Den ganzen Tag drehten sie mich durch ihre Diagnosemangel.

Am sechsten Januar saß Peter neben mir, als ich mein Todesurteil erwartete. Wieder rauschten die vielen Fragen an mir vorbei, doch ich spürte, wie er sich neben mir aufrichtete. Ja sicher, was hatten denn Erbkrankheiten in meiner Familie mit Aids zu tun? »Was ist denn nun?«, fragte ich erschöpft.

Der Arzt am Schreibtisch machte letzte Notizen und reichte mir ein blaues Heft herüber. »Herzlichen Glückwunsch, Frau Brücken! Sie sind vollkommen gesund. Und in der vierzehnten Schwangerschaftswoche!«

Und ich rannte, rannte, rannte davon!

8

Rick

Elisabeth schnaufte wie nach einem Marathonlauf, als wir alle gleichzeitig die Augen aufrissen. Vince hatte nur sie im Blick, stand auf und kam um das Bett herum, legte ihr hinter dem Stuhl leicht die Hand auf die Schulter und schloss die Augen. Diese Geste kannte ich nun schon und stellte mir vor, wie er sie in ihrem Land suchte, vielleicht im Tal der Stelen oder bei ihrer beider Stonehenge der Liebe. Ich beneidete Vince um seine Fähigkeit, Elisabeth auf diesem Weg zu erreichen. Für mich sah es aus, als seien sie selbst zu den Statuen erstarrt, doch ich war sicher, dass er sie in ihrer Welt längst im Arm hielt, ihr beruhigend zuflüsterte und sie tröstete, nachdem sie den Albtraum eines Aidsverdachts zu der damaligen Zeit noch einmal durchlebt hatte. Die Gedankenbilder waren nun so realistisch wie in einem Film geworden und ich hatte ihr Summen gespürt, als Peter sie im Labor zum ersten Mal umarmt hatte. Doch was Vincent in diesem Moment in ihrer Seelenlandschaft erlebte, würden wir nie erfahren. Wie wohl ihre Melodie klang, die er immer wieder erwähnt hatte? Ich beobachtete, wie sich ihre Atmung beruhigte und wieder ein entrücktes Lächeln in ihren Mienen lag, das dem in dem Video erstaunlich ähnelte.

»Ähem!«, räusperte Franca sich vernehmlich und unterbrach so meine Betrachtung von Elisabeth und Vince. ‚Lass sie in Ruhe!', schien ihr Blick zu bedeuten und ich wandte mich verlegen von den beiden ab, sah zu Max. Sein Mund stand offen und er starrte Georg an, der wieder an der Fensterfront des Krankenzimmers stand und in die Nacht hinaus blickte. Auch er wirkte aufgewühlt! Kannte er denn seine Geschichte noch nicht? Oder hatten ihn die Bilder seiner damals so jungen Eltern übermannt?

Eltern, stieß mir plötzlich der Begriff auf. Ja klar, sowohl Max als auch Jo hatten mir gestern unabhängig voneinander von Max' Gastspiel in Deutschland berichtet. Auch wenn sie es nur in einem Nebensatz erwähnt hatten, waren Elisabeth und Peter Georgs Eltern, doch lag sein leiblicher Vater hier vor mir im Bett? Max starrte den Sohn an, von dem er erst wenige Minuten zuvor erfahren hatte. Kein Wunder, dass es ihm die Sprache verschlagen hatte!

»Ich hatte es schon geahnt!«, murmelte Franca. Noch während ich Elisabeths Erzählung überprüfte und im Kopf rechnete, stand sie auf und ging zu Georg hinüber, schien nach den richtigen Worten zu suchen. Als sie ihr nicht einfielen, reagierte sie ganz instinktiv, schloss ihn in die Arme. »Willkommen in der Familie, Neffe!«, brachte sie heraus.

Überrascht hob Georg die Augenbrauen noch über die Ränder seiner schweren Brille, sah auf sie hinunter und erwiderte den innigen Gruß kurz, indem er ihr verlegen auf den Rücken klopfte.

Doch ich war mir nicht so sicher, betrachtete den jungen Mann eingehend. Und das bemerkte er auch. Er löste sich von Franca, kam mit ihr zurück. Dann legte er seine Brille auf den Tisch neben den kleinen Lautsprecher, fuhr sich übers Gesicht und ließ zwei dünne Gläser achtlos daneben fallen. »Die brauche ich jetzt wohl nicht mehr«, meinte er lakonisch und drehte sich zu uns um. Und ich sah Max' strahlend blaue Augen in einem wesentlich jüngeren Gesicht. Mir nickte er kurz zu, dann wandte er sich an Max. »Nun, wie fangen wir an, Herr Samenspender? Ich bin dein Sohn. Wie soll ich dich ansprechen?« Das klang deutlich distanziert! Aber das war ja kein Wunder, nachdem er gehört hatte, wie er entstanden war.

Max betrachtete ihn ebenso fassungslos wie fasziniert. Nun erkannte auch ich diesen Zug um Georgs Mund, der plötzlich versöhnlich lächelte, als Max sich langsam von seiner Überraschung erholte.

»Wie wäre es mit Max?«, bot er an. »Vater und Papa sind sicherlich schon vergeben?«

»Ja, meinen Vater nenne ich Papa!«, bestätigte Georg mit Nachdruck. »Und mein leiblicher Vater hat mich nicht einmal erkannt, als ich zum ersten Mal vor ihm stand!«

»Ja, wie denn?«, fand Max seine kämpferische Art wieder. »In dieser Verkleidung war das wohl kaum möglich!«

Francas Einwurf machte es ihnen nicht gerade leichter. »Also, ich dachte schon gestern beim Frühstück, dass er mir so bekannt vorkommt. Die gleiche, unverwechselbare Haltung!« Noch immer staunend, betrachtete sie das neue Familienmitglied von der Seite.

»Als wir uns das erste Mal sahen, trug ich weder Brille noch Kontaktlinsen, Max! Die habe ich mir erst später zugelegt.«

»Unsere erste Begegnung!« Nun fiel es Max wieder ein. »Damals in dem Pub in Edinburgh!«

Georg nickte. »Ich hatte dich noch nie leibhaftig gesehen und trotzdem wusste ich, wer da meine Mutter stalkt. Und ich dachte, nein hoffte, dass du auch mich erkennst, wenn sie länger mit dir redet. Deshalb hatte ich sie darum gebeten«, meinte er plötzlich traurig und sah zu Boden.

»Nein, leider habe ich dich nicht erkannt. Wie sollte ich an einen Sohn denken?«, bedauerte Max. »Aber am nächsten Tag war ich dir für deine Hilfe so dankbar!«, erinnerte er sich. »Der stille junge Mann hatte uns alle drei gerettet. Danke!«, seufzte er. »Würdest du mal näherkommen?«, bat er vorsichtig. Als Georg auf der Seite des Bettes neben ihm stand, fragte er: »Darf ich?«, und streckte ihm die Hand entgegen.

Georg schlug ein und Franca seufzte erleichtert auf. Max hielt die Hand seines Sohnes weiter fest, sah ihm in die Augen und ich wandte mich ab. Bei aller Überraschung, was für eine Schmonzette! Franca warf mir einen warnenden Blick zu, als ich die Augen verdrehte.

»Wie ich sehe, habt ihr euch bereits bekannt gemacht!«, hörte ich Elisabeths Stimme. Die beiden waren auch wieder zurück und wirkten deutlich erholt. Vince ging wieder um das Bett herum und umarmte Georg ganz selbstverständlich kurz und fest. »Ich dachte schon bei unserem ersten Treffen, dass du mir so vertraut bist. Im Café in der Altstadt«, erinnerte er, als sie sich wieder lösten.

»Ja, bei dir hatte ich tatsächlich Bedenken, dass du meine Maskerade durchschaust!«, lächelte Georg. »Ich traute mich ja kaum, dich anzuschauen, trotz Brille und Kontaktlinsen.«

»Und ich verstehe, warum du sie benutzt hast!«, grinste Vince zurück. »So eine Ähnlichkeit!«, staunte auch er. »Das ist tatsächlich ein Grund zum Weiterleben!«, spielte er auf die Ereignisse in der Nacht an, als Elisabeth Max aus dem Tal der Stelen in unsere Welt zurückgeführt hatte, vor zwei Tagen. »Du darfst deinen Sohn noch erleben. Aber wie konntest du ihn nicht erkennen, bei dieser Ähnlichkeit?«

»Du hast mich öfter angesehen als ich mich selbst!«, verteidigte sich Max gegen den Vorwurf. »Und seit wann weißt du von mir?«, fragte er seinen Sohn.

»Ich habe es vor einigen Jahren gehört«, wich Georg aus und sah zu Elisabeth. »Auch ich höre ihre ganze Geschichte heute zum ersten Mal. Als meine Mutter mich am Donnerstag anrief, sagte sie mir nur, es sei vielleicht die letzte Gelegenheit, meinen leiblichen Vater zu sehen«, umschrieb er vorsichtig. »Deshalb bin ich hergekommen. Aber sie überließ mir die Entscheidung, mich zu outen. Und ich wollte euch zuvor erstmal kennenlernen.«

Elisabeth nickte. »Hätte Georg mir eben nicht die Erlaubnis erteilt, hätte der Abend früh geendet. Aber ihr habt euch wohl als Familie bewährt, als ich draußen neben der Feuerleiter saß«, deutete sie an. »Er wollte abwarten, wie ihr auf mein Geständnis reagiert.«

»Nein«, verwarf Franca ihre Antwort. »Ich wäre auf jeden Fall hartnäckig geblieben. Gestern Morgen beim Frühstück hat er gelacht wie Max! Und ich habe unter seinem Handgelenk das gleiche Muttermal gesehen, das Max im Nacken hat.«

Max fuhr sich überrascht an den Hals, Vince beugte sich zu Georg hinüber. »Zeig mal.«

Auch Georg zog erstaunt den Ärmel seines Pullovers etwas hoch und sah auf den Fleck am linken Handgelenk.

»Tatsächlich!«, grinste Vince. »Du bist nicht nur ein Phänomen im Bereich der Empathie, Franca! Auch deine Beobachtungsgabe ist umwerfend!«

»Ich habe ein Muttermal im Nacken?«, fragte Max zögernd. »Das wusste ich ja gar nicht!«

Unser Lachen löste die angespannte Stimmung im Raum ein wenig und Max bat Vince, mit Georg den Platz zu tauschen. Wollte er seinen Sohn in der nächsten Traumrunde neben sich sehen? Vince nickte, doch ich sah das neue Arrangement mit gemischten Gefühlen. Nun saßen Vince und Elisabeth fast nebeneinander, nur ich störte zwischen ihnen.

Georg brachte uns zu Elisabeths Geschichte zurück. »Sag mal, Mama, hat Isa damals nicht ein wenig übertrieben reagiert? Sie war es, die dir solche Angst eingejagt hat!«

Elisabeth schüttelte den Kopf. »Nein, sie hatte schon recht, auch wenn ich sie selbstverständlich nicht mit meiner Haarbürste anstecken konnte«, lächelte sie. »Aber damals wusste man es nicht besser! Du kannst dir die Hysterie heute nicht mehr vorstellen. Eine sexuell übertragbare Erkrankung, für die es absolut kein Heilmittel gab und die nach einer Infektion auch sehr schnell voranschritt. Heute führen die HIV-Positiven ein fast normales Leben, aber zu der Zeit deiner Geburt war es ein echtes Todesurteil, wie Franca es eben beschrieben hat. Zwei Freunde von Stephan sind damals gestorben und er hat sehr um sie getrauert.« Auch Georg kannte Stephan ja schon sein Leben lang, fiel mir ein, während Elisabeth weitersprach. »Nein, deine Paten wollten mich schützen. Und dich!«, setzte sie mit einem Lächeln hinzu.

»Isa, ist das die Frau, die mich im vergangenen Jahr am Frankfurter Flughafen abgeholt hat?«, fragte Max plötzlich. »Eben habe ich sie zum ersten Mal ganz klar wahrgenommen. Im Sommer hatte ich mich nur gefragt, woher diese Fremde mich kennt.«

Elisabeth nickte kurz.

»Das ist der Punkt, den ich kaum verstehen kann, Max«, fiel Georg nun nachdenklich ein. »Im Leben meiner Mutter, meines Vaters und sogar bei Isa und Stephan hast du so eine wichtige Rolle gespielt, aber du hast sie nicht mal erkannt. Wie kann das Schicksal so unterschiedlich verlaufen? Für den Studenten aus London war es nur ein Onenightstand, der mein Leben von Beginn an bestimmt hat. Und wie ich heute Abend zum ersten Mal gehört habe, war es für meine Mutter ja ein regelrechter Horrortrip!«, wandte er sich an Elisabeth.

»Georg, du bist das größte Geschenk meines Lebens!«, betonte sie und langte über Max´ Bett, um ihn an der Hand zu berühren. Er nahm sie sofort und es schien, als seien wir anderen für sie im gleichen Moment verschwunden. Mutter und Sohn sahen sich wortlos an und wieder hatte ich das Gefühl, dass sie sich auf einer Ebene verständigten, wohin wir ihnen nicht folgen konnten.

Georg lachte plötzlich, ließ ihre Hand los. »Ja, in Ordnung! Ich dich auch!«

»Was war das denn?«, fragte Franca erstaunt. »Kannst du auch mit Georg in Gedanken reden?«

»Er war sogar der Erste, mit dem ich das konnte«, bestätigte Elisabeth.

Vince schüttelte nachdenklich den Kopf. »Und doch war deine Familie kein Geheimnis, my Lady. Warum hast du mir in Schottland nicht von ihnen erzählt? Ich musste erst nach Deutschland fliegen, um Peter und Amanda kennenzulernen und glaube mir, es war ein Schock für mich. Georg gehört wohl kaum zur ‚Sache'«, zweifelte er.

Bedauernd fuhr Elisabeth zusammen. »Das tut mir noch heute leid, mein Geliebter«, bat sie eindringlich um sein Verständnis. Nun hatte sie ihn zum ersten Mal in unser aller Anwesenheit bei seinem Ehrentitel genannt, den Vince nur mir gegenüber in den vergangenen Tagen erwähnt hatte. Im Klang ihrer Stimme übertrug sich das Gefühl auf uns alle und Max stöhnte unterdrückt auf. Auch er hatte Vince geliebt. Oder liebte ihn noch?

»Um die ‚Sache' zu verstehen, müssten wir noch einmal in meine Vergangenheit zurück«, kündigte Elisabeth an. »Wollt ihr denn alle mitkommen?«

Was für eine Frage!

9

Elisabeth

Gesund! Und schwanger!

Ich saß am Schlachtensee und heulte mir vor Erleichterung die Seele aus dem Leib. Und Verunsicherung. Kaum dachte ich, mein Leben sei mir neu geschenkt worden, veränderte es sich erneut auf drastische Art.

Nein, es konnte nicht sein, das hätte ich doch bemerkt! Und vierzehn Wochen, das ging doch gar nicht, dachte ich, das Ganze ist eine Fehldiagnose. Die Nacht mit Max lag doch erst drei grausam lange Monate zurück, also konnte ich höchstens in der zwölften Woche sein, redete ich mir ein, um mich selbst zu beruhigen. Vielleicht hatten die Ärzte im Krankenhaus die Befunde vertauscht! Aber auch dieser Gedanke setzte mir zu: Dann wäre ich ja vielleicht doch krank? In meinem Kopf lief eine Achterbahn Amok.

Du bist Wissenschaftlerin, kein Spielball deiner Gefühle, rief ich mich zur Ordnung. Denk logisch, halte dich an die Fakten und Beweise. Du kannst es auch selbst nachprüfen!

Ich wischte mir über die Augen, kramte in der Handtasche nach meinem Kalender. Da stand es doch blau auf weiß: Letzte Periode am 18. Oktober und auch nur zwei Tage, davor am 20. September und am 24. August. Nicht so ganz regelmäßig, aber bei dem Lernstress im Sommer war das ja kein Wunder. Doch nach dem Oktobertermin fand ich keinen Eintrag mehr! Darüber hatte ich in meiner Todesangst nicht mehr nachgedacht, war vielleicht auch unbewusst erleichtert, dass es eine Infektionsquelle weniger gab.

Sagte man nicht, dass es Schwangeren oft übel ist, gerade in den ersten Monaten? Aber ich hatte schon erbrochen, als ich von Max´ Abreise erfuhr. So früh begann keine Schwangerschaftsübelkeit, nicht am zweiten Tag! Und ja, danach hatte ich mich aus Angst häufig übergeben, oft dreimal am Tag!

Der Körper einer Frau verändert sich doch, wenn sie ein Kind erwartet, setzte ich meine Analyse fort. Ja, ich hatte mich verändert und war dünn wie nie zuvor, weil ich keinen Appetit mehr hatte. Aber hatte ich an Weihnachten nicht mal kurz daran gedacht, mir neue BHs zu kaufen, weil die anderen in der Wäsche so eingelaufen waren? Erschrocken befühlte ich mich, fand die Veränderung. Tatschte unter meinem dicken Parka über meinen Bauch. Gab es den kleinen Hubbel über dem Schambein schon länger? Erschrocken zog ich meine Hand zurück. Konnte es wirklich wahr sein?

Peter ließ sich neben mir auf die von Raureif bedeckte Bank fallen. »Mann, kannst du rennen!«, schnaufte er. »Ich war mindestens zwei S-Bahnen hinter dir!« Besorgt sah er mich von der Seite an. »Du bist gesund, Lisa! Der Albtraum ist vorbei!«, wollte er mich aufheitern.

»Und der nächste hat schon begonnen, oder?«, fuhr ich ihn an. »Aber ich kann es einfach nicht glauben! Es ist doch ziemlich genau drei Monate her, aber keine vierzehn Wochen!«, umschrieb ich, ließ Max unter den Tisch, nein unter die Bank am See, fallen.

»Da hast du wohl in der Schule einen schlechten Tag gehabt«, murmelte Peter. »Eine Schwangerschaft wird immer vom Beginn der letzten Periode berechnet. Die Frau ist bereits in der dritten Woche, wenn die Konzeption stattfindet«, nutzte er die Fachbegriffe, vielleicht um es uns einfacher zu machen. Nie würde er eine Frau heiraten, die das

Kind eines anderen austrug! Dieser Gedanke ließ mich erneut zusammensinken.

Hatte Peter den Grund für meine Verzweiflung erraten? Er legte den Arm um mich. »Für mich ändert sich dadurch gar nichts, Lisa! Der Kollege sagte mir eben, dass sie in deinem besonderen Fall auch einen Spätabbruch bis zur 16. Woche durchführen«, eröffnete er mir eine neue Perspektive. »Wie du dich auch entscheidest, werde ich zu dir stehen.« Er zog mich an sich, sah auf den grauen See hinaus. »Aber ich wäre sehr gerne der Vater für dein Kind«, setzte er flüsternd hinzu.

An diesem Nachmittag schliefen wir zum ersten Mal miteinander und ich wusste, ich hatte meinen Partner gefunden. Peter war nicht wie Max, mit dem ich unbekannte Welten betreten hatte. Aber er besaß alle Qualitäten, die eine Ehe im Alltag braucht: Zuverlässigkeit und Wärme, gegenseitiges Vertrauen und Achtung.

Er hatte das erste grieselige und unscharfe Ultraschallbild unseres Kindes gerahmt und auf seinen Schreibtisch gestellt. Dabei hatte ich kaum mitbekommen, warum die Ärzte der Klinik an meinem Bauch interessiert waren und hatte die Aufnahme am Monitor nicht verfolgt, weil ich zu sehr mit mir selbst beschäftigt war. Erst Peter hat mir auf seiner Station das Kind gezeigt, das winzige Herz, das dort schlug. Schon in diesem Moment hatte ich mich in meinen Sohn verliebt.

Noch immer wollte Peter baldmöglichst heiraten, obwohl ich skeptisch war. »Ich will an meiner Hochzeit mit den Gästen anstoßen, Sekt trinken und mich vielleicht sogar betrinken!«, lehnte ich ab. »Lass uns noch ein wenig warten!«

»Dann wird es aber viel komplizierter, Lisa!«, argumentierte er. »Bei einer unehelichen Geburt wird das Jugendamt im Sinne des Kindswohles sofort aktiv. Die werden dich fragen, wer der Vater ist!«

»Ist doch kein Problem. Ich sage, dass du der Vater bist!«

»Nein, das Leben des Kindes darf nicht mit einer Lüge beginnen. Du solltest dazu stehen und auch Max muss wissen, dass er Vater wird.«

»Was soll ich denn auf dem Amt sagen? Der Vater heißt Max, Nachname unbekannt, Adresse unbekannt?« schämte ich mich, als sei ich ein Flittchen.

»Vielleicht können wir ihn ja doch noch finden?«

Ich schnaubte. »Das hat Stephan doch schon vor Wochen versucht. Es gab aber keine Theatervorstellung in der Stadt, bei der ein Max aufgetreten ist!«, wandte ich ein.

»Und trotzdem: Lass es uns noch einmal versuchen. Wenn Stephan zum diplomatischen Dienst wechselt, hat er sicher auch andere Möglichkeiten, um nachzuforschen«, deutete er an.

Und so suchten wir noch einmal nach Max.

Schon als junger Mann war Stephan ein Phänomen! Isa und ich zogen ihn auf, wenn er wieder einmal den Klatsch an der Universität berichtete.

»Sag mal, Stephan, kennst du denn jeden an der Uni?«, unterbrach ich sein Geplauder. »Du redest hier von einem der Dozenten, als seist du mit ihm aufgewachsen und weißt sogar, dass er ein Verhältnis mit einer Kommilitonin hat, obwohl er verheiratet ist!«

»Aber seine Ehe läuft schlecht«, grinste er. »Weil die Eltern der Frau lieber einen Schwiegersohn wollten, der mit ins Familiengeschäft einsteigt und keinen vergeistigten Philosophen. Dabei weiß er das reale Leben ja durchaus zu genießen! Aber er sollte aufpassen, dass er seiner Frau keinen Scheidungsgrund liefert, denn dann ist es auch mit seinen Forschungsgeldern vorbei. Er wird mit Drittmitteln aus einer Stiftung bezahlt, in der der Schwiegervater das Sagen hat.«

»Woher erfährst du all diese Dinge?«, stöhnte nun auch Isa.

»Ich bin eben gut vernetzt«, lachte Stephan. »Willst du mal hören, was die Professorin treibt, bei der du im nächsten Semester deine Prüfung machen wirst?«

So war Stephan schon als Student.

Doch er machte sich weiterhin Vorwürfe, dass er mich mit einer dummen Wette in diese Situation gelockt hatte. Er konnte es kaum ertragen, dass er Max so schnell verloren hatte und seine Freundin diese Ängste ausstand. Deshalb hatte er schon im Oktober seine Studentenschwadronen ausgeschickt, die alle Theater in der Stadt abklapperten und sogar die britische Schauspielertruppe aufgespürt hatten. Doch auf der Besetzungsliste war Max nicht zu finden und ich zweifelte, dass er mir die Wahrheit gesagt hatte.

»Doch, hat er«, widersprach Stephan. »Die Garderobiere sagte, an den beiden letzten Abenden habe das Haus gebebt und der Applaus viel länger angehalten.«

Ich war nicht überzeugt. »Und daran erinnert sie sich?«

»Ganz sicher!«, bestätigte Stephan. »Ihr Kind war krank und sie wollte schnell nach Hause. Aber diese unbekannte Zweitbesetzung war so beliebt, dass es einige Extravorhänge gab. Ich denke, das war Max.«

»Aber seinen Namen kannte sie nicht?«

»Nein, das ist unsere Endstation«, seufzte er. »Ich habe sogar bei der Agentur in London angerufen, die die Zimmer angemietet hat, aber die waren nicht gerade kooperativ und sagten, ohne Nachnamen können sie mir nicht weiterhelfen.«

Als ich Stephan mein Problem mit Peter bei einem Kaffee in meinem Büro schilderte, drückte er mir die Hand. »Er hat schon recht, Lisa«, übernahm er unerwartet Peters Sicht. »Ein Mann sollte wissen, dass er Vater ist und für mein Patenkind wird es vielleicht ebenfalls irgendwann einmal wichtig. Wer weiß, was in seinem langen Leben alles geschehen wird? Ich werde noch einmal auf die Suche nach Max gehen!«, versprach er und ich wusste, er würde seine Helfer wieder einmal ausschwärmen lassen.

Nur zwei Tage später stand er unvermittelt vor meinem Schreibtisch. »Komm mit, jetzt sofort!«, forderte er aufgeregt, nahm schon meinen Mantel vom Haken. »Wir haben eine Spur von Max!«

»Wo kommt die denn jetzt her?«, wunderte ich mich, als ich im Gehen den Mantel überzog.

»Ich habe bei einem Bekannten eine Phantomzeichnung von Max anfertigen lassen.«

»Ein Phantombild?«, fragte ich perplex und blieb stehen.

»Ja, aber nun komm. Ich habe ihm Max beschrieben und er hat ihn sehr gut getroffen! Dann sind meine Leute mit der Kopie losgezogen. Und eben hat mich einer angerufen und gesagt, er hat in dem Hotel, in dem Max gewohnt hat, ein Zimmermädchen aufgetrieben, das sich an ihn erinnert. Sie hat in einer halben Stunde Schichtende, aber wir erreichen sie noch!«

Das erwähnte ‚Zimmermädchen' war eine gestandene Ostdeutsche um die Sechzig, die wir in einer Behelfsumkleide im Keller des Hotels trafen. »Ja, an den jungen Mann erinnere ich mich«, wiederholte sie. »Der hatte ja so ein nettes Lachen! Und sein Zimmer war immer aufgeräumt. Der hat mir nicht viel Arbeit gemacht und als Einziger von der

Gruppe ein Trinkgeld für mich da gelassen. Es waren Münzen, die er in England nicht mehr brauchen konnte, aber insgesamt acht Mark und zwanzig Pfennige.«

So erfuhr ich zwei weitere Eigenschaften von meinem Kindsvater: Er war ordentlich und großzügig. Und wie gierig saugte ich die Informationen auf!

»Wir suchen Max, aber wir kennen seinen Nachnamen nicht«, fragte Stephan weiter. »Haben Sie eine Ahnung, wie er heißt? Es ist wirklich wichtig!«, betonte er und setzte diesen treuherzigen Blick auf, der auch Isa und mich angelockt hatte. Und der mir meinen besten Freund beschert hat!

»Es war was mit L, aber ziemlich kompliziert«, überlegte die Frau. »Sein Flugticket lag nach seiner Ankunft auf dem Nachttisch, deshalb weiß ich es noch. Lewin oder Lewelin, glaub ich. Da war noch ein Y drin.«

Hastig nahm Stephan einen Notizblock aus seiner Jackentasche und kritzelte. »War der Name so geschrieben?«, zeigte er das Blatt der Hausdame.

»Ja, richtig!«, staunte sie. »Maximilian Spencer Lewelyn«, wiederholte sie nun den vollständigen Name, wobei sie eher Schbenser sagte. »Wie dieser alte Schauspieler aus Amerika, den mag ich so!«

»Spencer Tracy«, lächelte Stephan, zog einen Zwanziger aus seinem Geldbeutel und drückte ihn unserer Retterin in die Hand.

Ich brachte nur ein »Vielen, vielen Dank!« zustande.

Wir hatten einen Namen, mein Kind einen Vater!

Aufgeregt berichtete ich Peter am Abend von der Entdeckung, doch plötzlich wirkte er so zurückhaltend, freute sich nicht mit mir. »Was werdet ihr jetzt tun?«, fragte er nur.

»Na, Stephan ruft noch einmal in der Agentur an. Und in allen Unis in London! Wir finden ihn«, wünschte ich mir so sehr und tanzte durch unser kleines Wohnzimmer.

»Und dann, Lisa? Wenn du Max gefunden hast, fährst du zu ihm nach London?«, befürchtete er.

Bei seiner angstvollen Stimme drehte ich mich zu ihm herum und sein Blick brach mir fast das Herz. »Nein, Peter!«, versprach ich spontan. »Maximilian Spencer Llewellyn wird lediglich die Mitteilung des Jugendamtes erhalten. Wir müssen nach der Geburt nur drei Monate abwarten! Wenn Max sich nicht meldet, werden wir heiraten und du kannst unseren Sohn als ehelich anerkennen. Ich liebe dich, Peter, nicht Max!«

10

Rick

Eine plötzlich auftretende Welle der Empörung schleuderte uns aus dem empathischen Kreis und unterbrach Elisabeths Erinnerungen. Erschrocken rieb ich mir die empfindsamen Fingerspitzen. Wie ein Stromschlag war das Gefühl von Max durch mich gejagt. Doch anscheinend war es den anderen besser ergangen, denn sie sahen mich erstaunt an.

»Die Mitteilung von einer Vaterschaft habe ich aber nie erhalten!«, verteidigte Max sich aufgebracht. »Von meinem Sohn habe erst vor einer Stunde erfahren! Du tust mir unrecht, Elisabeth!«

»Du hast vollkommen recht, Max!«, beruhigte sie ihn sofort. »Ich war an diesem Abend voreilig und sah unser Ziel schon als erreicht. Aber ich konnte nicht mit den weiteren Schwierigkeiten rechnen!« Entschuldigend sah sie zu mir. »Tut mir leid, dass du Max´ Gefühle so hautnah mitbekommen hast. Ich hätte meine Blockade erhöhen müssen, um dich zu schützen«, sprach sie schon wieder in Rätseln.

»Wie meinst du das?«, fragte Franca sofort.

»Ich war in meiner Erinnerung versunken und dadurch abgelenkt. Deshalb hat mich Max´ Ausbruch so überrascht! Ich hätte den Kontakt zwischen uns sofort abbrechen müssen, als ich sein völlig berechtigtes Aufbegehren bemerkte. Aber ich habe zu langsam reagiert«, erklärte sie mit einem Blick zu mir.

»Es durchlief mich wie ein Stromschlag«, beschrieb ich den anderen. »Nicht so ein Feuerschwert, wie Vince es genannt hat, aber fast so heftig wie am Samstagmorgen, nachdem Elisabeth Max wieder zurückgeholt hat.« War es wirklich erst vor zwei Tagen? »Und ihr habt nichts abbekommen?«, fragte ich Franca und Vince erstaunt.

»Ich konnte es vorher abblocken«, erklärte Georg, der neben Max saß und im engsten Kontakt zu ihm war. »Deshalb hat Franca es nicht gespürt, aber ich schon«, gab er zu. »Und du, Vince?«

»Na ja, ich habe noch ein unangenehmes Summen durch Rick gespürt, aber eben nur an der linken Hand«, beschrieb er zögernd. »Und von einem Feuerschwert war es wahrhaftig weit entfernt! Er war nicht viel mehr als ein Funke«, winkte er ab und sah fragend zu Georg. »Du kannst die Gefühle anderer ebenso spüren wie Elisabeth? Warum?«, stellte er die logische Frage.

Georg zögerte. »Sie wird es euch erzählen, aber ich gebe Max völlig recht!«, stellte er sich zum ersten Mal loyal an die Seite seines Vaters. Wie ähnlich sie sich waren, als sie nun eine Erklärung von Elisabeth forderten! »Mich interessiert im Moment auch mehr, warum ihr Max damals nicht informiert habt!«, blitzte er seine Mutter an und ich war froh, dass wir gerade nicht in direktem Gefühlskontakt standen.

»Du kannst dir in deiner heute so vernetzten Welt nicht vorstellen, wie schwierig es für uns war!«, wehrte sich Elisabeth. »Es gab kein Internet, keine gespeicherten Fluggastdaten und all die anderen Einrichtungen, die uns heutzutage zu gläsernen Menschen machen! Großbritannien gehörte aber schon zur EU und deshalb existierten kaum Grenzkontrollen. Wir konnten in jedes Mitgliedsland reisen und wurden kaum kontrolliert. Stephan hatte sich weiterhin ins Zeug gelegt, um Max zu finden. In den Telefonbüchern der Stadt stand auch noch seine Nummer, aber der Anschluss war abgemeldet, als wir ganz aufgeregt dort anriefen. Von der Agentur hatten wir erfahren, an welcher Uni Max studiert hat. Deshalb ist Stephan sogar nach London geflogen und hat sich durch die Jahrbücher gefressen. Er hat ihn tatsächlich gefunden! Du kannst dir die Enttäuschung kaum vorstellen, als er erfuhr, dass Max sich nur kurz zuvor exmatrikuliert hatte. Und unter der angegebenen Adresse erfuhr Stephan nur, dass Max sein erstes Engagement erhalten hatte und deshalb umgezogen war. Mehr konnten auch die Nachbarn ihm nicht sagen. Und hast du eine Ahnung, wie viele Llewellyns es in Großbritannien gibt? Wir wussten doch noch nicht einmal, ob er noch Familie hatte und an die Meldedaten des Einwohneramtes kam Stephan selbstverständlich nicht heran!« Sie schnaubte erregt, atmete dann tief durch. »Von einer Digitalisierung und ihren Möglichkeiten wie heutzutage konnte Stephan nur träumen.«

»Die Meldedaten hätten euch auch nichts genutzt«, nickte Max nachdenklich. »In den ersten beiden Jahren nach dem Studium war ich immer auf Tingeltour durchs Land, mal für diese, mal für jene Agentur. Und als ich Vince wieder getroffen hatte, habe ich bei ihm gelebt, unter seiner Adresse. Unser erstes Haus haben wir erst später in Sussex gekauft.« Wie schmerzlich seine Erinnerung daran klang!

»Selbst eine Geburtsurkunde von Max hätte euch nicht weitergeholfen, weil Vater alle paar Jahre umziehen musste und mit ihm die Familie«, bestätigte ich. »Deshalb bin ich auch in den USA geblieben«, erklärte ich in Erinnerung an unsere unstete Jugend.

Elisabeth seufzte. »Glaub mir, Georg, wir wollten ihn finden!«

»Wie schrecklich muss diese Suche gewesen sein!«, fing Franca Elisabeths Stimmung auf. »Wisst ihr noch, wie wir Elisabeth in den Highlands gesucht haben? Wir wussten genau, in welchem Gebiet sie ist und hatten doch auch mit unseren modernen Methoden keinen Erfolg!«

»Ebenso wie bei Max, als er im Osten verschollen war«, setzte Vince leise hinzu. »Und ich will im ganzen Leben nicht noch einmal so hilflos dasitzen, wie in den Wochen, als ihr beide verschwunden wart!«, erinnerte er, suchte aber nur den Blick von Elisabeth.

Liebevoll sah sie ihn an. »Du weißt, dass ich Max schützen musste, Vince! Aber sei sicher, dass du mich nie wieder suchen musst. Du wirst mich immer finden!«, versprach sie und Vince nickte beruhigt.

Warum sollte er sie denn noch einmal vermissen, wo sie doch als Paar zusammenlebten? Nicht nur mir war ihr letzter Satz aufgefallen, auch Georgs Kopf ruckte nach oben und ich sah, wie sich seine Augen überrascht weiteten.

Elisabeth lenkte uns ab. »Ist deine Frage beantwortet, Max? Niemand macht dir einen Vorwurf, weil es eben nicht in unserer Macht lag, dich zu informieren! Aber vielleicht darf ich euch jetzt erzählen, wie es zu der Sache kam?«, führte sie uns zu dem Thema zurück, das uns unter den Nägeln brannte. Warum nur hatte ich schon wieder den Eindruck, dass ich einen wichtigen Aspekt nicht zu fassen bekam?

»Ich werde euch auch nicht verletzen«, versprach sie mit einem Seitenblick auf mich. »Meine Abblockung wird nun halten.«

»Und ich werde mich auch zurückhalten«, setzte Max reumütig hinzu.

11

Elisabeth

Vince hat nach der ‚Sache' gefragt und ich weiß, dass euch alle interessiert, wie es zu meinen empathischen Fähigkeiten kam. Trotzdem muss ich ein wenig ausholen, um euch zu erklären, warum ich euch auch Georg verschwiegen habe, nein, verschweigen musste, denn die ‚Sache' begann mit Georgs Geburt.

Nach ihrem stürmischen Beginn verlief meine weitere Schwangerschaft ruhig, wenn es auch einschneidende Veränderungen zu meinem bisherigen Leben gab. Kurz nachdem wir Max´ Spur verloren hatten, tauchte Stephan am Abend vor unserem Umzug auf, um beim Packen der letzten Kisten zu helfen. Isa hatte eine Stelle in Köln angenommen und ich war bei der Suche nach einer neuen Wohnung für unsere kleine Familie fündig geworden: Ganz in der Nähe der Charité gelegen, ersparte sie uns zukünftig das U-Bahn-Fahren.

An diesem letzten gemeinsamen Abend saßen wir auf den Umzugskisten in unserer Studentenbude und ließen die Köpfe ein wenig hängen. Fünf Jahre waren wir ein enger Kreis gewesen, doch nun trennten sich unsere Wege nach dem Abschluss des Studiums.

Stephan hob seine Bierflasche. »Dann lasst uns noch mal anstoßen!«

»So wie du das sagst, hört es sich fast wie ein Abschied für immer an!«, sagte Isa mit Tränen in den Augen.

»Nicht für immer!«, widersprach er sofort. »Aber in den ersten beiden Jahren wird es schwierig werden, sich noch einmal zu treffen. Mein neuer Arbeitgeber hat ein großes Geheimhaltungsbohei um meinen ersten Einsatzort veranstaltet, aber ich denke, sie schicken mich nach Afrika. Und das ist nun nicht so um die Ecke, dass ich mal für einen Kaffee vorbeikommen kann.«

»Ich dachte, es ist geheim?«, verstand ich ihn nicht.

Stephan grinste. »Ist es! Aber die Krankenschwester, die mir Pentamidin als Prophylaxe in den Muskel gejagt hat, hat die Ampulle auf dem Seitentisch stehen lassen. Und ich sehe hervorragend!«

Bei Isa ratterte es. »Pentamidin? Gegen die Schlafkrankheit?«

»Genau, und die gibt es nur in Afrika!«

»Aber wozu brauchen die dort einen deutschen Diplomaten mit psychologischer Ausbildung? Und warum hast du in den zwei Jahren denn keinen Urlaub? Da stimmt doch was nicht!«, setzte ich hinzu und konnte die Vorstellung kaum ertragen, dass mein Kind seinen Paten erst sehen sollte, wenn es schon laufen konnte!

Stephan seufzte. »Ich habe euch schon mehr erzählt, als ich durfte!«, meinte er nebulös. »Die haben meine Vergangenheit akribisch durchleuchtet, bevor sie mich eingestellt haben. Aber Isa und Lisa, meine besten Freundinnen, habe ich denen bewusst verschwiegen. Ich will den Anschluss an die Welt der Normalsterblichen nicht verlieren, während die Schlapphüte ihren eingeschworenen und in sich abgeschlossenen Verein zelebrieren.« Er zwinkerte uns zu. »Wenn ihr also Postkarten aus fremden Ländern von eurem Onkel Karl erhaltet, wisst ihr, wer sie euch geschrieben hat, ja?«

»Wir hören also von dir, ob da in Afrika die Sonne scheint?«, ätzte Isa. »Postkarten kann auch jeder Briefträger mitlesen!«

»Ja, die lesen, was ich geschrieben habe, aber nicht, was ich euch eigentlich sagen will!« Er beugte sich herunter, zog zwei kleinformatige, gebundene Bücher aus seinem Rucksack und reichte sie uns.

»Emma?«, stöhnte ich. »Warum nichts Joseph Conrads Geheimagent? Das würde doch viel besser passen!«, zog ich ihn auf.

»Gibt´s nicht bei Manesse und wäre wohl ein wenig zu auffällig, oder?«, lachte er. »Aber Emma steht bei so ziemlich jeder Frau, die ich kenne, im Bücherregal und wird daher nicht auffallen. Und wird bei einem Schwulen einfach mit einem Augenrollen abgetan. Ganz sicher schaut da kein Kollege hinein!«

»Aber das Buch ist doch so geschwätzig!« Abwehrend wog Isa den Band in ihrer Hand.

»Ja eben, ganz viele Wörter!« Stephan nahm ein eigenes Exemplar hervor, klappte den Schutzumschlag auf und zeigte uns die zarte Bleistiftschrift auf der Innenseite. »Hier drin habe ich euch den Code aufgeschrieben, der ist ganz einfach! Passt mal auf!« Er demonstrierte uns das System aus Wort- und Buchstabenverschiebungen.

»Ganz einfach?«, moserte ich eine halbe Stunde später genervt. »Da brauche ich für eine Rückantwort an Onkel Karl ja Stunden!«

»Wenn es wichtig ist, wirst du die Zeit haben«, wischte er meinen Einwand fort. »Und ihr erreicht Onkel Karl immer unter der Hoteladresse der jeweils letzten Karte. Ich werde dafür sorgen, dass ich eure Liebesbriefchen erhalte!«, versprach er und wich meinem Klaps aus, den ich mit dem dicken Bauch zu langsam hinbekam. »Ich werde meine Mädels so vermissen!«, verabschiedete er sich mit nun auch belegter Stimme. »Und grüße mein Patenkind von mir!«

Die neue Arbeit dagegen verlief sehr erfolgreich und fesselte meine Aufmerksamkeit. Nach und nach hatten wir das Team gemeinsam aufgestellt, weil Peter als vorläufiger Projektleiter mich an allen Vorstellungsgesprächen teilhaben ließ. Als ich dann mal traurig war, weil ich in Zukunft nicht mitarbeiten konnte, machte er mir Mut: »Natürlich bist du weiter dabei, das bekommen wir hin! Im ersten Jahr bringst du den Kleinen einfach mit. Wenn die Versuchsreihen beginnen, können wir die am besten abends laufen lassen. Als Oberarzt kann ich fast immer zuhause sein, um auf den Jungen aufzupassen! Und wenn er älter ist, kannst du den restlichen Kram morgens auch in Heimarbeit machen«, entwarf er eine neue Perspektive, als ich wieder einmal meiner Promotion nachtrauerte, die ich durch das Kind in Gefahr sah. Und dann zählte er mir die Beispiele in unserem Freundeskreis auf, die nicht so komfortable Bedingungen hatten. Ja, mit ihm als Partner konnte ich es vielleicht doch schaffen!

Voller Hingabe tapezierte er das Kinderzimmer, während ich am Schreibtisch saß. Vor jedem Schaufenster mit Kindermode blieb er stehen, während ich mir die ersten Versuchsanordnungen durch den Kopf gehen ließ. Oft zog er mich dann in die Geschäfte, ließ sich in aller Ruhe die Vorzüge der verschiedenen Kinderwagen erklären und entschied sich für den Porsche Carrera unter den Modellen, während ich die Secondhand-Variante vorgezogen hätte. Er lernte das komplizierte Wickelschema für das Babytragetuch und buchte den Kurs zur Geburtsvorbereitung, den ich für überflüssig hielt.

»Das Kind wird den Weg schon finden!«, schnaubte ich, als er mich abends vom Schreibtisch im Labor wegzog, um mich ins Gymnastikzimmer der Entbindungsstation zu entführen.

»Aber wenn du richtig atmest, wird die Geburt auch für dich leichter!«, warb er und ich musste lachen. Konnte es einen fürsorglicheren Partner und Vater geben?

Der Sommer kam und je näher die Geburt rückte, desto stiller wirkte Peter und ich sorgte mich. Wollte er vielleicht doch einen Rückzieher machen?

»Warum schläfst du nicht?«, fragte ich ihn eines Nachts, als ich wieder einmal aufstehen musste, weil das Kind mir so auf die Blase drückte. »Habe ich dich geweckt?«

»Nein, nein, mir ist nur warm!«, beruhigte er mich und stand auf, um das Fenster zu öffnen. Als ich zurück war, nahm er mich in den Arm, streichelte meinen Bauch und spürte Georgs Bewegungen unter der Haut. »Lisa«, flüsterte er leise, »ich habe eine große Bitte an dich.« Und er verstummte wieder.

»Aber was ist denn?«, fragte ich ihn besorgt und strich ihm das Haar aus der Stirn. »Sag mir doch, was dich beschäftigt!«, bat ich, als er keinen Mucks mehr von sich gab.

»Ich habe noch mal nachgedacht«, druckste er leise herum. »Ich fände es nun doch schön, wenn der Kleine mein Kind wäre. Vielleicht könntest du mich als Vater angeben? Max ist verschwunden und wird nie von seinem Sohn erfahren. Und wir könnten eine ganz normale Familie sein! Der Standesbeamte sagte mir, dass dann die Anerkennung nur eine Formsache bei der Hochzeit ist und wir müssten nicht das Suchergebnis des Jugendamtes abwarten«, flüsterte er fast flehend.

»Das ist alles?« Erleichtert zog ich ihn in meinen Arm, küsste ihn. »Aber das wollte ich doch von Anfang an! Was jetzt zählt, ist nicht der biologische Vater, sondern der echte! Und der bist du!«, versicherte ich ihm und besiegelte das Versprechen mit einem leidenschaftlichen Kuss, der uns trotz Babybauch zusammenbrachte.

Wir sehnten den Geburtstermin herbei, der kam und verstrich.

Jeden Tag musste ich mich nun in der Klinik vorstellen, wo mir die Ärzte immer wieder versicherten, dass alles in bester Ordnung sei. »Wir erwarten eine völlig normale Geburt bei einer jungen Frau. Kein Problem, wenn es ein paar Tage länger dauert. Noch ist kein Kind dringeblieben!« Wie ich diesen dummen Spruch gehasst habe! Sollten die doch mal als Elefant durch die Hitze im sommerlichen Berlin trampeln!

Die ersten Wehen setzten nachts um halb eins ein und weckten mich, fünf Tage nach dem errechneten Termin. Ich lag auf der Seite, beobachtete in der Dunkelheit die Leuchtziffern des Weckers. Alle zwanzig Minuten, alle sechzehn, alle zwölf, schön regelmäßig kamen sie und waren gar nicht so schlimm! Ich weckte Peter neben mir, als wir uns der Zehnminutengrenze näherten, so gegen vier Uhr.

»Alle zehn Minuten?«, fuhr er auf, sprang fast in seine Kleider. »Wir müssen sofort los! Warum hast du mich nicht früher geweckt, Lisa!«

»Es ist alles gut, Peter, und es tut auch gar nicht so weh«, beruhigte ich ihn, als ich mich aus dem Bett wälzte und mich am Schrank hochzog, bevor er mir helfen konnte. Er stürzte zum Telefon im Wohnzimmer, wollte ein Taxi rufen, aber ich hielt ihn auf. »Wir können auch hinüber laufen!«, meinte ich. »Sind ja nicht mal fünfhundert Meter und die Sonne geht gleich auf. Die Hebamme hat uns werdenden Müttern doch das Laufen bei der Geburt empfohlen!«

»Was bist du für ein Sturkopf, Lisa!«, stöhnte er. »Aber deine Tasche darf ich vielleicht tragen?«

Ich erlaubte es gnädig.

Wir brachten den Weg durchs Vogelgezwitscher in einer halben Stunde hinter uns, mit kleinen Pausen, wenn eine Wehe mich bremste. Ich genoss das Morgenlicht und freute mich auf Georg!

Im Kreißsaal zog sich die Zeit dagegen entsetzlich. Bei einem Achtminutenrhythmus waren die Wehen stehen geblieben und es tat sich nichts weiter. Sorgenvoll sah die Hebamme auf den CTG-Streifen, reichte sie dem anwesenden Geburtshelfer. »Die Wehen sind viel zu schwach! So bekommen wir den Kleinen nicht!«, murmelte sie leise.

Die Frühschicht kam, wurde von der Mittagsschicht abgelöst und noch immer gab es kaum einen Fortschritt. Die Nervosität nahm zu, als bei den zu schwachen Wehen die Herztöne des Kindes abfielen. Zwei andere Mütter waren weit nach mir ins Krankenhaus gekommen und hatten es schon hinter sich, während ich immer wieder aufstehen und laufen musste, baden ging und wieder CTGs geschrieben wurden. Peter wurde zweimal zum Essen geschickt, weil er in seiner Hilflosigkeit die Geburtshelfer zusätzlich mit seinen Fragen nervös machte und einen Kaiserschnitt forderte.

»Das Kind braucht nur einen kleinen Anstupser«, lehnte der Oberarzt ab. »Wir werden ihre Wehen verstärken. Eine kleine Infusion, dann haben wir ihn«, beruhigte er Peter, als die Hebamme mir die Flasche anhängte.

Vor meinen müden Augen tröpfelte die klare Flüssigkeit in den Schlauch und meine Erinnerung verschwamm. Ich hörte eine Frau schreien und den Oberarzt fluchen, die Hebamme den Schrank aufreißen und angespannt Befehle weitergeben. Sah, wie sich der Oberarzt an meinem Bett anseilte und mit dem Ellbogen in meinen Bauch drückte, glaubte Peter hinter mir zu spüren, der meinen Kopf festhielt. Und ein entsetzliches Gebrüll setzte mir zu, bis es plötzlich ganz still wurde.

Dann waren Lichter im Raum, denen ich fasziniert folgte. Es schimmerte, leuchtete, blitzte um mich herum, absolut hinreißend! Während alle anderen Geräusche verklungen waren, schien es in dem Leuchten zu flüstern, doch was die Stimmen sagten, war doch völlig absurd!

»Ach Scheiße, die blutet wie ein abgestochenes Schwein, wir brauchen Blutkonserven!«, wisperte die Wolke aus der Richtung des Oberarztes.

»Hallo Kleiner, hoffentlich hast du keinen O2-Schaden abbekommen«, umwehte ein dunkler Schatten die Hebamme, die Georg in ein Tuch wickelte und Peter in den Arm drückte.

»Mein Sohn! Oder ist er sein Sohn? Egal, ich werde dich immer lieben«, versprach er in innigem Gelb.

Und dann war dort hinten noch das rote Knistern der Panik. »Oh nein, OH NEIN! Ich habe die Ampullen vertauscht und jetzt ist sie völlig überdosiert! Bitte, bitte, lass es niemandem auffallen!«

Und dann war ich weg.

»Der Kinderarzt hat ihn schon untersucht und seine Apgarwerte waren vier, acht und zehn!«, hörte ich eine erleichterte Stimme. »Der Kleine hat einen ungeheuren Lebenswillen!«

Was drückte so auf mein Gesicht? Und was rauschte da so sehr?

Nervös fuhr ich mit der Hand hinauf, riss an der Sauerstoffmaske und machte damit Peter auf mich aufmerksam.

»Himmel, Lisa!«, seufzte er erschöpft und ich sah die Tränen der Erleichterung in seinen Augen. »Du hast es geschafft, aber wir dachten, du stirbst uns hier!«

Ich riss die Augen auf. »Sterben?!«

»Wie?« Peter sah mich fassungslos an. »Ich sagte, hier ist dein Sohn!« Er legte mir das Bündel auf den Bauch. »Er ist ganz wach und aufmerksam!«

Zuerst sah ich nur ein winziges Händchen, das sich nach oben streckte und Peter rückte ihn mir weiter nach oben. »Das ist unser Kind, mein Liebling! Schau nur, wie er dich ansieht!«

Ich schlug das Tuch ein wenig herunter und fühlte das Händchen an meinem Hals. Sah in diese wunderschönen blauen Babyaugen. Spürte die wortlose Lichtwelle aus reiner Liebe und konnte nur noch heulen.

12

Rick

»Uff«, stöhnte ich, zog meine Hände zurück und rieb mir übers Gesicht. So eine Geburt ist eine heftige Sache! Natürlich hatte Elisabeth nicht die Schmerzen an uns weitergegeben, die sie sicher dabei hatte, aber das Entsetzen, die Erschöpfung und ihre Angst hatte ich sehr wohl gespürt. Und auch das grenzenlose Glück, als sie ihr Kind endlich anschauen durfte. Hatte ich selbst jemals im Leben so tief gefühlt?

Vielleicht stand mir die Frage ins Gesicht geschrieben, denn Franca beobachtete mich interessiert, wie mir auffiel. Schnell stand ich auf, um mir die Beine zu vertreten, nachdem wir schon Stunden in dieser Position verharrt hatten.

»So also hat die Sache angefangen, Mama!«, unterbrach Georg die Stille zwischen uns, die die Betroffenheit aller spiegelte. »Jetzt ist mir doch einiges klarer!«

Ich drehte mich zu ihm um, fand die beiden wieder in wortlosem Kontakt. Kannte Georg seine Geschichte denn nicht, fragte ich mich, als Franca aufseufzte.

»Was warst du ein putziges Kerlchen, Georg! Dieses lange dunkle Haar und das Gesicht mit den riesigen blauen Augen! Ich hätte mich auch sofort in dich verliebt«, sagte sie, aber ich spürte, dass sie mit ihren Worten den Punkt vermied, der uns beschäftigte. Nicht nur Elisabeth, sondern wir alle hatten durch die Bilder, gekoppelt mit den starken Emotionen, ein Band zu unserem Neffen geknüpft. Spürte er es auch und sah deshalb so verlegen an die Wand hinter Vince?

»Stell dir vor, wie unser Leben verlaufen wäre, wenn ich von meinem Sohn gewusst hätte«, murmelte Max nun leise. »Dann hätten wir vielleicht die Familie sein können, die wir uns immer gewünscht haben. Na, zumindest in den Ferien«, schränkte er mit Blick auf Elisabeth ein, die die Augenbrauen hochgezogen hatte. »Ich hätte doch ein Umgangsrecht bekommen? Vielleicht für zwei Wochen im Jahr?«

»Mann, Max! Ja, so stellst du dir das Leben mit Kindern vor, nicht wahr?«, stöhnte Franca aufgebracht. »Zwei Wochen im Jahr, und dann schaltest du dein Kind wieder ab? Es ist doch kein Spielzeug, das man als Zugabe für den Urlaub bucht. Ich muss sagen, ich bewundere Peter! Ohne mit der Wimper zu zucken, hat er die Verantwortung für ein fremdes Kind übernommen und das heißt auch unruhige Nächte, Wäsche waschen und dieses nervige Hausaufgaben kontrollieren, Tag für Tag!«

Elisabeth und Georg lachten gleichzeitig auf. »Hausaufgaben kontrollieren wäre weggefallen, Franca! Georg hat mich nicht ein einziges Mal in seine Schulhefte schauen lassen!«, merkte Elisabeth an und Georg nickte grinsend.

»Aber du weißt doch, was ich meine!«, erwiderte Franca. »Und davon haben die anwesenden Herren meines Alters keine Ahnung!«, insistierte sie und unterbrach damit den Blickkontakt zwischen Max und Vincent.

Erschrocken fuhren sie auf. »Wie?«, fragte Max unkonzentriert.

»Ich sagte, mit den Kindern ist es nicht so einfach!«, legte sie mit ihrer Tirade los.

Doch nun schaltete ich ab, sah von meinem Bruder zu meinem Schwager. Hatten sie sich auch Kinder gewünscht? Bei den beiden konnte ich es mir sogar vorstellen. Sicher wären sie tolle Eltern geworden, auf ihre Art: der weltoffene Max und der zurückhaltende Vince mit dem Sinn für

Wissenschaft. Georg hätte bestens zu ihnen gepasst. Selbst ich hatte vor einigen Jahren mal mit der Idee gespielt, doch ich sah es so, wie Elisabeth eben erwähnt hatte: Eine Ehe braucht Liebe, Vertrauen, Verlässlichkeit und bisher hatte ich keine Partnerin gefunden, mit der ich solche Werte teilen konnte.

Doch nicht nur Max trauerte einem Leben mit seinem Kind nach, auch Vince betrachtete Georg, der nun mit Vergnügen dem Disput zwischen Vater und Tante folgte. Ja, die Llewellyns konnten sich ordentlich fetzen!

Das kannte ich ja zur Genüge. Als ich ihre Zankerei unterbrechen wollte und mich zu Elisabeth umwandte, fiel mir ihre Reaktion auf. Sie starrte Vince an, achtete auf sein Mienenspiel, als Max ihn kurz an der Hand berührte, um sich seinen Beistand im Kampf gegen Franca zu sichern. Es war eine unbewusste und sehr vertraute Geste zwischen den beiden, die Elisabeth nicht entgangen war. Eine Welle von Entschlossenheit umspülte mich, die Traurigkeit darin verschlug mir den Atem, als sie kaum merklich nickte.

Auch Vince hatte die Veränderung im Raum bemerkt, denn er wandte sich zu ihr um und legte beiläufig den Arm um sie, während er Max in der Diskussion mit Franca die Stange hielt, als sie über ihr früheres Leben sprachen. Dann stand er unvermittelt auf, überließ mir wieder meinen Platz, den er besetzt hatte, als ich aufgestanden war. »Will noch jemand einen Kaffee? Oder sonst was? Ich gehe runter zum Diner, bevor die zumachen.«

»Ja, gute Idee, Vince!«, sagten Max und Franca gleichzeitig und mussten lachen, begruben ihre Auseinandersetzung über alternative Familienmodelle.

»Ich helfe dir«, bot Georg an, als die Bestellliste immer länger wurde.

»Gut, machen wir eine kurze Pause«, nickte auch Franca. »Ich sehe noch kurz nach den Eltern.«

»My Lady, du hast gesagt, die Sache begann mit Georgs Geburt«, kam Vince zu seinem Thema zurück, als wir uns wieder um Max´ Bett versammelt hatten. »Aber wie hast du das gemeint? War es der Blutverlust oder das wunderbare Kind?«

»Ist doch wohl klar«, fiel ich ihm ins Wort. »Die haben ihr diese Medikamente gegeben! Und danach ging es mit den Problemen los! War das Oyatocin?«

»Nein«, widersprach Franca mit Nachdruck. »Ihr kennt das nicht! So eine Geburt ist ein heftiger Einschnitt und ich dachte bei Jonathan auch, ich bin im falschen Film. Ist ganz normal! Auch ich habe Oyatocin bekommen und konnte danach ganz sicher nicht die Gedanken der Geburtshelfer fühlen.«

»Ich denke, es waren verschiedene Facetten, die zu dem Phänomen beigetragen haben«, nickte Elisabeth uns zu. »Soll ich weitererzählen?«

13

Elisabeth

Wie oft hatte ich gehört, dass man sich auch an die eigenen Kinder erst gewöhnen muss, die Liebe zu ihnen langsam wächst. So ein Blödsinn, dachte ich damals so überheblich, das passiert doch in Sekunden! Als sie mir Georg wegnehmen wollten, um ihn ins Neugeborenenzimmer zu bringen, tobte ich innerlich und brachte vor Schwäche und Luftnot kein Wort heraus.

»Hb von 5,8! Wir müssen sie auftransfundieren!«, ordnete der Oberarzt an und ich bäumte mich schon bei dem Gedanken auf. Und wieder setzten sie mir die Sauerstoffmaske auf und schlossen mich aus.

Doch Peter schüttelte energisch den Kopf, mein Peter! »Keinerlei Blutprodukte, auf gar keinen Fall«, verbot er sofort. »Es gibt keinen sicheren Test, um verseuchte Konserven zu identifizieren!«

»Aber ihr Blutverlust war zu hoch! Sie droht, innerlich zu ersticken«, argumentierte der Arzt mit einem warnenden Seitenblick auf mich.

»Nein, sie schafft das, auch wenn es so länger dauert«, blieb Peter hart und ich hatte kaum die Kraft, ihm dankbar die Hand zu drücken.

Er setzte durch, dass ich mit Georg auf die Intensivstation verlegt wurde, überwachte meine Medikation genauestens, stand wie ein Löwe vor meinem Bett. Als ich ihm erzählte, was ich während der Geburt wahrgenommen hatte, streichelte er mir beruhigend über den Arm. »Das war nur eine traumatische Dissoziation, Lisa. Eine ganz normale, psychische Notfallreaktion bei höchster Gefahr. Es war ein Traum, den sich deine Psyche zum Schutz ausgedacht hat.«

»Nein, das war es nicht!«, beharrte ich eisern. »Die haben mir zu starke Medikamente gegeben!«

»Oyatocin verstärkt die Wehen, aber es war auch höchste Eisenbahn für Georg«, nahm er seine Kollegen in Schutz. »Aber als er da war, haben sie dir auch noch einen ordentlichen Schuss Morphium verpasst«, versuchte er eine andere Erklärung. »Da war nichts Auffälliges, ich habe die ganze Zeit aufgepasst.«

»Ach ja? Du warst doch genauso gestresst wie ich«, zweifelte ich und ließ nicht locker. Als er mir die Protokolle des Kreißsaals zeigte, um mich endlich zu überzeugen, akzeptierte ich nicht, was dort geschrieben stand. »Die würden nie zugeben, dass sie einen Fehler gemacht haben. Aber die Schwester hat in der Hektik die Ampullen vertauscht!« Ich blieb dabei, auch wenn er mir nicht glaubte.

Meist hielt Peter Georg im Arm, um ihm die Nähe zu geben, die ein Neugeborenes braucht, weil ich zu schwach war, um ihn hochzuheben. Und jedes Mal sah ich das Stirnrunzeln, wenn er den Namen Brücken auf dem Armbändchen las.

»Du musst ihn anmelden«, drängte ich ihn. »Bis ich so fit bin, dass ich bis zum Büro des Standesamtes komme, wird es noch dauern!« Ein Ausflug bis ins Erdgeschoss der Klinik schien mir absolut unerreichbar.

Er machte sich tatsächlich auf den Weg. Und kam eine halbe Stunde später wutschnaubend zurück. »Diese Beamtentussi hat mich doch tatsächlich wieder weggeschickt, dabei hatte ich ihr alle Daten schon angegeben. Aber ich durfte nicht unterschreiben, weil wir nicht verheiratet sind! Die hat die Urkunde beiseite gelegt und gesagt, sie wartet auf dich.«

»Aber was soll das denn?«, verstand ich seine Reaktion. »Soll ich da unten mal anrufen?«

»Nein, das ist so ein uralter Beamtendrache! Sie wartet, bis du kommst. Und jetzt ist die Bürozeit des Standesamtes sowieso vorbei. Nur wochentags von zehn bis zwölf! Faules Pack!«

Also hievte ich mich am nächsten Morgen doch in einen Rollstuhl, rollte durch die Flure hinunter ins Erdgeschoss und klopfte energisch an die Milchglastür.

Die Dame ließ sich mit ihrem Erscheinen Zeit, sah dann auf mich herunter. »Ja?«

»Ich bin Elisabeth Brücken und will meinen Sohn anmelden.«

»Ach, die Partnerin von Dr. Lindscheid? Ich habe auf Sie gewartet.«

Erstaunlicherweise schob sie meinen Rollstuhl in ihr enges Büro, obwohl ich darauf bestand, selbst zu rollen.

»Ach was, Kindchen. Sie sehen so blass aus, als müsste ich gleich den Notruf tätigen«, überging sie meinen Einwand, stellte mich vor ihrem Schreibtisch ab und quetschte sich hinter ihren Matronenschreibtisch. »Na also, hier ist sie ja!«, nahm sie nach kurzen Suchen eine schmale Akte und spannte eine Urkunde in ihre Schreibmaschine. »Den Anfang haben wir gestern ja schon ausgefüllt«, nickte sie zufrieden. »Männlicher Säugling, geboren am 10. Juli, Name Georg Stephan Brücken. Und hier waren wir dann stehen geblieben«, drehte sie die Trommel weiter. »Name des Vaters?«

»Dr. Peter Sebastian Lindscheid«, brachte ich sehr betont heraus, doch auch mir fiel mein Stocken auf.

»Also«, hämmerte sie in die Tasten und ich atmete erleichtert auf. »Dr. Peter Sebastian... Ganz im Ernst?«

Jetzt hatte sie mich überrollt und sah mein Zögern. Sie lehnte sich auf ihrem Stuhl zurück, drehte sich zur Seite und sah zum Fenster hinaus. »Auch wenn es nicht so scheinen mag«, begann sie leise, »ist dieser Raum schon oft zur Bühne von menschlichen Dramen geworden. Bei Todesfällen, aber auch Geburtsanzeigen. So wie mir Dr. Lindscheid gestern sagte, werden Sie schon bald heiraten und dann wird eine neue Geburtsurkunde auf den Familiennamen des Kindes ausgestellt werden«, nannte sie die Fakten und seufzte. »Ich habe vor fast vierzig Jahren auf unser damals noch recht junges Gesetz geschworen, dass ich immer korrekt handeln werde. Diesem Grundsatz bin ich treu geblieben und frage bei Zweifeln doppelt nach. Dr. Lindscheid schien mir wesentlich aufgeregter als die anderen Väter, die hier schon saßen. Und das waren Tausende!« Sie drehte ihren Stuhl und sah mich noch einmal forschend an. »Dr. Peter Sebastian Lindscheid? Ein einfaches Ja genügt mir. Lassen Sie sich ruhig Zeit, Kindchen.«

Und meine Gedanken rasten. Lass das Leben des Kindes nicht mit einer Lüge beginnen! Und diese blauen Babyaugen, so strahlend wie die des Vaters. Alle Babys haben blaue Augen, die Farbe ändert sich erst später, wusste ich genau. Aber wenn nicht? Wie erklären wir es später unserem Sohn, wer sonst hat solch blaue Augen in der Familie? Etwa der verstorbene Uropa Fritz? Oder Peters Großtante Christa?

Es klopfte, der nächste Kunde stand vor der Milchglastür. »Einen Moment noch!«, rief die Beamtin mit dem scharfen Blick für Lügen. »Name des Vaters, Kindchen?«

Und ich konnte nicht mehr. »Maximilian Spencer Llewellyn«, stieß ich hervor. »Geburtsdatum unbekannt, Adresse unbekannt«, stöhnte ich, versank vor Scham fast in dem Rollstuhl.

Sie spannte eine neue Urkunde ein, übertrug die allgemeinen Angaben und tippte den fremdländischen Namen ohne Zögern. »Zweimal mit Doppel-L, nehme ich an?«, versicherte sie sich nur, schrieb weiter und zog das schmale DIN A 6 Papier aus der Maschine. »Es existiert nur diese eine Urkunde, die bei Ihrer Hochzeit gelöscht wird. Gut gemacht, Kindchen! Und keine Angst vor dem Jugendamt. Bis die Lahmärsche reagieren, sind Sie längst verheiratet und alles wird gut!«, zwinkerte sie mir zu.

Und ich nahm das Papiertaschentuch an, das sie in ihrer Schreibtischschublade für diese Fälle vorhielt.

14

Rick

»Du warst es!« Nun war ich der Störenfried, der Elisabeths Erinnerungen unterbrach.

Franca stöhnte. »Nun lass sie doch weitererzählen! Diese Unterbrechungen sind so anstrengend. Kaum sind wir wieder in der Geschichte, kann hier einer nicht die Klappe halten!«, rügte sie in bestem Oberlehrerinnenton.

»Nein, das kann nicht warten!«

»Aber was kann nicht warten?«, runzelte jetzt auch Vince die Stirn.

»Existiert diese Geburtsurkunde noch?«, fragte Max leise nach, schien ebenfalls verstanden zu haben.

Elisabeth nickte zögernd. »Ja, die habe ich noch. Sie liegt jetzt sicher in meinem persönlichen Safe verwahrt.«

»Und ist sie da wirklich noch? Oder weit im Osten?«, provozierte ich. »In einem Land, das einen schwulen Agitator für Jahre ins Arbeitslager stecken wollte, der nur für ein Menschenrecht demonstriert hat?«

Nun riss Franca die Augen auf und Vince nickte bedächtig. »Wie lange haben wir nach Frauen gesucht, die mal mit Max in seinen jungen Jahren zusammen waren? Alle haben die Aussage zu Max´ Gunsten abgelehnt! Und doch erwähnte Stephan im vergangenen Sommer, dass sich eine Frau bei den Behörden im Osten gemeldet hatte, und man meine Lügengeschichte glaubte. Klar, eine Geburtsurkunde mit Max als Vater konnte auch dort niemand unter den Tisch fallen lassen. So ist Max nur mit einem Einreiseverbot davon gekommen.« Sein Blick hatte sich an Elisabeth festgesaugt. »So viele Geheimnisse, my Lady! Was verbirgst du noch vor mir?«, hörte ich wieder den tiefen Zweifel an ihr in seiner Stimme.

Flehend sprach Elisabeth weiter. »Bitte Vince, ich konnte damals nicht darüber sprechen. Es war zu schwer für mich und ich hatte solche Angst, dass du dich von mir abwenden würdest, sobald du es erfährst. Aber ich konnte den Vater von Georg doch nicht in einem Arbeitslager verrotten lassen. Und wir standen unter Zeitdruck, weil die Verhandlung schon angesetzt war!«, erklärte sie ihr Schweigen.

Das war doch nachvollziehbar! Warum funkelte Vince sie immer noch so ablehnend an?

»Also, gibt es die Urkunde noch?«, erinnerte ich an meine Frage.

»Ja, wie ich sagte, liegt sie jetzt zuhause«, gab Elisabeth offen zu. »Aber eine beglaubigte Übersetzung hat Stephan dem Anwalt im Osten übergeben. Gemeinsam mit Isas und auch seiner Aussage, dass Max früher heterosexuelle Kontakte hatte. Und wir haben nicht gelogen! Wir sahen keine andere Möglichkeit, um ihn zu entlasten«, verteidigte sie sich.

»Da hatte ich also drei Schutzengel mehr, die für mich gekämpft haben, obwohl ich mich nicht einmal an sie erinnerte«, bedankte sich Max. »Au Mann«, konnte er sein Glück kaum fassen. »Aber warum hast du mir das nicht früher gesagt? Ich hatte dich auf der Bank über der Ebene in Deutschland doch gefragt, warum du all das für mich tust!«

»Hättest du mir geglaubt, Max?«, antwortete sie mit einer Gegenfrage. »Wochenlang haben wir zusammen in einem Haus gelebt und da war nicht der Hauch eines Erkennens bei dir. Jeden Tag hoffte ich, dass du mich doch noch erkennst. Doch es war ja kein Freundschaftsbesuch. Du warst auf meine Hilfe angewiesen und wir beide haben kaum ein überflüssiges Wort gewechselt, erinnerst du dich? Weil du in mir die Frau sahst, die dir Vince weggenommen hat! Und selbst als du mir deine Freundschaft angeboten hast, warst du verständlicherweise mehr mit dir selbst beschäftigt. Und da sollte ich mich als Lisa outen, deiner Affäre von vor fast einem Vierteljahrhundert? Hättest du mir das abgenommen? Bei deinem Zustand hätte ich vielleicht die nächste Krise ausgelöst, du warst doch psychisch viel zu labil! Und deine plötzliche Flucht konnte ich nicht vorhersehen, wo du dich doch gerade mit Patrick zusammengetan hattest.«

Patrick, den hatte ich schon vergessen! Max fuhr zusammen, starrte an die Decke und zu gerne stände ich jetzt in empathischem Kontakt mit ihm. Was bedeutete ihm der Junge?

Erschöpft lehnte Elisabeth sich zurück. »Ich wollte es nicht noch komplizierter machen!«

Mir rauschte es in den Ohren und ich zwang mich zur Konzentration, ging noch einmal die Situation von Elisabeth und Max auf der Bank durch. Auch sie war nach der langen Sitzung mit Max erschöpft, konnte an diesem Tag nicht arbeiten. Sie hatte einen Schock erlitten, als sie Max´ Erinnerungen miterlebt hatte. Und dann solch eine Nachricht? Es wäre für beide zu viel gewesen, schloss ich mich ihrer Einschätzung an. Max war danach unvermittelt nach Großbritannien zurückgekehrt und kurz darauf in die USA gegangen. Und schließlich in dieser Klinik gelandet.

»Aber vielleicht hättest du all das hier vermeiden können!«, widersprach ihr Vince, wedelte mit der Hand. »Hätte Max von seinem Sohn gewusst, wäre es nie soweit gekommen!«

Sie zuckte unter seinem Vorwurf so schmerzlich zusammen, dass sie mir leid tat. Ich wollte Vince widersprechen, aber ihre leichte Berührung an meinem rechten Arm hielt mich zurück.

»Ja, das ist völlig richtig, Vince!«, stimmte sie zu. »Und es ist auch einer der Vorwürfe, die ich mir mache. Hätte ich Max´ Zusammenbruch verhindern können? Aber in diesem Moment auf der Bank ging es nicht nur um Max und mich! Sein Sohn, den du hier erwähnst, hatte ebenfalls ein Mitspracherecht und ich konnte ihn nicht fragen, weil er zum Studium in Kanada war! Solche Dinge klärt man nicht mal eben am Telefon oder per Mail! Auch sein Leben war von dem unbekannten Vater überschattet, und du ahnst nicht einmal, in welchem Ausmaß!«, deutete sie aufgebracht an.

»Mama, ganz ruhig!« Georg griff über Max´ Bett, nahm ihre Hand, schloss die Augen. Hatten die beiden auch ein gemeinsames Land, drängte sich mir plötzlich die Frage auf, als ich sie betrachtete.

Vince hatte sie ebenfalls im Blick und sah, wie Elisabeths Züge sich wieder entspannten, die aufgeheizte Stimmung im Raum leichter wurde. Bei der letzten Krise hatte sie noch die Unterstützung von Vince gesucht, doch jetzt verließ sie sich auf ihren Sohn.

Aufgebracht funkelte Franca Vincent an. »Die Vorwürfe hat sie nicht verdient! Das war unfair, Vince!«

Er nickte kurz und sah erst zu Boden, dann zu Elisabeth, die sich gerade von Georg löste und ihn anlächelte. »Danke!«

»Es tut mir leid, my Lady!«, entschuldigte er sich und sie nickte. Doch das Grau der Krisenstimmung zwischen ihnen fiel mir auch ohne den empathischen Kontakt zu Elisabeth auf. Hatte sie nicht erwähnt, sie bringe Georg zu ihrer moralischen Unterstützung an diesem Abend mit? Sie hatte diese Entwicklung schon vorhergesehen, schloss ich.

»Machen wir weiter?«, brachte ich alle zum zentralen Punkt zurück. »Wie hat Peter auf die Geburtsurkunde reagiert?«

Elisabeth atmete tief durch, legte endlich wieder ihre Fingerspitzen an meinen Puls. »Okay.«

15

Elisabeth

Um bei der ‚Sache' zu bleiben, werde ich die nächsten Jahre nur streifen. Und zu deiner Frage, Rick: Natürlich war Peter nicht erfreut, als ich ihm die Geburtsurkunde zeigte.

Fassungslos schüttelte er den Kopf: »Max? Du hast Max eintragen lassen? Du hattest es versprochen, Lisa!«

»Das weiß ich, Peter, und es tut mir leid! Aber die Standesbeamtin hat mir den Kopf zurechtgerückt. Ich konnte nicht lügen, obwohl sie mir nicht gedroht hat, mir sogar eine Brücke gebaut hat, als sie meine Unsicherheit bemerkt hatte. Es ist doch nur für ein paar Monate und niemand wird so genau nachfragen!«

Tagelang grummelte er mit mir und erst zuhause konnten wir uns wieder versöhnen. »Na ja, mir war beim Lügen auch unwohl«, gestand er mir nachts, als Georg nach dem Stillen zwischen uns lag. »Aber eine Psychologin sollte auf diese Spielchen doch geschickter reagieren können!«

Wütend schluckte ich meine Antwort herunter. Wer war denn so nervös gewesen, dass die Dame nachgehakt hatte?

Georg war ein absolut pflegeleichtes Kind. Wenn ich in seiner Nähe war.

Nach dem ersten halben Jahr war jedoch klar, dass wir in ganz Berlin keinen geeigneten Babysitter für ihn auftreiben würden. Und auch keinen nervenstarken Eisblock, der Georgs Schreien länger als eine halbe Stunde ertragen konnte. Selbst bei Peter war er unruhig.

Oft sah auch der Vater gestresst aus, wenn ich vom Labor nach Hause kam. Schon auf der Treppe hörte ich eines Abends Georgs Brüllen, rannte die Stufen hinauf. »Was ist denn mit ihm?«, fragte ich Peter, der mit dem wimmernden Kind auf dem Arm endlose Kreise durch Wohnzimmer, Schlafzimmer, Kinderzimmer drehte, um es zu beruhigen.

»Es ging schon los, als du noch im Treppenhaus warst. Ich habe alles versucht, Lisa! Er ist gefüttert, gewickelt und hat sein Bäuerchen gemacht. Ich habe ihm sogar Fieber gemessen! Aber er schreit und schreit und schreit!« Erschöpft legte er ihn in meine Arme, wo Georg doch sofort einschlief. Peter riss die Augen auf. »Aber das kann doch nicht sein!«

»Ach, er ist nur müde gewesen«, stellte ich fest und legte ihn in sein Bettchen, deckte ihn zu.

»Er war nur müde? Und warum schläft er dann nicht?«, fragte er fassungslos.

Ich zuckte die Schultern.

Ganz sicher war ich keine dieser Supermütter, weil ich mein Ziel der Promotion ständig im Kopf hatte. Aber ich wusste immer, was mit Georg los war: »Eine Falte in der Windel.« »Er langweilt sich.« »Vielleicht sollte ich auf die Knoblauchsuppe verzichten, solange ich stille.«

Das war doch alles so klar, warum verstanden die anderen Georg denn nicht?

Also schleppte ich Georg überall mit, selbst ins Kino oder zu einem Konzert der Philharmoniker. Und nie gab er den leisesten Laut von sich. Ein ganz problemloses Kind!

Wir waren eine glückliche Familie, doch schon nach dem ersten Jahr war klar, dass es so nicht weitergehen konnte.

Ein Kind will spielen, lachen, Krach machen und das lebhafte kleine Kerlchen war äußerst entdeckungsfreudig! Wie viele Münzen passen in das Laufwerk eines Computers, war eines seiner Lieblingsspiele und im Aufschrauben von PC-Gehäusen wurde ich schnell zur Meisterin. Ist es nicht faszinierend, wie Papier ratscht, wenn man es zerreißt? Und die Kügelchen aus der Orchideenerde sind doch tolle Klicker!

Schweren Herzens meldete ich ihn in der Kinderkrippe der Klinik an und wurde schon nach einer halben Stunde angerufen. Die bekamen unseren Sohn auch nach einer Woche des Eingewöhnens nicht in den Griff und mir tat es fast körperlich weh, wie er dort litt. Daraufhin war auch dieser Versuch beendet.

Natürlich musste Peter tagsüber arbeiten, aber es gab ja noch die Nacht! Also betrat ich unser Labor, wenn meine Kollegen sich auf den Heimweg machten, wertete ihre Ergebnisse aus, schuftete. Und doch wurde ich als Nachtgespenst, wie sie mich heimlich nannten, zunehmend ausgegrenzt, nicht mehr ernst genommen, von einigen sogar geschnitten. So verlor ich den Anschluss, obwohl ich kaum eine Nacht vor drei Uhr nach Hause ging. Als dann die ersten Forschungsergebnisse veröffentlicht wurden, war mein Name bei den Autoren ‚leider vergessen' worden, wie mir Peters Nachfolger am Telefon sagte. Er entschuldigte sich nicht einmal!

Heulend saß ich auf unserem Sofa und bekam nicht mit, dass Georg ganz still in der Ecke saß und auch ihm die Tränen über die Wangen liefen. Selbst als Peter ihn auf den Arm nahm, sah er mich unverwandt an. Peter fragte, was denn nicht stimmt, und er antwortete: »Mama weint!«

Nach der Pleite mit meiner Promotion war ich so frustriert, dass ich den Vertrag an der Charité kündigte, denn zum Kämpfen fehlte mir nach der jahrelangen Nachtarbeit die Kraft. Monatelang saß ich danach mit Georg zuhause, spielte mit ihm, entdeckte auch meine Umwelt durch die Augen des Kindes neu. Ganz bewusst entschieden wir uns für ein zweites Kind, auch wenn mir vor der Geburt graute. Doch Amanda fand den Weg ins Leben ganz schnell und einfach! Schon nach zwei Stunden hielt ich sie im Arm und glaubte, mein Glück verdoppelt zu haben. So sehr hatte ich mir eine Tochter gewünscht!

Aber mit diesem Kind stimmte etwas nicht! Ganz sicher! Der Glücksrausch, den ich bei Georgs Geburt erlebt hatte, war ausgeblieben und auch sonst schien mir mein zweites Kind so fremd.

Warum weint sie jetzt? Wo doch alles bestens ist? Und warum kann ich sie einfach nicht beruhigen, dachte ich verzweifelt, wenn ich sie nächtelang durch unsere Wohnung trug, sie sogar im Kinderwagen durch die ruhigen Straßen des nächtlichen Berlin schob. Reihenweise suchte ich mit ihr Kinderärzte auf, die keinerlei Beeinträchtigung bei ihr feststellen konnten: »Ist ganz normal, dass sie in den ersten Monaten nachts noch nicht durchschläft!«

»Nicht durchschläft? Sie schläft kaum länger als eine halbe Stunde am Stück!«

»Na, dann erstellen sie mal eine Tabelle, auf wie viele Stunden Schlaf sie an einem Tag kommt. Sie werden sehen, dass es reicht!«

Richtig, insgesamt schlief Amanda über zehn Stunden, aber ihre Mutter war fertig mit den Nerven! Wie oft überprüfte Peter den neurologischen Status des Babys und beruhigte mich ebenfalls: »Amanda ist völlig gesund, Lisa. Mach dir doch nicht so viele Sorgen!«

Georg war es, der mir mein zweites Kind erklärte, so mal eben nebenbei.

»Amanda weint wegen dem Strumpf«, meinte er, als ich kochen wollte und seine Schwester den Plan durchkreuzte.

»Wie?«, fragte ich zerstreut nach.

»Da, Mama!« Er stand auf und ging zu der Wippe, in der die Kleine lag, zeigte auf das rechte Bein seiner Schwester.

Ich legte den Kochlöffel zur Seite, beugte mich zu ihr herunter und zog dem Baby die Strümpfchen aus. Und tatsächlich, da war eine Einschnürung am linken Bein zu sehen. Ich rieb darüber und Amanda lachte!

»Woher wusstest du das, Georg?«

»Es hat mich gejuckt, genau da!«, zeigte er exakt auf die gleiche Stelle an seinem Bein.

Vor Überraschung plumpste ich neben ihm auf den Boden. »Du hast es gespürt?«

Georg nickte. »Und Amanda mag auch ihr Bett nicht. Es ist ihr zu weich.«

Das warme Essen fiel an dem Tag aus, weil wir eine halbe Stunde später im nächsten Möbelgeschäft standen, um Amanda ihre Wunschmatratze zu kaufen. Und in der kommenden Nacht schlief sie zum ersten Mal durch.

Tagelang dachte ich über das Phänomen nach, das uns nun ruhige Nächte und ausgeglichene Tage bescherte. »Was ist mit Amanda?«, wurde zu meiner häufigsten Frage an Georg. Und der Dreijährige legte die Hand auf den Arm der Schwester und verriet mir, was das Baby beschäftigte. So war es doch früher auch mit Georg und mir gewesen! Amanda war nicht krank und ich war auch keine schlechte Mutter, die ihr Kind nicht verstand. Nein, es musste eine andere Ursache geben! Warum war Georg so einfühlsam?

»Kannst du auch fühlen, wie es mir geht?«, fragte ich ihn beiläufig, als wir in unserem Wohnzimmer saßen und Georg mit seinen Legosteinen spielte.

Er sah nur kurz auf. »Besser!«, konstatierte er.

»Besser? Wie kommst du darauf?«

»Dein Licht ist wieder so.« Er hielt zwei Legosteine mit roter und gelber Farbe hoch.

Ich konnte es nicht fassen. »Mein Licht?«

»Ja, seit Amanda da ist, war es nicht mehr so hell.«

»Wo ist dieses Licht, Georg?«, tastete ich mich vorsichtig vor.

»Überall um dich.«

»Hat Amanda auch ein Licht?«

Wieder nickte er.

»Und welche Farbe hat das Licht von Amanda? Ist es wie meins?«

Er wühlte in der Legokiste, fand ein grünes Steinchen. »Eher so, wie bei Papa.«

Als ich es Peter nach dem Abendessen erzählte, runzelte er die Stirn. »Georg ist ein sehr fantasievolles Kind, Lisa. Vielleicht wollte er dich nur auf den Arm nehmen?«

»Das war keine seiner Geschichten. Da schaut er ganz anders aus! Nein, er hat es wie eine Tatsache geschildert, war durch die Legos abgelenkt. Und die waren ihm wichtiger! Könnte es sein, das er so etwas wie eine Aura um uns herum wahrnimmt?« Aura, ich traute mich kaum, dieses unwissenschaftliche Wort auszusprechen.

Entsprechend sah mich Peter dann auch an. »Tickt die Wissenschaftlerin jetzt aus?«, fragte er mit hochgezogenen Augenbrauen.

»Nein, überhaupt nicht!«, verwahrte ich mich gegen die Unterstellung. »Aber wenn Georg diese Farben schon sein ganzes Leben sieht, denkt er doch, dass sie ganz normal sind! Er ahnt nicht, dass wir sie nicht sehen können!«

»Weil es sie auch nicht gibt!«, verwies Peter auf die Fakten. »Er hat nur zu viel Fantasie!«, blieb er bei seiner Meinung.

Bei Peter biss ich mit meinen Ideen auf Granit, aber ich konnte doch selbst recherchieren! Es musste einen Grund für Georgs Fähigkeiten geben. Und nachdem ich mich monatelang durch die Untiefen der Esoterik bewegt hatte, die Peter nur mit einem Kopfschütteln kommentierte, stieß ich auf ein halb wissenschaftliches Werk. Ein bekannter Neuropsychologe hatte es geschrieben und war danach in der Fachwelt natürlich erledigt. In einem Nebensatz erwähnte er die Proteohormone und wieder stieß ich auf Oyatocin. Damals hieß es nur, dass es wehenfördernd ist und bei der Bildung der Muttermilch eine Rolle spielt.

Aber ich war mir sicher: Oyatocin kann noch viel mehr! Bei starker Überdosierung führt es zu einer Bewusstseinserweiterung, die es ermöglicht, die Gefühle anderer zu erkennen! Und nicht nur ich hatte bei Georgs Geburt zu viel von dem Zeug abbekommen, sondern auch das noch ungeborene Kind! Doch während der Stoffwechsel der Erwachsenen es schnell wieder abgebaut hatte, führte es bei dem Neugeborenen zu einer dauerhaften Veränderung, lautete meine erste Arbeitshypothese.

16

Rick

»Also war es doch das Oyatocin!«, rief ich aus, konnte mich nicht mehr zurückhalten, obwohl mich Elisabeths Geschichte fesselte.

»Ja klar, du störst mal wieder!«, fauchte Franca, als auch die anderen wieder die Augen öffneten und sich in Max´ Krankenzimmer zurechtfanden.

Ich ignorierte meine Schwester, hing Elisabeths Gefühlen nach. Nur mit wenigen Sätzen hatte sie ihren beruflichen Misserfolg gestreift, doch dieser Moment der abgrundtiefen Enttäuschung und Verzweiflung, als man ihre Arbeitsergebnisse gestohlen hatte, war mir durch Mark und Bein gegangen. Ich erinnerte mich an eine Situation, in der man mir nur eine Titelgeschichte geklaut hatte und allein diese Niederlage ging mir heute noch nach.

Am liebsten hätte ich mit Elisabeth geheult! Zwei Jahre harter Arbeit und dann wurde sie um den Erfolg betrogen, heimsten andere ihre Lorbeeren ein. Nicht ungewöhnlich in der Welt der wissenschaftlichen Forschung, aber es am eigenen Leib zu spüren war etwas ganz anderes. Und Elisabeth hatte uns nur einen Hauch ihrer Enttäuschung spüren lassen. Auch die Hilflosigkeit im Umgang mit Amanda steckte mir in den Knochen. Ich hatte das Gefühl, als stolpere ich selbst, vor Müdigkeit taumelnd, mit einem Kinderwagen durch Berlin. Und dann war die Erklärung so einfach, so trivial! In ihrem Wägelchen lag Amanda nur besser als in der Wiege. Wer kommt denn auf solch eine Lösung?

Ein dreijähriges Kind, das bei seiner Geburt mit einer Überdosis des Kuschelhormons behandelt wurde! Ich fand

Elisabeths Hypothese durchaus glaubhaft und konnte Peters Engstirnigkeit nicht nachvollziehen. Oyatocin stärkt die Bindung zwischen Paaren, hatte ich gestern bei meinen Recherchen in einem Massenjournal gelesen, es macht die Männer treu! 'Geben Sie ihrem Partner vor dem Ausgehen mit seiner Männerclique einen Sprühstoß aus der kleinen Flasche in die Nase und er wird sich von anderen Frauen fernhalten', riet die Briefkastentante des Magazins. Ich hatte mich nur gewundert, dass es heutzutage Oyatocin als Nasenspray gab und den Kopf geschüttelt. Diese Erkenntnisse waren bereits bei der Masse angekommen, aber damals waren Elisabeths Ideen so revolutionär, dass ich Peters Reaktion nun doch verstand.

»Kannst du bei allen Menschen eine Aura sehen?«, fragte Franca gerade und riss mich aus meinen Gedanken.

Georg verdrehte die Augen. »Natürlich nicht! Wissenschaftlich wurde nie bewiesen, dass es diese Lichterscheinung überhaupt gibt. Mein Vater hatte recht!«, schnaubte er. »Das ist nur esoterischer Quatsch!«

»Damals konntest du sie sehen!«, beharrte Elisabeth. »Und was du mir als Dreijähriger über die Menschen in unserer Umgebung erzählt hast, passte so genau zu den Gerüchten der Esoterikszene. Deinen Paten Stephan sahst du in reinem Blau und das steht für Macht und Willenskraft, sehr passend!«

»Ich weiß nichts mehr davon, Mama! Zahlen und Fakten beschreiben unsere Welt und die kann ich begreifen und nachweisen!«, meinte der Wissenschaftler, der schon so jung seinen ersten Doktortitel anstrebte.

»Wie kann es sein, dass du einerseits so auf die Welt unserer Wissenschaft schwörst, aber gleichzeitig mit deiner Mutter auf dieser außergewöhnlichen Gefühlsebene kommunizierst? Wo man die Gefühle als Bilder und Gedanken wahrnehmen kann?«, fragte nun auch ich zweifelnd nach.

»Der Widerspruch ist mir durchaus bewusst, Rick«, gab er zu. »Aber das Gefühlsgedusel hat in unserer Gesellschaft nun mal keinen Platz. Harte Zahlen und Fakten sind nachweisbar und selbstverständlich habe ich mal die Werke über emotionale Intelligenz überprüft. Ist alles nur Gelaber!«, meinte er wegwerfend. »Niemals würde ich außerhalb der Familie zugeben, dass es auch andere Kommunikationswege gibt!«

Außerhalb der Familie! Georg hatte uns akzeptiert und ich nahm am Rande auch das erleichterte Aufseufzen von Franca und Max wahr. Dieser unverhoffte Neffe war eindeutig ein Geschenk, dachte ich dankbar und freute mich auf anregende Diskussionen mit ihm in der Zukunft. Ein knallharter Wissenschaftler, fest verankert in seiner Welt, der jedoch ganz außergewöhnliche Fähigkeiten besaß, die er konsequent verleugnete. Warum?

»Georg hat als kleines Kind mit dir geweint, als deine Promotion den Bach hinunterging«, stellte nun auch Vince fest. »War das eine Gefühlsansteckung?«

»Kann gut sein, Vince«, bestätigte Elisabeth. »Die Spiegelneuronen feuern in unseren Gehirnen, wenn wir Gefühle bei anderen beobachten. Das ist ein unbewusster Vorgang, der ebenso ansteckend wie Gähnen wirkt. Heute weiß man viel mehr über diese neurophysiologischen Prozesse, aber Mitte der Neunziger kamen die ersten Kernspintomografen ja gerade erst auf den Markt. Wie die Amygdala auf Stress reagiert und damit unsere anderen Leitungsbahnen unterbricht, lernen wir erst! Es war wirklich kein Wunder, dass Peter meine Theorie so rigoros angelehnt hat«, nahm sie ihren Exmann in Schutz.

»Aber du hast weitergeforscht? In der ‚Sache?'«, verstand auch Vince. »Darüber will ich mehr hören!«

»Mich interessiert noch eine andere Frage«, warf Max ein. »Hat Georg denn nie nachgefragt, woher seine Augen stammen?«

»Doch, hat er«, bekannte Elisabeth, als wir den Kreis schlossen. »Aber ich will den Dingen nicht voraus greifen. Machen wir da weiter, wo wir eben stehen geblieben sind.«

17

Elisabeth

Deine blauen Augen wurden für mich zu Georgs Augen, Max. Nur selten dachte ich noch an dich, vielleicht wenn er mit mir lachte, so wie du es getan hast. Mit den Jahren verschwamm meine Erinnerung an die Nacht in Berlin. Und als ich dich in der Hotelhalle wiedersah, war mein erster Gedanke: Er hat Georgs Augen, nicht umgekehrt.

Als auch Amanda das Sprechen gelernt hatte, ging Georgs Fähigkeit, die Gefühle anderer zu erkennen, zurück. Er glich sich seinen Freunden an, wollte nicht ‚irgendwie anders' sein. In den Kinderjahren hatte er mir von früheren Leben erzählt, beschrieb mir, wie er im Mittelalter oder auch im Zweiten Weltkrieg gelebt hatte. Das waren diese Fantasiegeschichten, wie Peter sie nannte und er unterdrückte sie zunehmend, weil er oft auf Unverständnis stieß. Nur mir nannte er exakte Geburtsdaten früherer Leben, für die ich jedoch keine Nachweise im Internet fand, das auch bei uns Einzug gehalten hatte, obwohl sich Peter anfangs gegen die neue Technik wehrte. Er hatte ja auch unseren Fernseher abgeschaltet und zum Sperrmüll gestellt, als Georg zum ersten Mal die Fernbedienung benutzte. »Ich will nicht, dass unsere Kinder so zugemüllt werden!«, erklärte er und nach einigen Diskussionen war ich überzeugt.

Wir waren inzwischen von der Bundeshauptstadt in die Provinz gezogen, wo Peter nach dem Erreichen seiner Professur eine angemessene Stelle gefunden hatte. Professor Lindscheid, mit gerade mal achtunddreißig Jahren! Ich war sehr stolz auf ihn und folgte ihm in das beschauliche Bundesland, das früher meine Heimat gewesen war. Amanda lebte sich in der neuen Grundschule schnell ein, Georg besuchte das Gymnasium. Aber ich langweilte mich! Auch wenn Georg seine einfühlsame Fähigkeit verloren hatte, beschäftigte mich die Oyatocinidee weiterhin. Was wäre, wenn …?

Anfangs bestärkte mich Peter noch in meinen Bestrebungen. »Jetzt hast du zwar deine Therapieausbildung hinter dir, Lisa, aber eigentlich gehörst du in die Wissenschaft!«

»Dort bin ich schon mal gescheitert, wie du weißt«, lehnte ich ab.

»Was soll denn der Blödsinn?«, meinte er irritiert. »Raff dich noch einmal auf und zeig, was in dir steckt! Du bist erst 36 und hast noch ein langes Berufsleben vor dir. Versuche es noch einmal ohne den Stress mit kleinen Kindern!«

Ich arbeitete inzwischen in der Psychiatrie der Uniklinik meines Heimatlandes. Und sah Tag für Tag die stuporösen Patienten, die wir nicht behandelten, sondern nur verwahrten. Wir fanden keinen Zugang zu ihnen!

Doch was wäre, wenn wir sie auf einer ganz anderen Ebene erreichen könnten? Auf der Gefühlsebene, die sie so wehrlos verharren ließ?

Natürlich begab ich mich mit dieser Idee auf sehr dünnes Eis. Daher musste schon der Forschungsantrag so hieb- und stichfest formuliert sein, dass ich einen möglichen Doktorvater überzeugen konnte. Am besten standen meine Chancen, wenn mir bereits erste Ergebnisse zur Verfügung standen, aber mein Erlebnis im Kreißsaal war nicht ausreichend. Auch Peter hatte es damals angezweifelt, wichtige Einwände vorgebracht. Und selbstverständlich kam nicht infrage, dass wir unsere Stuporpatienten ohne ihr Wissen und Einverständnis mit Oyatocin behandelten. Welche Möglichkeit blieb dann noch? Nur der Eigenversuch. Hatte nicht auch Jenner so ähnlich die Kuhpocken in den Griff bekommen?

In den nächsten Monaten stürzte ich mich auf die Recherche, stand jeden zweiten Tag in der Unibibliothek, um passende Grundlagenliteratur auszuleihen. Doch was ich dort las, nahm mir den Wind aus den Segeln: Noch nie zuvor war in der Wissenschaft meine Idee formuliert worden. Zwar hatte Vigneaud den Nobelpreis für die erstmalige Isolierung des Oyatocins gewonnen, doch die Einsatzmöglichkeiten waren rein auf die Geburtshilfe beschränkt. Und auch nur auf der Entbindungsstation zu bekommen!

»Du spinnst ja wohl!«, lehnte Peter meinen Wunsch ab, mir ein Rezept für das Medikament auszustellen. »Mit Hormonen spielt man nicht so einfach herum, Lisa. Wer weiß, welche Nebenwirkungen es da gibt?«

»Seit Jahren erhalten es hochschwangere Frauen und ihre ungeborenen Kinder!«, versuchte ich, ihn zu beruhigen. »Und bei allen wurden höchstens geringe Nebenwirkungen beobachtet, und die auch nur sehr selten. Das Zeug ist ungefährlich! Im schlimmsten Fall wirkt es eben nicht und dann habe ich nichts verloren!«

Aber er blieb hart. Ich wollte die Idee schon aufgeben, als mir der Zufall entgegen kam. Ich war zu einem Notfall gerufen worden, um den nervösen Partner einer werdenden Mutter zu beruhigen. Der Medikamentenschrank stand offen und die Hebammen waren mit der Frau beschäftigt. Als sie in den OP zum Notkaiserschnitt gefahren wurde, konnte ich nicht widerstehen und steckte mir eine Schachtel mit den Ampullen ein. Es ging doch nur um einen Selbstversuch! Und ich überging die Stimme in mir, die mich mahnte, dass ich auf den falschen Weg geriet.

Die erste Ration schluckte ich zuhause – und bemerkte keinerlei Wirkung. Ich hatte nicht bedacht, dass die Proteine die Magensäure kaum überstehen konnten. Als nächste Alternative stand die subkutane oder gar intravenöse Gabe an, aber das schien mir nicht machbar. Wenn Peter Einstichstellen an mir fand, wäre sicher der Teufel los!

Erst als meine Kinder verschnupft zuhause im Bett lagen, kam mir die Idee mit den Nasentropfen. Wie einfach! Kurzerhand kippte ich die Flüssigkeit aus dem Fläschchen, füllte eine Ampulle meines Diebesgutes ein und schniefte es hoch. Mir zog es ein wenig im Bauch, aber das war auch die einzige Wirkung, die ich an mir beobachtete. Keine Farben, keine Gedankenerweiterung, absolut frustrierend!

Aber vielleicht wirkt es erst mit der Zeit? Also nahm ich die ‚Nasentropfen' weiter mit dem Effekt, dass Peter sich über meine plötzliche Anhänglichkeit eines Nachts wunderte. »Schon wieder, Lisa? Sag´ mal, wünschst du dir noch ein Kind?«

Oh nein, ganz sicher nicht! So sehr ich meine Kinder auch liebte, war ich doch froh, dass beide im Schulalter waren und ich wieder Motorrad fahren durfte.

Meine Idee war ein Fehlschlag auf ganzer Linie! Ich zweifelte an mir, bis mir der Satz einfiel, den ich bei den ganzen Recherchen und den Monaten der Theoriebildung vergessen hatte: »Sie ist völlig überdosiert!«

Ich berechnete eine neue Dosis: Der Wehentropf mit Oyatocin wurde mir intravenös verabreicht. Ich jedoch hatte nur die Möglichkeit der Aufnahme durch die Nase, wo nur ein Bruchteil des Wirkstoffs in den Blutkreislauf gelangte. Als ich die Berechnungen abgeschlossen hatte, staunte ich selbst: Ich brauchte mindestens die zehnfache Dosis, um den gleichen Effekt zu erzielen! Aber ich hatte nur acht Ampullen. Mit einfachsten Mitteln reduzierte ich den Flüssigkeitsanteil der Ampullen, um eine Lösung zu erhalten, die immerhin die achtfache Normaldosis enthielt. Vorsichtig füllte ich die kostbaren Milliliter in das Fläschchen für Nasentropfen und trug es erst einmal tagelang mit mir herum. Sollte ich es wirklich wagen, als Mutter von zwei Schulkindern? Und als Ehefrau eines Chefarztes, der sicherlich keinerlei Verständnis für diese Art der unseriösen Forschung aufbrachte? Über sonstige Nebenwirkungen bei einer derartig hohen Dosierung war nichts bekannt; es gab nicht einmal Ergebnisse aus Tierversuchen. Zudem gehörte Oyatocin zur Wirkstoffgruppe der MDMA, zu denen auch das gerade bekannt gewordene Ecstasy gezählt wurde.

Das waren die Gedanken, mit denen ich mich beschäftigte, als Peter eines Abends sehr bedrückt am Esstisch saß. Einmal am Tag fanden wir uns alle vier zusammen, um zu erzählen, was wir erlebt hatten, oder auch um Pläne für das Wochenende oder den nächsten Urlaub zu schmieden. Als Georg eine Reise nach Island in den kommenden Herbstferien vorschlug, von Wasserfällen und Geysiren schwärmte, beteiligte sich Peter kaum.

»Also Papa, fahren wir dorthin?«, fragte Georg nach.

Peter fuhr auf. »Was?«

»Fahren wir nach Island? In den Herbstferien?«

»Von mir aus«, stimmte sein Vater zu. Georgs Jubel ging ebenso an ihm vorbei wie unser neues Urlaubsziel.

Als die Kinder nach dem Spülen in ihre Zimmer hinaufgingen, folgte ich Peter in sein Arbeitszimmer, in dem er in den letzten Wochen seine Abende verbracht hatte, obwohl wir den schönen Spätsommer auch im Garten genießen konnten.

»Was ist mit dir?«, fragte ich, setzte mich auf den Besucherstuhl neben seinem Schreibtisch. »Sonst hasst du doch die Kälte im Norden, willst im Herbst lieber noch mal Sonne tanken?«

»Ja, lass uns nach Istrien fahren«, murmelte er, blätterte in einem Fachbuch.

»Peter! Schaust du mich mal an?« Als er unkonzentriert nickte, legte ich meine Hand auf die Buchseite. »Hier bin ich!«

Er seufzte, setzte seine Lesebrille ab. »Ja, weiß ich doch. Was hast du denn?«

»Das wird nichts mit Istrien! Du hast Georg eben versprochen, dass wir im Herbst nach Island fahren!«

»Island?« Jetzt war er endlich bei mir.

»Ja, in den höchsten Norden! Sicher sucht Georg oben in seinem Zimmer geeignete Hotels für unsere Rundreise. Einen Rückzieher wird er nicht zulassen!«

Wenn Georg einmal sein Ziel erreicht hatte, war er nicht mehr davon abzubringen. Das wusste auch sein Vater, der sich nun stöhnend durchs Haar fuhr.

»Also was beschäftigt dich so sehr, dass wir in unseren Herbstferien frieren müssen?«, fragte ich noch einmal.

Er seufzte. »Wir haben da so einen tragischen Fall, Lisa. Seit Wochen suche ich eine geeignete Behandlung, aber die junge Frau wird jeden Tag weniger. Und das arme Kind!«, deutete er an.

»Warum willst du mir nicht davon erzählen?«

»Ach, der Fall hat mich so an uns erinnert, und ich wollte dich nicht damit belasten«, gestand er.

»Was hat dich an uns erinnert? Bitte Peter, sag es mir!«

Er sah in die Dämmerung hinaus. »Heute war der Ehemann der Frau noch einmal bei mir. Er saß vor meinem Schreibtisch und hielt das Baby im Arm. Es ist ein kleines Mädchen, und sie heißt Katrin, ist so ein Wonnekind! Sie weiß noch nicht, dass wir ihre Mutter vielleicht nicht retten können!« Er stützte die Arme auf den Schreibtisch, verbarg sein Gesicht mit den Händen. Ein Bild des Jammers.

Ich legte ihm die Hand auf die Schulter. »Was ist mit der Mutter, Peter?«, fragte ich behutsam.

Er richtete sich auf und ergriff meine Hand, als wolle er mich trösten! »Sie ist Bibliothekarin in unserer Stadtbibliothek, 32 Jahre alt. Und die beiden haben sich so sehr auf ihr erstes Kind gefreut, sagte er mir. Aber auch bei ihr ist während der Geburt etwas schief gelaufen. Sie fiel in ein Wachkoma, wurde vor drei Wochen zu uns verlegt und wir haben bisher keine organische Ursache für ihren Zustand gefunden! Alle Werte sind bestens, alle anderen Befunde altersgerecht. Es gibt keinen Hinweis auf ein organisches Geschehen, aber wir bekommen sie einfach nicht zurück!«

»Und warum erinnert sie dich an uns, Peter?«, fragte ich vorsichtig nach.

»Auch sie hat Oya bekommen! Aber nur die übliche Dosis. Ich hätte nie darauf geachtet, wenn du mir nicht deine Erlebnisse geschildert hättest. Erst als ich die medizinische Akte der Gynäkologen angefordert hatte, ist es mir aufgefallen. Vielleicht reagieren einige Frauen anders darauf, als weithin bekannt ist«, vermutete er mit einem Seitenblick auf mich. »Ihre offizielle Diagnose lautet jedoch Stupor aufgrund einer schweren Wochenbettdepression.«

Ich nickte langsam. »Aber die Diagnose gefällt dir nicht? Weil sie ihr Wochenbett noch gar nicht erlebt hatte?«

»Genau!«, bestätigte er erschöpft. »Und die Frau wird von Tag zu Tag schwächer. Ich konnte dem jungen Vater keinerlei Hoffnung machen.«

»Es könnte also das Oya gewesen sein? Wieder eine unabsichtliche Überdosierung wie bei mir? Und wer weiß, wie es sich bei ihr ausgewirkt hat!«, sponn ich den Gedanken weiter. »Ich hatte Angst, dass du stirbst, glaubte ich damals von dir gehört zu haben«, lächelte ich über meinen Irrtum. »Dabei hast du doch nur gesagt, das ist dein Sohn!«, stand mir die Situation vor Augen.

»Ja, das habe ich gesagt, Lisa, ich erinnere mich noch ganz genau!«, nickte Peter. »Aber ich hatte tatsächlich daran gedacht, dass du vielleicht verbluten könntest! Ich befürchtete, dass du uns stirbst, Lisa!«, flüsterte er. »Du hast meinen Gedanken wiederholt und ich konnte es nicht fassen!«

Ich erstarrte. »Du hast genau das gedacht, Peter?«, fragte ich noch einmal nach, glaubte mich verhört zu haben. »Dann war es doch kein Morphintraum!«, brachte ich hervor, als er nickte. Ich sank an die Lehne zurück. Meine Gedanken rasten, als ich in mir noch einmal die Details aufleben ließ. »Glaub mir Peter, das war die Wirkung des Oyatocins! Es gibt keine andere Erklärung!«, schloss ich aufgeregt. »Und es ist der Weg, wie wir die junge Frau zurückholen könnten!«, bot ich ihm an, sah sein Entsetzen.

»Wie meinst du das denn?«

Und ich erzählte ihm zum ersten Mal von meinen Recherchen und Ideen. »Bei Georg hat das Oya noch jahrelang nachgewirkt und ihn so einfühlsam für andere Menschen gemacht. Ich könnte erspüren, was in der jungen Mutter vorgeht!«

»Du willst dir eine Überdosis Oyatocin spritzen? Ohne zu wissen, wie es wirkt? Kommt gar nicht infrage!«, lehnte er sofort ab. »Der Fall ist tragisch, aber ich werde eine Lösung finden, ohne meine Frau in Gefahr zu bringen!« Aufgebracht schüttelte er den Kopf und wandte sich wieder seinen Büchern zu. Meine weiteren Argumente hörte er gar nicht an.

Ich verließ sein Arbeitszimmer, saß danach im Wohnzimmer und ging meinen Plan in allen Einzelheiten durch, schrieb ein erstes Versuchsprotokoll. Nur ein paar meiner besonderen Nasentropfen würde ich mir verpassen und die Frau ohne Peters Erlaubnis besuchen. Er würde es nie erfahren, wenn der Versuch schiefgehen sollte. Aber das Kind brauchte seine Mutter! Und damit war meine Entscheidung gefallen.

Peter war noch für Stunden beschäftigt, das wusste ich. Ich sprach von einem Notfall, verließ das Haus, fuhr in die Klinik und fragte nach seiner Patientin. Ich hatte mir die Geschichte zurechtgelegt, dass ich als Freundin der Familie gebeten wurde, sie einmal zu besuchen. »Ich wollte ihr ein wenig vorlesen«, gab ich vor. »Als Bibliothekarin hat sie Bücher geliebt!«

»Ja, das ist eine gute Idee«, stimmte die Schwester zu. »Auch ihr Mann liest ihr oft vor!«

So saß ich allein im Halbdunkel neben dem Bett der jungen Frau, die bisher auf meine Nähe nicht reagiert hatte. Ich nahm ein Buch von ihrem Nachttisch. Emma, ja klar!

Leise stellte ich mich der Frau vor. »Ich bin Lisa und werde dir ein wenig vorlesen, Doris«, begann ich, glaubte durch die Nennung ihres Vornamens einen besseren Bezug zu ihr herzustellen. Dann nahm ich die Tropfen und begann zu lesen.

Die Wirkung setzte keine zwei Minuten später ein. Die Buchstaben verschwammen und ich schnappte nach Luft, als ich kurz die Augen schloss. Noch immer sah ich Doris vor mir liegen, doch mein Kopf spiegelte mir vor, als sei nun eine dunkle Wolke um sie herum wahrzunehmen.

Und die Wolke flüsterte, so wie ich es auch damals im Kreißsaal wahrgenommen hatte. »Du schaffst das nie! Dein Kind wird sterben, so wie deine Mutter! Auch ihr konntest du nicht helfen!«, klang eine schrille Stimme in mir auf. »Du warst es, die sie in den Tod getrieben hat, statt sie zu retten! Bist lieber in die Schule gegangen und deshalb hat sie die Tabletten geschluckt! Es war deine Schuld! Und nun wirst du dein Kind töten, weil du nicht aufpassen kannst!«

Wieder und wieder flüsterte die Wolke diese Angst einflößenden Worte, die auch mich in Schrecken versetzten, mich so mitrissen, dass ich es fast selbst glaubte. Zu meinem Glück ließ die Nachtschwester eine Bettpfanne auf dem Flur fallen und das laute Gepolter brachte mich dazu, die Augen aufzureißen. Vor mir lag die Patientin, keine dunkle Wolke war zu sehen.

Schnell analysierte ich das Gehörte. War die Mutter der Patientin durch einen Suizid gestorben? Damals war die Frau vor mir noch ein Schulkind und trug somit ganz sicher keine Mitschuld am Tod der Mutter. Doch nun waren die Ängste und Vorwürfe wieder aufgetaucht, die sie sich bestimmt als Kind gemacht hatte. Und diese Schuldgefühle übertrugen sich auf ihr eigenes Kind, ließen sie glauben, dass sie, nun als Mutter, ihre Tochter in Gefahr bringen könnte. Welch eine schreckliche Vorstellung! Und welche Mutter würde es da nicht vorziehen, sich lieber selbst zu strafen, als dem Kind ungewollt Schaden zuzufügen? Was für eine gemeine Stimme!

Mitfühlend drückte ich Doris die Hand und war nicht darauf vorbereitet, welche Welle der Panik mich plötzlich mitriss, auch mich aufsaugen wollte. Doch ich schwamm dagegen an. Es ist ihre Angst, dachte ich noch, bevor ich losbrüllte: »Seid ruhig, ihr seid nur ein böser Traum! Doris, du wirst eine wunderbare Mutter sein und dein Kind wartet auf dich, die kleine Katrin!« Und ich dachte an die Situation, als ich meine Kinder zum ersten Mal im Arm gehalten hatte, konzentrierte mich auf die Liebe und visualisierte das Gefühl mit aller Kraft: Georg! Und Amanda!

So wird es auch mit Katrin sein, höre nicht auf die bösen Stimmen. Sie lügen! Du liebst dein Kind schon jetzt so sehr, dass du dich selbst abgeschaltet hast, bevor du ihm schaden kannst. Aber das wird nie geschehen! Du liebst Katrin und sie wartet auf dich, wiederholte ich.

Ich klammerte mich an diese Gedanken und spürte tatsächlich, wie die bösen Stimmen leiser wurden und ich ihr Flüstern übertönen konnte. Komm zurück, beschwor ich sie inständig, hielt ihre Hand weiter fest. Fast schien es mir, als würde Doris sie ergreifen, nach einem Rettungsanker suchen. Gut so, feuerte ich sie an, wir sind gleich da! Komm mit mir!

Ich spürte das Rütteln der Krankenschwester an meiner Schulter. »Was ist denn hier los? Sind Sie eingeschlafen?« Misstrauisch wanderte ihr Blick von mir zu Doris und sie bemerkte, dass ich ihre Hand noch hielt.

Ich bückte mich nach dem Buch, das mir von den Knien gerutscht war. »Ja, ich bin wohl doch zu müde«, lenkte ich sie ab, rieb mir unauffällig über die Hand, die Doris so fest gedrückt hatte, dass man rötliche Abdrücke sah. Sie hatte reagiert! »Nun, ich denke, ich gehe am besten heim.«

Schnell stand ich auf, streckte mich. »Ihnen noch eine ruhige Nachtschicht!«

Doch die Schwester hörte mich kaum, weil sie nun auch sah, dass Doris sich bewegt hatte.

Zum Abschied strich ich ihr noch einmal über den Arm. »Auf Wiedersehen, Doris!« Ich sah zu, dass ich unauffällig verschwinden konnte.

Fast zwei Stunden war ich bei Doris, doch es war mir nicht länger erschienen als dreißig Minuten. Zeitdilatation, notierte ich auf meinem gedanklichen Notizblock, als ich zuhause die Tür aufschloss.

»Da bist du ja endlich wieder«, murmelte Peter im Halbschlaf, als ich ihn kurz auf die Stirn küsste.

»Schlaf gut«, wünschte ich ihm noch und fiel in einen Schlaf der Erschöpfung.

»Schickes Foto«, lobte ich drei Tage später beiläufig beim Frühstück, als ich Peter mit der glücklichen jungen Familie in der Zeitung sah.

»Ja, der Vater hat die Presse nach der Wunderheilung seiner Frau informiert. Und die haben mich zu dem Foto gedrängt, das ich nicht verdient habe«, meinte er selbstkritisch. »Die Frau ist von selbst wieder aufgewacht.«

»Na, Hauptsache, es geht ihr wieder besser!«, schloss ich das Thema schnell ab.

Doch ich hatte nicht mit meinem Mann gerechnet. »Komm mal mit!«, forderte er nach dem Abendessen nicht gerade freundlich. In seinem Arbeitszimmer knallte er Kopien auf seinen Schreibtisch. »Das ist die Krankenakte der Patientin inklusive dem Bericht der Nachtschwester über die Wunderheilung.«

Au Mist! »Ja und?«, fragte ich unsicher nach.

»Nun lies das mal!« Als ich mich kopfschüttelnd weigerte, nahm er den Bericht selbst zur Hand. »Besuch einer Freundin der Patientin, die ihr noch vorliest. Dreiundzwanzig bis ein Uhr! Das war von Montag auf Dienstag, als du noch zu diesem ‚Notfall' musstest. Und niemand in der Familie kannte diese Freundin! Heute konnte ich mit der Schwester sprechen, die mir die Besucherin erstaunlich genau beschrieben hat. Wie bist du an das Oyatocin gekommen, Lisa?!«

»Es hat gewirkt, Peter!«, ignorierte ich die Frage, bestritt die Tatsache gar nicht. »Die Frau ist wieder bei ihrer Familie!«

Das reichte nicht. »Zeig mir deine Arme!«, forderte er. »Hast du dir tatsächlich das Oya gespritzt?«

»Natürlich nicht!« Ganz locker schob ich die Ärmel meines Pullovers hoch, zeigte ihm meine Ellenbeugen.

»Das überzeugt mich aber nicht! Wie hast du das angestellt?« Jetzt klang eher Sorge in seiner Stimme mit.

Ich wünschte mir seine Unterstützung! »Nasentropfen«, offenbarte ich und gestand ihm meine private Studie. »Es hat geklappt, Peter!«, wiederholte ich, bat um sein Verständnis. »Und wir könnten so vielen helfen! Ich werde einen Forschungsantrag schreiben, es noch einmal mit einer Promotion versuchen. Hilfst du mir? Ich brauche nur deine nüchterne Einschätzung der Tatsachen, keine moralische Verurteilung und auch kein Lob. Bitte, Peter!«

18

Rick

Elisabeths Worte verklangen, doch ich spürte ihren Gefühlen noch ein wenig nach. Welch ein ungewöhnlicher Erfolg schon beim ersten Versuch! Warum war niemand zuvor auf die Idee gekommen, die Gefühlswelt der in sich eingeschlossenen Kranken zu erforschen? Im Nachhinein schien mir dieser Zugangsweg ebenso überraschend wie einfach. Natürlich wollte sie dem Gedanken nachgehen und Peter, dem Chefarzt einer neurologischen Klinik, sollte doch daran gelegen sein, diese hoffnungslosen Patienten zu heilen.

Das Feuer der Leidenschaft bei einem neuen Projekt kannte ich ebenfalls aus eigener Erfahrung und konnte Elisabeths Begeisterung gut nachvollziehen. Sie hatte eine junge Frau gerettet, dem Kind die Mutter zurückgegeben. Als die Patientin in dem dämmerigen Krankenzimmer vor meinem geistigen Auge erschien, war mir die Blässe der Frau aufgefallen, die so regungslos in ihrem Bett gelegen hatte.

Die Bilder, die Elisabeth mit ihren Gefühlen aussendete, bestachen jetzt bis ins Detail. Ich hatte sogar den Einband von ‚Emma' erkennen können, in der Ausgabe als Buch zum Film! Doch stimmte der Eindruck oder hatte mir meine Vorstellungskraft eigene Bilder vorgetäuscht? »Das Buch, Elisabeth, war das ein Buch zum Film?«

»Das hast du doch gesehen«, antwortete Franca ungeduldig für sie. »Der Film mit Gwyneth Paltrow. Das ist ja wohl die uninteressanteste Frage hier!«, kanzelte sie mich ab und wandte sich an Elisabeth. »Und du konntest schon bei dem allerersten Versuch Bilder sehen? Und Stimmen hören?«, zweifelte sie und auch Vince nickte bei diesen Fragen.

»Nein, es war natürlich nicht so klar, wie ich es euch gezeigt habe«, schränkte sie ein. »Doris lag vor mir und ich hatte eher zufällig die Augen geschlossen, weil ich dachte, dass ich müde sei. Dann war es das Gefühl, das doch jeder beim Lesen oder bei einem Hörspiel kennt: Wir bauen uns Bilder in der Vorstellung, ganz ungewollt. Und als Psychologin hatte ich bereits gelernt, auf die Zwischentöne zu achten, wenn mir die Patienten von ihren Sorgen berichteten. Das ist eine Technik, die alle Therapeuten mehr oder weniger intensiv nutzen. Nur die Stimmen, die glaubte ich tatsächlich zu hören.«

»Aber du konntest doch gar nicht wissen, ob sie von Doris oder dir selbst stammten«, wandte Vince ein.

»Das wusste ich selbstverständlich nicht«, gab Elisabeth zu. »Mal abgesehen davon, dass ich ansonsten gesund bin und keine fremden Stimmen in meinem Kopf höre!«, meinte sie mit einem schiefen Lächeln und fuhr fort. »Doch was die sagten, das war mir so fremd! Die gemeinen Vorwürfe, die sie der Frau machten, kamen ganz sicher nicht von mir. Nie würde ich solche Sachen sagen!«, regte sie sich noch heute auf und ich spürte, dass sie recht hatte. Elisabeth war bei diesem Selbstversuch ehrgeizig und auch leichtsinnig vorgegangen, aber sie war sicher nicht heimtückisch.

»Und dann hast du dich darauf verlassen, dass genau diese Vorwürfe die Arme so in Schrecken versetzten?«, wunderte sich Max.

Sie nickte. »Mein rationales Denken war bei der ersten Begegnung eingeschränkt, weil ich zunächst so überrascht war! Hätte die Nachtschwester nicht solch einen Lärm veranstaltet, hätte ich sicher noch länger zugehört. Und es war eher ein Zufall, dass ich Doris später die Hand gedrückt habe, weil Therapeuten auf diese Geste verzichten und ihre Patienten nicht berühren. Deshalb konnten mich die Stimmen auch überrollen. Da waren sehr heftige Gefühle, unter denen sie litt und auch sie hatte bei der Geburt ja Oyatocin bekommen. Vielleicht wirkte es bei ihr immer noch nach, wie damals bei Georg?«, stellte sie eine Hypothese auf, die mir gar nicht eingefallen war.

»Wie lange haben sie denn bei dir gewirkt? Diese Nasentropfen?«, fragte Franca.

»Als die Schwester mich an der Schulter rüttelte, konnte ich die bösen Stimmen schon fast nicht mehr hören«, erinnerte sich Elisabeth und zuckte mit den Schultern. »Und bis heute kann ich nicht sagen, ob sie durch mein Eingreifen verschwunden waren oder ob die Wirkung des Oya nachgelassen hatte. Aber die misstrauische Verwunderung der Krankenschwester habe ich noch ganz deutlich gespürt.«

»So also fing die Sache an, my Lady! Aber das war ganz schön leichtsinnig!«, tadelte Vince. »Ich kann Peters Ablehnung durchaus nachvollziehen.«

»Ach was, das war doch hoch spannend!«, widersprach Franca. »Ich hätte da auch weiter nachgeforscht! Stell dir vor, wie vielen Patienten man helfen könnte, die sonst gar keine Therapie erhalten! Und, hat Peter dir geholfen, deinen Forschungsantrag befürwortet?«, fragte sie so aufgeregt, als stünde sie selbst am Anfang einer wissenschaftlichen Karriere.

»Nein, wartet mal!«, unterbrach Max. »Das mit der Forschung und der ‚Sache' ist ja ganz interessant, aber mich beschäftigt noch ein anderer Gedanke«, begann er zögernd mit Blick auf Georg. »Wann habt ihr ihm gesagt, dass er nicht Peters leiblicher Sohn ist?«

Ich bemerkte den schnellen Blickwechsel zwischen Georg und Elisabeth, sah Georg kurz nicken.

»Fahren wir bei diesem Punkt fort, Max«, willigte Elisabeth ein.

19

Elisabeth

Narzisstische Kränkungen gehen so tief!

Ein Jahr lang hatte ich an meinem Forschungsantrag geschrieben, auch erste Ergebnisse beigefügt, obwohl Peter sich standhaft weigerte, mir zu helfen. Das hatte meinen Ehrgeiz angestachelt und ich wollte es ihm zeigen! Also bewarb ich mich bundesweit bei allen infrage kommenden Instituten und erhielt immer wieder die gleichlautende Antwort: Insgesamt sei es eine sehr spannende und auch neue Idee, aber sie werde leider von den zuständigen Ethikkommissionen abgelehnt. Man wollte mir keine Chance geben!

Peter verbiss sich seinen üblichen Kommentar, doch ich sah es in seinen Augen: »Ich habe es dir doch gesagt!« Seine Erleichterung war bei jeder weiteren Absage zu spüren und irgendwann tat ich ihm nur noch leid. »Komm Lisa, begrabe dein Projekt! Warum darf ich nicht dein Doktorvater sein? Wir erforschen an meiner Klinik solch interessante Fragen und du bekommst sofort meine Empfehlung!«

Er hatte mich nicht unterstützt, sogar belächelt und eine Promotion von Peters Gnaden, nein, die zog ich nicht einmal in Betracht. Unsere häusliche Front war klar aufgestellt, von einem lediglich schief hängenden Haussegen sprachen wir beide nicht mehr! Unsere Krise war nicht mehr zu leugnen.

Es war sein Versöhnungsversuch anlässlich unseres dreizehnten Hochzeitstages, der mich einlenken ließ. Ein Bote brachte den Blumenstrauß in mein Büro, und die liebevoll gestaltete Einladung meines Mannes lockte mein Lächeln hervor. »Lass uns ein romantisches Wochenende verbringen, Lisa! Ich liebe dich und will mich nicht streiten!«

Der beigefügte Hotelgutschein für ein Wochenendarrangement war nur auf meinen Namen ausgestellt; er ließ mir die Wahl, wer mich begleiten sollte. Fürchtete er etwa, dass ich einen neuen Partner hatte? So ein Blödsinn!

Und doch fuhr mir der Schreck in die Glieder. Auf keinen Fall wollte ich meine Ehe für die Karriere gefährden! Und so gab ich dem Boten, der auf meine Antwort wartete, eine kurze Notiz mit: »Bist du dabei?«

Als Peter abends nach Hause kam, nahm er mich erleichtert in den Arm und küsste mich fast so leidenschaftlich wie früher. »Ich habe gehofft, dass du mich einlädst. Wollen wir gleich morgen losfahren?«

Das Romantikhotel im Schwarzwald wirkte kitschig und aufdringlich bemüht auf mich, das Abendessen am ersten Abend brachten wir mit Anstand hinter uns, während im Hintergrund eine schwülstige Violinenmusik lief. Geplauder über die Kinder, die dieses Wochenende bei meinen Eltern verbrachten, füllte die Leere zwischen uns. Und auch der Sex entfachte kaum Leidenschaft, schien mir nur ein Pflichtprogrammpunkt im Ambiente des Romantikhotels.

Um die Stille zwischen uns am zweiten Abend zu vermeiden, schlug Peter kurzerhand einen Kinobesuch vor. »Hier läuft im Dorfkino nur ein Film!«, wunderte er sich. »Aber vielleicht wollen wir uns den anschauen?«

Ich überflog die Werbung und so eine vorhersehbare Spionagegeschichte interessierte mich nun gar nicht! »Nun, wenn du magst?«, sagte ich trotzdem zu und sah ihn erleichtert aufatmen. Wann hatten wir uns verloren, fragte ich mich verzweifelt, als der Vorspann mit krachender Action an mir vorbeizog. Doch die erste Einstellung des Hauptfilms ließ mich auffahren. Die Kamera hatte den Blick eines

Mannes eingefangen, der mich sofort fesselte. Ich richtete mich auf, konnte es kaum glauben! Langsam fuhr die Kamera zurück, ging in die Totale einer Berghütte über, doch ich versuchte verzweifelt, ein Bild des Augenträgers zu erhaschen.

Peter hatte meinen Aufruhr bemerkt. »Was ist denn, Lisa?«, flüsterte er.

Doch ich schüttelte nur den Kopf, konnte den Blick kaum von der Leinwand wenden. Fiel es ihm nicht auf?

Hätte die erste Einstellung gefehlt, wäre der Film komplett an mir vorbeigegangen. Doch nun versuchte ich, die Augen hinter der Maskerade mit dem Mann in Einklang zu bringen, den ich vor fünfzehn Jahren einmal getroffen hatte.

Erst beim Abspann mit der Besetzungsliste verstand Peter meine Anspannung. »Maximilian Llewellyn! Ist er das?«, stöhnte er noch im Kinosessel. Als ich nickte, schlug er sich die Hände vors Gesicht. »Oh nein, nicht das noch!«

Er ahnte ganz richtig, was nun anstand. Noch einmal hatte ich dich gefunden, Max!

Sofort nach dem Frühstück am Sonntagmorgen fuhren wir nach Hause. Peter protestierte nicht einmal, ließ mich recherchieren, in diesen neuen Medien wie Twitter und Youtube, wo ich verwackelte Videofilmchen in schlechter Qualität sah. Doch Max Llewellyn wusste sie schon damals zu nutzen! Auf zahllosen Schnappschüssen konnte ich dich betrachten, sah deinen Manager, die Familie, die Freunde. Doch keine Partnerin! Wie ich in den zehn Stunden der Suche erfuhr, hattest du dir als Schauspieler einen Namen gemacht, warst in Großbritannien sogar ein Star!

Erschöpft lehnte Peter, den ich an diesem Sonntag kaum beachtet hatte, am Türrahmen zu meinem Arbeitszimmer. »Was wirst du tun, Lisa? Wirst du Max suchen?«

»Selbstverständlich!« Ich klickte durch die Seiten zurück. »Hier ist eine Kontaktadresse angegeben, an die werde ich schreiben!« Als ich mich zu ihm umwandte, war er schon leise verschwunden.

Doch ich ahnte nicht, dass die Adresse nicht zu dir führte, sondern zu deinem Pressesprecher. »Lieber Fan, wir haben deine Mail an Max weitergegeben«, stand unter dem Foto mit deinem Autogramm. Noch einmal bat ich inständig, die Mail wirklich an dich zu senden und die Antwort traf keine Minute später ein: »Lieber Fan ...«

Stephan war zufällig zu Besuch, als Tage später doch eine Mail mit dem Absender Max Llewellyn bei mir eintraf. »Er hat geantwortet!«, rief ich ihm zu und unterbrach seine Diskussion mit Peter im Wohnzimmer. Beide lasen die Antwort mit: »Thank you, my darling! Sealed with a kiss!«

»Oh nein, wie abgeschmackt ist das denn!«, stöhnte ich enttäuscht.

Tröstend legte Stephan mir die Hand auf die Schulter. »Vielleicht erhält er täglich Dutzende dieser Mails, Lisa. Er erkennt dich nicht! Falls er seine Mails überhaupt selbst anschaut!«, wandte er ein. »Max hat doch einen Manager, der auf ihn achtgibt und ihm die Briefe vielleicht gar nicht zeigt.« Als ich enttäuscht an die Stuhllehne zurück sank, machte er mir ein wenig Mut. »Zeig mir noch mal die Fotos von Max.«

Ich öffnete die Datei, in der ich sie gespeichert hatte. Langsam lief die Diaschau durch.

»Stopp!«, rief Stephan. »Diese Frau taucht immer wieder auf!«

»Das ist nur seine Schwester«, winkte ich ab.

»Aber vielleicht liest sie deine Mail«, schlug er vor. »Gibt es noch mehr Familie?«

»Er hat mal einen Bruder erwähnt, aber der ist nie auf den Fotos zu sehen. Und eine Adresse der Schwester gibt es auch nicht!«

»Kein Problem, die besorge ich dir!«, versprach Stephan mit einem aufmunternden Zwinkern.

Zwei Tage später landeten sie in dem besonderen Postfach, das Stephan mir eingerichtet hatte. »Rick Llewellyn, Franca Graham. Viel Glück ;-)!«

Noch einmal formulierte ich die eindringliche Bitte, dass ich Max persönlich erreichen müsse. Nannte den Namen des Hotels in Berlin, die Diskothek, in der wir uns getroffen hatten unter dem Betreff ‚Stumblin in'.

Die Abwesenheitsnotiz des Bruders traf umgehend ein, und die Schwester gönnte mir nicht mal eine Bestätigung.

»Ist doch verständlich«, schüttelte Peter den Kopf, als ich mich aufregte. »Max ist ein Star! Was glaubst du wohl, wie viele derartige Mails er täglich von seinen Fans erhält?«

»Aber die Schwester könnte ihm doch Bescheid geben!«, beharrte ich verzweifelt. Schon zwei Wochen hatte ich gewartet!

»Sicher hat auch sie einen Grund, warum sie nicht antwortet«, überlegte er. »Obwohl Max so bekannt ist, tritt er nie in weiblicher Begleitung auf. Und Stephan schwört immer noch, dass Max schwul ist, auch wenn er sich nicht outet. Wie glaubwürdig ist es dann für die Schwester, wenn irgendeine Frau behauptet, mit Max eine Affäre gehabt zu haben? Nein, deine Mail ist sofort im Papierkorb gelandet!«

Als ich entsetzt die Augen aufriss, seufzte er. »Warum ist er dir so wichtig, Lisa? Seit fünfzehn Jahren hast du nichts von ihm gehört. Ich bin Georgs Vater, erinnerst du dich? Das hast du damals gesagt und ich habe immer den Sohn in ihm gesehen. Selbst wenn Max heute von ihm erfährt, glaubt er doch nur, dass du Alimente für das Kind rausschlagen willst. Du müsstest ihn verklagen und dieser Prozess wird eine Schlammschlacht, sonst kannst du ihn nicht gewinnen. Das haben wir doch gar nicht nötig! Und wie würde sich Amanda fühlen, wenn ihr Bruder plötzlich so viel mehr Geld besäße? Wie ginge Georg selbst damit um? Er ist in einer schwierigen Phase, wie alle Jungen in der Pubertät.«

»Irgendwann müssen wir es ihm sagen, Peter«, beharrte ich sturköpfig. »Er ahnt es doch jetzt schon! Als Amanda ihn vor zwei Wochen ‚Blauauge' genannt hat, ist Georg völlig ausgeflippt. Und wir müssen ihm eine Antwort liefern und den leiblichen Vater nennen!«

»Und dann willst du ihm sagen, dass Max sein Vater ist? Ein Vater, der ihn verleugnet? Schon einmal hast du mich verraten, als du Max als Vater eingetragen hast«, warf er mir nach so vielen Jahren vor und ich blinzelte ihn wütend an. Glaubte er, unsere Ehekrise auf diese Art zu lösen?

»Bitte Lisa, es ist im Moment doch schon schwer genug für uns. Lass es uns noch einmal versuchen, ja? Ich liebe meine Kinder. Und ihre Mutter!«, versicherte er etwas spät und ließ hilflos die Schultern sinken. »Lass nicht zu, dass dieser unbekannte Mann unsere Familie zerstört!«

Er hatte viel weiter gedacht als ich und diese Konsequenz machte auch mir Angst. In dieser Nacht versöhnten wir uns, aber ich konnte danach nicht schlafen. Irgendwann mussten wir Georg Antworten liefern!

Dann kam der Brief, der mich an anderes denken ließ. Das Institut für innovative Forschung schrieb mir: Sehr geehrte Frau Brücken-Lindscheid, Ihr Forschungsantrag hat unser Interesse geweckt. Wir freuen uns, Ihnen mitteilen zu können, dass wir Ihr Projekt zunächst für eine Probephase von zwei Jahren, verlängerbar auf sechs Jahre, bewilligen können.

Eine Projektleiterstelle, zwei Assistenten, drei Hilfskräfte und eine Sachmittelzusage, die weit über meinen Antrag hinausging, machten mich die häuslichen Probleme vergessen.

Mein selbstzerstörerischer Ehrgeiz flammte wieder auf, und ich führte uns Schritt für Schritt in die Katastrophe.

20

Rick

Hilflos hob ich die Schultern. »Ich erinnere mich an keine Mail von dir!«, musste ich sofort klarstellen.

Dieses Mal nahm mir Franca die Unterbrechung nicht übel. »Doch, da mal war was«, zögerte sie mit einem Blick zur Decke. »Ist schon einige Jahre her und Jo hatte mich gewarnt, dass eine Frau sehr hartnäckig behauptete, Max von früher zu kennen. Ich habe mich gewundert, dass er mich informierte, denn solche Mails waren ja nichts Besonderes!«

»Und Jo wusste, dass ich zu dieser Zeit in Deutschland war, denn er hatte mir das Gastspiel ja gebucht«, meinte Max nun aufgebracht. »Aber warum habe ich nie davon erfahren? Stumblin´ in, die Disco, das Hotel! Ich hätte gewusst, dass du es bist, Lisa!«, nannte er sie erstmals bei ihrem damaligen Namen und es klang so selbstverständlich. »Ganz sicher hätte ich geantwortet!«

»Ach ja?«, warf Vince zweifelnd ein, zog die Augenbrauen hoch. »Es hat Jahre gedauert, bis du zu mir auch in der Öffentlichkeit stehen konntest. Du hattest doch immer Angst vor dem Zusammenbruch deines Images als Frauenheld, Max! Mir war das egal, doch erst als sich die gesellschaftliche Stimmung änderte, hast du offen für die Schwulenbewegung gekämpft. Nein, da war eine Menge Vorsicht im Spiel, und du bist Jos Taktik immer gefolgt. Du hast dich doch so oft über die Frauen amüsiert, die Kontakt zu dir gesucht haben«, bekräftigte er Elisabeths Version. »Und den Wunsch nach einer eigenen Familie hatten wir erst vor wenigen Jahren«, setzte er leise hinzu.

»Vor ziemlich genau zehn Jahren«, stimmte er zu und warf einen Blick zu Georg. »Damals war er zwölf und ich wäre glücklich über einen Sohn gewesen.«

»Vielleicht hat Joseph genau das gespürt? Und befürchtet, dass es eure Freundschaft belasten würde?«, vermutete Franca. »Aber nein, an ein Kind hätte er auch ganz sicher nicht gedacht. Das wäre uns allen unglaubwürdig erschienen.«

»Machen wir weiter?«, schnaubte ich, als ich die betroffenen Mienen sah. Das alles war doch Schnee von vorgestern!

21

Elisabeth

»Guten Morgen!«
Voller Stolz begrüßte ich meine mutigen Mitstreiter. Die dunkelhaarige Anne hatte als Psychologin noch Medizin studiert, und war mit dieser Doppelqualifikation für unsere Gruppe als betreuende Ärztin ein Glücksgriff. Der graumelierte Dirk war dagegen einer meiner erfahrensten Kollegen, der sich ebenfalls auf ein neues Gebiet begeben und das Wagnis einer unbekannten Therapie einlassen wollte. Jessica, Tobias und Justin waren die Studenten, die uns unterstützen sollten und sich Material für erfolgreiche Diplomarbeiten erhofften. Und ich war mir sicher, dass wir den Durchbruch schaffen würden und uns danach niemand mehr mitleidig belächelte.

»In den nächsten Wochen macht ihr euch bitte alle mit diesen Grundlagen vertraut.« Ich verteilte schwere Aktenordner, in denen ich meine bisherigen Studienunterlagen abgeheftet hatte. »Doch neben dieser theoretischen Einstiegsphase planen wir bereits in dieser Woche unsere Versuchseinheiten. Wir treffen uns jeden Nachmittag zwischen zwei und fünf drüben im Labor, um erste Erfahrungen in Selbstversuchen zu sammeln. Ihr seid alle freiwillig hier, aber unsere Studenten möchte ich zunächst von den Hormongaben ausschließen. Eure Aufgabe wird darin bestehen, uns zu überwachen und zu wecken, falls die EEGs Alarm auslösen.« Als ich die enttäuschten Mienen der jungen Leute sah, berichtete ich ihnen von meinem ersten Versuch bei Doris. »Wenn die Nachtschwester damals nicht solch ein Gepolter veranstaltet hätte, wäre ich den feindseligen Stimmen auf dem Leim gegangen«, schloss ich. »Wir müssen äußerste Vorsicht walten lassen, weil wir uns auf ein Gebiet begeben, das noch gänzlich unerforscht ist.«

»Wie bei der Enterprise?«, fiel Justin ein und als die anderen lachten, wusste ich, dass wir unseren Spaßvogel bereits gefunden hatten.

»So ähnlich«, grinste ich. »Das menschliche Gehirn hat sicher Bereiche, die noch nie ein Mensch zuvor erforscht hat«, führte ich seine Analogie weiter. »Deshalb hat die Sicherheitsregel Nr.1 absolute Priorität. Hört ihr?«, betonte ich noch einmal. »Auch wenn wir später mit Patienten arbeiten, bleibt nie ein Therapeut allein mit ihnen!«

»Und wir dürfen nur zuschauen?«, maulte Tobias. »Ist doch langweilig!«

»In einem Jahr hast du auch dein Studium abgeschlossen und unser Projekt wird für sechs Jahre finanziert, wenn wir gute Ergebnisse liefern«, wünschte ich mir so sehr. »Es gibt noch viele Gelegenheiten, um eine aktivere Rolle zu spielen, Tobias. Wahrscheinlich werden wir im ersten Jahr kaum einen Patienten zu Gesicht bekommen, weil wir die Grundlagen äußerst hieb- und stichfest erarbeiten und auch die optimal wirksame Dosis für unsere Zwecke finden müssen. Begehen wir methodische Fehler, wird das Projekt schon nach zwei Jahren beendet.« Ich sah in erschrockene Gesichter. »Haben das alle hier verstanden? Bevor wir ‚unendliche Weiten' betreten, müssen wir verstanden haben, welche Eigenschaften und Reichweiten unser Oyatocinraumschiff besitzt.«

»Dann nennen wir es doch Oyaprise«, schlug Justin vor. »Und wir sind seine erste Crew!«

Selbstverständlich hatte er nach zwei Wochen unser Labor in ‚Brücke' umbenannt.

Ich mochte die Kreativität meines Teams, alle waren mit Feuereifer dabei, keine Überstunde war ihnen zu viel. Doch wir machten nur langsame Fortschritte, standen immer wieder vor neuen Problemen.

Es dauerte allein sechs Monate, bis wir die richtige Dosierung unserer Nasentropfen gefunden hatten. Eine zwanzigfache höhere Dosis als die intravenöse Gabe brachte die besten Ergebnisse. Sie erlaubte uns für jeweils eine Stunde, einem Patienten mit maximaler Empathie zu begegnen und dabei zu erspüren, was ihn belastete.

Als wir endlich mit der Praxisphase beginnen konnten, stellten wir fest, dass es große Unterschiede in der Wahrnehmung der Therapeuten gab.

Anne spürte die Veränderung im Umgang mit den Patienten eher als Misstöne, manchmal sprach sie sogar von Kakofonie und hielt sich die Ohren zu.

Dirk sah ein Farbenspiel, in dem die dunklen Töne die Belastung der Patienten signalisierten. »Wie unheimlich ist dieses Schwarzgrün!«, stöhnte er einmal, als ich den Kontakt zwischen ihm und einem Patienten unterbrach, weil sich auf seiner Stirn Schweißtropfen gebildet hatten. »Das macht einem ja richtig Angst!«, schnaufte er entsetzt.

»Du hast seine Angst gespürt«, flüsterte ich mit Blick auf den Patienten. »Und wir wollen einen Weg finden, um sie ihm zu erleichtern!«

»Also an den geh ich nicht mehr dran!«, weigerte er sich mit Nachdruck. »Ich dachte fast, dass mich der Strudel hinunter in die Hölle reißt!«

»Konntest du denn keine Gegenfarbe aussenden? Ihm ein wenig Mut machen?«, fragte ich enttäuscht.

»Kein Sonnenstrahl kann die Suppe im Kopf des Mannes durchdringen. Und ich konnte nicht einmal an das Bild der Sonne denken, weil es mir vor lauter Angst nicht eingefallen ist.«

Dirk war ein erfahrener Kollege und doch zitterte er und schnappte nach Luft.

»Ruhig, Dirk, es ist ja alles in Ordnung«, murmelte ich und behielt seine EEG-Linien im Blick, sah den Aufruhr auch in ihnen abgebildet.

»Wir müssen viel vorsichtiger sein, Lisa!« Er griff nach meiner Hand. »Wärst du nicht hier gewesen, hätte ich den Rückweg nicht mehr gefunden!«

»Deshalb haben wir ja unsere Sicherheitsvorschriften«, überging ich seine Warnung leichthin. »Und mach dir keine Sorgen, diesen Patienten übernehme ich selbst.«

Im Gegensatz zu den anderen hatte ich oft den Eindruck, dass sich die Farben zu Bildern zusammensetzten, wenn ich mich in den Kontakt begab.

Wir konnten diese unterschiedlichen Phänomene nur mit unseren subjektiven Faktoren erklären, was unsere ganze Forschung infrage stellte. Wenn der Erfolg unserer Behandlung so sehr von den Eigenschaften der Therapeuten abhing, würde sich nie ein wissenschaftlich fundiertes Verfahren entwickeln lassen. Ließen sich unsere erwiesenen Erfolge nicht reproduzieren, wäre das gesamte Projekt gefährdet. Und das durfte auf keinen Fall geschehen, ich wollte nicht noch einmal scheitern!

Die Erfahrung, die Dirk mit dem letzten Patienten gemacht hatte, steckte uns in den Knochen. Wir diskutierten sie in der nächsten Besprechung.

»Dirks Problem müssen wir genau analysieren!«, meinte Anne nachdenklich. »Vielleicht liegt es an der Erkrankungsdauer? Der Patient ist schon seit Monaten in einem schlechten Zustand. Wir sollten uns auf die Fälle konzentrieren, die neu aufgetreten sind. Die sind noch leichter erreichbar«, schlug sie vor.

»Na, ich weiß nicht«, widersprach Dirk zögerlich. »Wir zäumen das Pferd von hinten auf, wenn wir zunächst die Patienten gruppieren. Die Unterschiede in unserer Wahrnehmung der Patienten ist doch die viel interessantere Frage. Warum kann Lisa leichter zu ihnen vordringen? Das ist doch der Kernpunkt, an dem wir ansetzen müssen«, beharrte er.

»Sie war vielleicht schon immer ein Naturtalent«, schlug Jessica als Erklärung vor und sah zu mir. »Könnte es sein, dass die Tropfen eine Wahrnehmungsfähigkeit verstärken, die du bereits besessen hast?«

Noch bevor ich antworten konnte, fiel mir Tobias ins Wort. »Nein, das will ich nicht glauben«, lehnte er diese Idee mit Nachdruck ab. »Wir können das alle! Wir müssen nur mehr üben. Noch ist die Zahl unserer Versuche viel zu gering, um eine statistische Aussage zu treffen.«

Dieser Erklärung konnten sich alle anschließen und so setzten wir unsere Versuche mit noch größerer Anstrengung fort. Die warnende Stimme in mir ignorierte ich zu gerne und verrannte mich weiter in meine fixe Idee.

Ein weiteres Problem war der Wirkstoff, mit dem wir arbeiteten.

Die hohen Dosen an Oyatocin, denen wir uns aussetzten, zeigten bisher keinerlei körperlich nachweisbare Symptome. Natürlich war mir bekannt, dass beispielsweise die häufige Ausschüttung des Stresshormons Adrenalin erst auf Dauer zu Übergewicht und Herzinfarkten führte. Aber ich war so verblendet, dass ich den Gedanken weit von mir wies, dass auch der Oyakonsum Nebenwirkungen haben könnte, bis Peter die erste Veränderung an mir auffiel.

»Was ist denn das?«, fragte er, als wir an einem Sommermorgen eilig das Haus verließen.

»Wie?«, fragte ich unkonzentriert und beugte mich hinunter, um das Schloss an der Bremsscheibe meines Motorrads zu lösen.

Peter war stehen geblieben, starrte mich an. »Warte doch mal!«

»Ich habe es eilig«, drängelte ich, als ich mich aufrichtete. »Was hast du denn?«

Zu meiner Überraschung drehte er mich um, als ich vor ihm stand. »Lass mich das mal ansehen«, meinte er in bester Arztmanier, wuschelte in meinem Haar. »Dort ist eindeutig eine graue Strähne, Lisa. Am Hinterkopf!«

»Oh nein!« Erschrocken fuhr ich zu ihm herum. »Hoffentlich habe ich in dieser Hinsicht nicht die Gene meiner Oma geerbt. Die war schon mit fünfzig eisgrau.«

»Aber diese Strähne ist ungewöhnlich«, murmelte Peter. »Auch Frauen werden zuerst an der Stirn oder den Schläfen grau.«

»So wie du? Ich mag das an dir!« Ich gab ihm sogar einen kurzen Abschiedskuss. »Bis heute Abend!«

Eine genaue Kontrolle führte ich am Abend durch. Mit dem Kosmetikspiegel in der Hand drehte ich mich im heimischen Bad zum großen Spiegel. Tatsächlich, dort blitzten graue Haare im Halogenlicht auf. Ich war doch erst neununddreißig! Verdammte Gene, machte ich mir vor, als ich zum ersten Mal nach Haarfarbe griff.

Die leise warnende Stimme konnte ich über das Wochenende noch ignorieren, doch am Montag beobachtete ich meine Mitarbeiter heimlich. Anne ließ sich helle Strähnen ins Haar färben, bei Justin und Tobias sah ich keine Veränderung. Doch sie hatten erst mit Ende ihres Studiums mit den Selbstversuchen begonnen. Jessica wechselte ihre Haarfarbe jede Woche, passend zu ihren Sandalen, wie es mir schien. Und Dirk war doch schon länger in Ehren ergraut. Nein, ich hatte mich geirrt, schloss ich meine geheime Beobachtung erleichtert ab.

Ich wollte eher die positiven Auswirkungen des Oyas sehen! Noch nie hatte ich mich mit Amanda so gut unterhalten, verstand das Mädchen erst jetzt. Auch ihre Eifersucht auf Georg konnte ich nun nachvollziehen. Sie glaubte, dass ihr Vater den Erstgeborenen mehr liebte, was ganz sicher nicht der Fall war. Aber Peter ging mit seiner leiblichen Tochter strenger um als mit dem geschenkten Kind, erfüllte bei Amanda eher seine Erzieherrolle.

Wenn ich Amanda nun bei den abendlichen Diskussionen gegen Peters Kritik verteidigte, sah sie mich mit großen Augen an, fast als könne sie nicht glauben, was geschah. Die Gewissensbisse, die ihr ungläubiger Blick bei mir auslöste, machten mir zu schaffen. Hatte ich meine Tochter vernachlässigt?

Wie gerne hätte ich in dieser Frage um Peters Einschätzung gebeten, aber ich spürte, dass wir uns entfremdeten. Neuerdings legte er viel Wert auf sein Äußeres, trieb wieder mehr Sport, wirkte so oft zerstreut. Wir schliefen kaum noch miteinander, doch bei einem dieser Kontakte glaubte ich einen Namen bei ihm wahrzunehmen: Wer war Julia!?

Die einschneidendste Veränderung bemerkte ich jedoch im Umgang mit Georg.

Noch bei der Zeitungslektüre beim Frühstück stellte ich die übliche Tagesfrage. »Was wollt ihr heute Abend essen?«

Amanda leerte ihre Kakaotasse. »Weiß nicht.«

»Ich komme heute später. Ich muss noch einen Vortrag halten«, war Peters Kommentar beim Umblättern der Zeitungsseiten.

»Na dann, Spaghetti«, war ich froh über die gemeinsame Entscheidung. Bolognesesoße hatte ich noch eingefroren.

»Mama!«, flüsterte Georg so eindringlich neben mir, dass ich aufsah. Seine Augen waren weit aufgerissen und ich konnte den Ausdruck darin kaum deuten. Am ehesten lag grenzenlose Überraschung darin.

»Ich mag keine Spaghetti«, maulte Amanda.

»Wie das denn jetzt?«, fragte ich irritiert und sah Georg den Kopf schütteln. Das Bild der dampfenden Nudeln mit Tomatensoße war so klar vor meinem geistigen Auge erschienen. Doch war der Gedanke wirklich meine Idee?

Ich sprach ihn am Abend nach dem Essen noch einmal darauf an, als ich spürte, dass er mir aus dem Weg gehen wollte. »Georg, stimmt etwas nicht?«, fragte ich, als er mich nur widerwillig in sein Zimmer ließ.

»Nein, alles in Ordnung!« Er sah kaum von seinem Buch auf.

»Aber heute Morgen, beim Frühstück, da hast du so seltsam reagiert«, beharrte ich.

»Das mit dem Abendessen?« Er wusste genau, wovon ich sprach. »Wir haben nur beide zufällig an das Gleiche gedacht.«

»Nein, ich dachte eher an Kartoffelauflauf, doch dann sah ich die dampfenden Nudeln vor mir und glaubte auch, Spaghetti gehört zu haben!«, beschrieb ich vorsichtig. »Aber du hattest gar nichts gesagt, oder?«

Ich spürte seine Unsicherheit fast wie eine Wolke um ihn herum. Er kämpfte mit sich und überlegte, ob er sich öffnen sollte. Ich ließ ihm Zeit, bewegte mich aber nicht von der Stelle.

Plötzlich lächelte er. »Ach, was soll´s! Du kommst mir ja irgendwann drauf«, gab er seinen Widerstand auf. »Ja, ich habe an Nudeln gedacht, habe sie mir gewünscht. Aber bevor ich es sagen konnte, hast du sie selbst vorgeschlagen. Und ich war überrascht, dass du mich gefühlt hast.«

»Ich habe deinen Wunsch gespürt?«, wiederholte ich perplex.

Er nickte. »Ich wusste nicht, dass du das auch kannst.«

»Was kann ich auch?«, fragte ich lahm, während es in meinem Kopf ratterte.

»Na, wissen, wie es anderen geht«, brachte er die Sache auf den Punkt.

»Und du spürst, wie es anderen geht?«

»Nur wenn ich will«, antwortete er einsilbig. Das Thema war ihm unangenehm, ganz klar.

»Aber wie erkennst du die Gefühle von anderen? Liest du sie von ihren Gesichtern ab?«

Er zuckte mit den Schultern. »Nein, Gesichter lügen zu oft. Die andere Methode ist besser.«

Nun ließ ich mich doch auf seinen Besuchersessel sinken. »Weißt du eigentlich, wie ungewöhnlich das ist, Georg?

Menschen können die Gefühle anderer nicht einfach spüren.«

»Klar, das weiß ich doch«, bestätigte er. »Und es ist auch oft nervig, deshalb blende ich die anderen aus. Heute Morgen war ich noch müde, vielleicht habe ich deshalb das Bild mit dem Essen ungewollt ausgesendet. Aber ich habe noch nie bemerkt, dass ein anderer Mensch auf meine Gedanken reagiert. Deshalb war ich so platt!«, beschrieb er, was in ihm vorgegangen war. »Ist doch ganz lustig, oder?«, grinste er plötzlich mit scharfem Blick. »Da läuft eine Achterbahn in dir!« Ein Gefühl der Ironie flammte in mir auf, gemischt mit grenzenloser Erleichterung. Endlich weiß sie es, schien es zu bedeuten.

»Und du spürst uns alle hier?« Noch immer konnte ich es nicht glauben. Was hatte er erfahren, ohne dass wir es wollten?

»Wie gesagt, Mama, ich will es doch gar nicht wissen!«, reagierte er auf meine unausgesprochene Frage. »Aber ich finde es gut, dass du es jetzt auch kannst. Dann bin ich nicht mehr das einzige Monster.« Da klang dunkle Schwermut mit.

»Wie machst du das? Alle anderen ausblenden, damit du ihre Gefühle nicht mitbekommst?«, forschte ich weiter.

»Na, an was anderes denken. Wie viel ist 273 561 mal 781? Wie viele Bäume stehen auf dem Winterberg? Welche Länder belegen Platz 13 bis 22 beim Human Development Index? Ich lenke mich ab, dann geht es an mir vorbei.«

Als ich fassungslos den Kopf schüttelte, kam plötzlich das Gefühl einer warmen Dusche aus Licht in mir auf, die mich mit reiner Energie streichelte, die Achterbahn aufhielt. »Ist alles in Ordnung«, klang es in meinem Kopf, als er sich wieder seinem Buch zuwendete.

Wie konnte Georg sein Geheimnis all die Jahre bewahren, lautete die Forschungsfrage, die mich nun zuhause beschäftigt hielt. Alle weiteren Gespräche zu diesem Thema blockte er ab. Und doch gewöhnten wir uns an diese neue Art der Kommunikation. Seine Aufregung vor einer Klassenarbeit oder seinen Missmut bei einem Streit mit Amanda, bekam ich nun fast unmittelbar mit und ich lernte, ihn ohne Worte zu beruhigen. Am besten half das Bild eines endlos langen Strandes, an dem die Welle seines heftigen Gefühls langsam auslief und versickerte. Dann suchte er oft meinen Blick und nickte mir kurz zu.

Nach fast zwei Jahren der Forschung standen wir kurz vor der Beantragung der weiteren Geldmittel vor dem größten Problem: Die Wirkung des Oyatocins ließ nach, weil sich unsere Organismen an seine Dosis gewöhnt hatten. Nur noch eine Viertelstunde hielt die Wirkung der Nasentropfen an, zu kurz für eine erfolgreiche Intervention bei unseren Patienten. Und die einzige Lösung bestand darin, dass wir uns noch höhere Rationen verpassen mussten.

Anne protestierte zuerst. »Das ist doch Wahnsinn! Wir spielen hier sowieso schon mit einer Dosierung jenseits aller bekannten Wirkgrößen herum. Wo ist da das Ende, wie soll es weitergehen? Wie viel von dem Zeug brauchen wir in einem Jahr? Die vierfache Extremdosis? Als Ärztin kann ich das nicht mehr verantworten, auch wenn unsere Gesundheitswerte stabil sind«, verweigerte sie ihre weitere Mitarbeit.

»Aber wir haben doch solche Erfolge vorzuweisen!«, widersprach Dirk. »Wir konnten schon über zwanzig Patienten dauerhaft helfen, die von anderen Behandlern längst abgeschrieben waren. Wir können jetzt nicht aufhören!«

»Aber wo führt das hin?«, beharrte sie. »Bei einer Therapie, die die Therapeuten krank macht, ist doch gar nichts gewonnen. Ich denke, der Preis ist zu hoch!«

Während die anderen sich betroffen ansahen und diese Implikation überdachten, griff der junge Tobias ein. »Dirk hat recht, wir können jetzt nicht aufhören! Wir warten immer noch auf den endgültigen Durchbruch«, drängte er. »Und bisher sind wir doch alle gesund, wie du eben gesagt hast.« Er war der fleißigste der damaligen Studenten, die ihr Studium alle in den letzten Jahren abgeschlossen hatten. Sein eigener Forschungsantrag leitete sich aus unseren bisherigen Hypothesen und Ergebnissen ab. Sollte unser Projekt eingestellt werden, war auch seine Promotion in Gefahr.

»Wir müssen uns aber an die Fakten halten«, seufzte ich. »Wenn wir feststellen, dass unser Forschungsansatz solch grundlegende Probleme mit sich bringt, werde ich das in unserem Abschlussbericht diskutieren. Und dann werden wir sehen, ob weitere Gelder bewilligt werden«, überließ ich die Entscheidung unseren Förderern vom Institut.

Der Anruf, der mir meinen wahnhaften Ehrgeiz vor Augen führte, kam am folgenden Samstagabend um halb elf. »Lisa, du musst sofort in die Klinik kommen!«, keuchte Dirk. »Ich habe Tobias mit einer unbekannten Patientin im Labor aufgefunden. Beide sind nicht mehr ansprechbar!«

Mir blieb fast das Herz stehen. »Sind die Notärzte unterwegs?«

»Ja sicher«, schnaubte er. »Aber du musst eingreifen! Wie es aussieht, hat Tobias allein mit der Patientin gearbeitet und dabei die Dosis noch einmal erhöht!«

Um Himmels Willen! »Bin gleich da!«

22

Rick

Der Schreck dieses Momentes fuhr mir so plötzlich in die Glieder, dass ich die Augen aufriss. Doch die Panik verließ mich ebenso schnell, wie sie gekommen war, blieb nur noch als vage Erinnerung zurück. Elisabeths Augen waren noch geschlossen und ihre Haltung drückte eine angespannte Konzentration aus. Ich beobachtete, dass sich ihre Lippen kaum merklich bewegten. Es schien mir wie ein Murmeln zu sich selbst, dann erfüllte mich wieder ruhige Gelassenheit. Erleichtert seufzte sie auf, öffnete die Augen und warf Vince einen dankbaren Blick zu. Ich ahnte die Berührung ihrer Hände hinter der Rückenlehne meines Stuhls, die ein Kraftfeld aussandte, das auch mich umgab. Wie wunderbar!

»Und, was war mit Tobias?«, unterbrach Franca meine Gedanken und zerstörte den Reiz des Momentes. Ich hatte einen Hauch der Verbindung zwischen Elisabeth und Vince gespürt, da war ich mir sicher.

Elisabeth ließ Vincents Hand los und schluckte. Bei der Erinnerung an die Ereignisse vor fünf Jahren traten ihr die Tränen in die Augen. »Tobias war der begabteste Student, mein fleißigster Mitarbeiter«, begann sie zögernd. »Doch die Quelle seines Ehrgeizes war leider nicht der Wunsch nach wissenschaftlichen Lorbeeren. Ich hatte mich in seinem Motiv getäuscht«, bezichtigte sie sich selbst. »Die junge Frau, mit der er heimlich in unserem Labor gearbeitet hatte, war seine Schwester. Sie war schon vor Beginn unserer Forschung nach einem traumatischen Erlebnis in ein Koma gefallen. Deshalb hatte sich Tobias bei mir beworben und wollte auf jeden Fall weiterforschen, als uns Zweifel kamen. Er sah eine letzte Chance, seine Schwester aufzuwecken. Als ich unseren Abschlussbericht und die Option erwähnte, dass das Projekt eventuell eingestellt würde, ist er in Panik geraten. Er hat seine Schwester an einem Samstagabend in unser Labor gebracht, weil er dachte, dort würde er nicht gestört. Wie wir später anhand der Blutuntersuchung feststellten, hatte er auch ihr die Oyatocintropfen verabreicht, bevor er selbst eine doppelte Dosis einnahm. Was dann geschehen ist, konnten wir nicht eindeutig klären. Ich vermute, dass der ungewohnte Oyaschub die Wahnideen seiner Schwester verstärkt hatte und er ihnen ausgeliefert war. Schon Dirk hatte doch bei dem einen Experiment mit dem Langzeitpatienten den Weg zurück kaum noch gefunden. Doch nie zuvor hatten wir die Patienten ebenfalls mit Oyatocin behandelt! Die Wirkung war absolut nicht absehbar!«

»Jetzt verstehe ich es langsam«, meinte Vince nachdenklich. »Deshalb wollte Peter nicht, dass du Max im vergangenen Sommer hilfst!«

»Als ich meine Stimme verloren hatte!«, erinnerte sich nun auch Max. »Er sagte, es sei zu gefährlich!«

»Und er dachte dabei an Tobias«, stimmte Elisabeth zu.

»Aber was ist denn nun aus ihm geworden?«, kam Franca zu ihrer Frage zurück. »Konntest du ihm denn nicht helfen, wieder zurückzukehren?«

»Nein, das konnte ich nicht«, seufzte sie resigniert. »Natürlich haben wir alles versucht, aber ich sah nur ein riesiges schwarzes Loch in ihm, das alles an Leben aufsaugte. Völlig unergründlich!«, schauderte sie. »Als meine Vitalwerte sich zunehmend verschlechterten, holte mich Dirk sofort zurück.« Sie sagte es scheinbar leicht dahin, doch auch ohne den Körperkontakt spürte ich eine Welle aus Panik und

Verzweiflung in mir. Und marternde Selbstvorwürfe! Elisabeth stand auf, trat ans Fenster und starrte in die Nacht hinaus.

»Aber das war doch nicht deine Schuld, my Lady«, versuchte Vince sie zu trösten. »Tobias hat unverantwortlich gehandelt.«

»Aber ich hätte die Gefahr sehen müssen und habe die Augen verschlossen!«, warf sie sich vor. »Es war nicht nur mein Haar, das in dieser Zeit rasant ergraute. Wir alle veränderten uns, wurden viel sensibler für andere. Doch was in Tobias vorging, hatte ich nicht erfasst.« Sie hatte ihre Stimme erhoben. »Das ganze Projekt war die Idee einer von Ehrgeiz zerfressenen Möchtegern-Wissenschaftlerin, die ihrem Ehemann zeigen wollte, dass sie es auch ohne seine Unterstützung schafft. Und dafür über Leichen ging!« Sie lehnte ihre Stirn an die Fensterscheibe, ihre Schultern zitterten.

Vince stand auf und ging zu ihr hinüber. Doch bevor sie sich wieder in eine Welt zurückzogen, in die wir ihnen nicht folgen konnten, wiederholte ich nun Francas Frage: »Und Tobias?«

Sie flüsterte in die Nacht. »Er ist gestorben, im gleichen Moment wie seine Schwester.« Dann war Vince bei ihr.

»Oh nein!«, stöhnte Franca. »Ich kann Peter gut verstehen, wenn er diese Behandlungsart nicht zulassen wollte!«

Max verteidigte sie. »Aber bei mir lag der Fall anders! Ich war wach und hatte mir gewünscht, dass sie mir hilft! Und es hat ja auch gut gewirkt, ich konnte danach wieder sprechen!«

Franca schüttelte den Kopf. »Aber das war doch haarscharf! Elisabeth hatte ebenfalls Probleme, wieder zurückzufinden. Sie ist auch in deine Erinnerungen hineingezogen worden. Ohne Vince wärt ihr vielleicht jetzt beide in diesem schlechten Traum gefangen!«

»Es war nicht nur ein schlechter Traum!« Seine Stimme zitterte bei der Erinnerung an die Zeit im Osten. »Ich habe das real erlebt!«

»Ist ja gut, Max!« Betroffen strich Franca über seine Hand. »Ich wollte dich nicht aufregen, entschuldige!«

Ich verdrehte die Augen und blieb bei meiner Analyse. »Hat Elisabeth damals Oyatocin genommen? Oder du?«

»Nein, natürlich nicht«, wies Max die Unterstellung zurück. »Wir haben keine Medikamente benutzt. Sie hat mich nur in diesen Traumzustand geredet.«

»Aber vorgestern, da hast du Oyatocin bekommen«, fiel mir nun ein. »Die Krankenschwester hat dir eine Infusion mit dem Zeug angehängt, bevor Elisabeth mit dir in Kontakt getreten ist!«

Max riss die Augen auf. »Aber davon weiß ich ja gar nichts! Warum hat sie das getan?«

»Weil es die allerletzte Chance war! Du warst sehr weit weg und ich musste dich erreichen können«, beantwortete Elisabeth seine Frage vom Fenster her und kam mit Vince zurück. Ihre Stimme klang wieder fest und ruhig. »Ich weiß nun, wie sich Tobias gefühlt haben muss, als er seine Verzweiflungstat begangen hat.«

»Und deshalb hat auch Vince es zuvor abgelehnt und gesagt, es sei zu gefährlich!«, verstand Franca.

»Nein, ich höre die Geschichte heute Nacht auch zum ersten Mal«, stellte Vince klar. »Mir klang nur Peters Warnung im Kopf nach und die war völlig berechtigt. Das war tödlicher Leichtsinn, Elisabeth! Was wäre geschehen, wenn du Max nicht gefunden hättest? Dich ein neues schwarzes Gedankenloch aufgesaugt hätte? Wäre es dir dann so ergangen wie Tobias?«

»Nein, natürlich nicht«, versuchte sie ihn zu beruhigen. »Tobias war allein mit seiner Schwester, es gab keine medizinische Überwachung. Ich hatte euch doch gesagt, dass ihr mich aufwecken müsst, wenn mein Puls längere Zeit unter vierzig sinkt.«

Max verstand erst jetzt, was geschehen war. Seine Augen weiteten sich. »Und trotzdem bist du ein hohes Risiko eingegangen!«, erwiderte er betroffen. Und stellte die logische Frage, die mir nicht einfiel. »Hast du dir auch Oyatocin verpasst?«

»Nein, habe ich nicht«, sagte sie leise, sah zu Boden.

»Aber wie konnte es denn dann funktionieren?«, fand ich meine Sprache wieder.

Elisabeth seufzte und warf einen langen Blick zu Georg. »Darf ich weitererzählen?«, bat sie ihren Sohn um Erlaubnis, der sich an unserer Diskussion nicht beteiligt hatte, wie mir nun auffiel.

»Ja, ich will es auch verstehen, Mama«, nickte er mit gesenktem Kopf.

23

Elisabeth

Nach dem Kampf um Tobias und seine Schwester war ich erst gegen Morgen nach Hause zurückgekehrt, doch an Schlaf war nicht zu denken. Peter fand mich verzweifelt am Frühstückstisch und stöhnte nur, als ich ihm berichtete. »Einer deiner Mitforscher ist nach einem missglückten Experiment gestorben? Lisa, das ist nicht nur ein menschliches und wissenschaftliches Fiasko. Da werden die Polizei und der Staatsanwalt nachfragen!«

Nein, er nahm mich nicht in den Arm, sondern stapfte wütend aus dem Haus. Und mir wurde vor Angst übel. An die strafrechtliche Dimension hatte ich noch gar nicht gedacht!

Ich tigerte um den Esstisch, machte die Schulbrote für die Kinder, verabschiedete sie und setzte mich an meinen Computer. Nun half nur noch emmasglaskugel.cz. Ich setzte mit dem Buch in der Hand einen kurzen Notruf ab, besaß kaum noch die Konzentration, den Code einzuhalten. Die Zeit der Postkarten war auch bei uns längst vorbei. Ich hoffte, dass ‚Onkel Karl' auch bei allen Fehlern in der Mail verstand, wer ihn da kontaktierte. Und ich hoffte, dass er sich an einem Ort aufhielt, an dem er einen Zugang zum Internet hatte.

Stephan rief keine zehn Minuten später an. »Noch nie habe ich einen Notruf von dir erhalten, Lisa. Was ist los?«, fragte er angespannt.

»Ich brauche einen Anwalt«, brachte ich verzweifelt heraus und heulte erst einmal los. Geduldig wartete er, bis ich mich so weit beruhigt hatte, dass ich ihm die wichtigsten Informationen geben konnte.

»Ruf´ dir sofort ein Taxi, fahr in dein Labor und sichere die wichtigsten Daten!«, lauteten seine klaren Anweisungen. »Schaffst du das?«,

»Ja«, schniefte ich. »Aber warum?«

»Du musst beweisen können, dass dieser Tobias gegen eure Sicherheitsbestimmungen verstoßen hat! Ich bin heute Abend bei dir«, versprach er schlicht. »Nun los, Lisa!«

Doch als ich im Labor ankam, wartete bereits die Polizei auf mich. Man hatte meine Mitarbeiter schon im Aufenthaltsraum versammelt.

»Frau Brücken-Lindscheid, wir haben Fragen bezüglich des Todes von Tobias Melker an Sie.«

Ich nickte und führte die Kommissare zu meinem Büro. Entsetzt fuhr ich zurück, als ich die Tür öffnete. Alle Regale waren geleert, die Schubladen meines Schreibtisches ausgeräumt, mein Computer verschwunden. Ich stürzte hinüber ins Labor und sah nur noch eine verlassene Patientenliege und den EEG-Schreiber, dessen Speichereinheit abmontiert war.

Stundenlang wurden wir von der Kripo vernommen, der Einbruch ins Labor interessierte die Beamten nur am Rande. »Dafür ist eine andere Abteilung zuständig«, wies die Oberkommissarin meinen Hinweis grob ab. Auch ohne unsere Tropfen verstand ich, dass sie den Fall schon geklärt sah: Illegaler Medikamententest mit Todesfolge. Und ich war schuld!

Nur ihr junger Kollege schien Zweifel zu haben. »Frau Brücken-Lindscheid, lassen Sie uns noch einmal auf Ihre Sicherheitsbestimmungen zurückkommen. Sie sagten, dass die Mitarbeiter nicht allein mit den Patienten arbeiten durften. Können Sie schlüssig nachweisen, dass der Tote diese Vorschriften missachtet hat?«, sprach er noch einmal den Punkt an, den die Oberkommissarin nicht beachten wollte.

Dankbar sah ich den jungen Mann an. »Alle meine Unterlagen sind gestohlen worden!«, wiederholte ich gebetsmühlenartig. »Auch der Ordner mit unseren Sicherheitsbedingungen.« Wir drehten uns im Kreis!

»Wir werden Ihre Kollegen zu diesem Punkt befragen«, versprach der junge Kommissar und nickte mir zu.

Zum Glück bestätigten Anne, Dirk und Jessica meine Aussage. Ich war auf ihre Unterstützung angewiesen, wenn ich dem Albtraum entkommen wollte. Justin hatte sich an diesem Morgen krank gemeldet und sollte zuhause befragt werden.

Nur den gleichlautenden Aussagen meiner Mitforscher hatte ich es zu verdanken, dass sie mich nicht sofort auf ihr Präsidium schleppten. Doch die missmutige Oberkommissarin ließ keinen Zweifel daran, dass sie weiter ermitteln würde. Die glaubte doch tatsächlich, dass ich meine Kollegen instruiert hatte, für mich zu lügen!

»Sie werden auf jeden Fall weiter bohren«, stimmte auch Stephan am Abend zu. »Hattest du denn keine Sicherungskopien hier zuhause?« Er sah sich um, als suche er in unserem Wohnzimmer einen Ausweg.

»Nein, alles lag unter Verschluss. Bei der Zusage für die Forschungsmittel wurde besonderer Wert auf Vertraulichkeit gelegt. Und daran habe ich mich gehalten!«

Stephan strich sich über die Wange. »Ist das nicht ungewöhnlich, Lisa?«, fragte er nach. »Das waren doch psychologische Testreihen, um den ärmsten Patienten zu helfen. Warum sollten die unter Verschluss gehalten werden?«

Ich zuckte müde die Achseln. »Manche Geldgeber fordern eben Vertraulichkeit, insbesondere bei Pilotprojekten. Und diese Bedingung hat mich nicht gestört, als ich den Vertrag unterschrieben habe. Die waren doch die Einzigen, die meine Idee überhaupt interessiert hatte.«

»Und nun? Was haben deine Förderer zu der neuesten Entwicklung gesagt? Dass all ihre Gelder verloren sind?«

»Noch gar nichts!«, stöhnte ich. »Ich habe sie schon heute Nachmittag informiert, aber ich habe noch keine Rückmeldung. Selbstverständlich werden sie sich aus dem Projekt zurückziehen. Ich habe ihnen zumindest bewiesen, dass meine Ideen Wahnsinn sind«, meinte ich bitter. »Nein, nicht nur Wahnsinn, sondern lebensgefährlich!«

»Wenn man die falsche Dosierung einnimmt«, versuchte Stephan mich zu entlasten. »Alles kann doch zum Gift werden, sogar Wasser«, spielte er auf Theophrastus an. »Und was sagt die Polizei zu dem Diebstahl der Unterlagen?«

»Die glauben mir nicht! Sie konnten keine manifesten Einbruchsspuren feststellen. Es schien, als sei dort jemand mit einem Schlüssel hineinspaziert und habe einfach alles mitgehen lassen, was nicht niet- und nagelfest war. Die haben sogar das Händedesinfektionsmittel geklaut! Und der Pförtner der Uni sagte mir, er habe sich zwar gewundert, welche Spedition schon um halb vier in der Frühe mit der Arbeit beginnt. Aber er hat sich nichts weiter dabei gedacht! Mehr konnte ich nicht in Erfahrung bringen.« Ich ließ den Kopf hängen, war nur noch fertig.

»Warum stiehlt jemand die Protokolle eines psychologischen Projekts? Da stimmt doch etwas nicht!«, bilanzierte Stephan nach meinem Bericht. »Erlaubst du mir, dass ich mich hinter den Kulissen mal ein wenig umhöre?«, bot er an und ich konnte nur noch nicken. »Du musst schlafen!«, konstatierte er nach einem weiteren Blick. »Und ich muss weiter nach Berlin. Morgen kann ich dir einen geeigneten Anwalt nennen.«

Ich sah noch einmal auf. »Glaubst du wirklich, dass es soweit kommt? Dass ich in den Knast wandere?«

»Wir werden uns dagegen wehren«, versprach er vage und versuchte ein aufmunterndes Lächeln. »Vorerst passiert gar nichts, Lisa! Es wird noch einige Vernehmungen geben, aber wenn du denen gleichlautende Aussagen lieferst, müssen sie dir das Gegenteil erst einmal beweisen. Die nächste Zeit wird unangenehm, aber letztendlich haben die mit ihrem Verdacht gegen dich doch keine Chance.« Er stand auf und nahm seinen Autoschlüssel aus der Tasche. Der war von einem Mietwagen, fiel mir in dieser Situation ganz irrational auf. »Soll ich noch mit Peter sprechen?«, bot er an.

»Keine Ahnung, wann er nach Hause kommt«, schüttelte ich den Kopf. Mein Mann hatte den ganzen Tag nicht nach mir gefragt.

Stephan seufzte und nahm mich an der Tür noch einmal kurz in den Arm. »Es wird schon wieder, Lisa!«

Wie gerne wollte ich ihm glauben!

Ich war am Ende. Glaubte ich.

Jede Nacht träumte ich von Tobias und seiner Schwester, von diesem entsetzlichen schwarzen Loch der Gefühle, das mein sterbender Mitarbeiter ausgestrahlt hatte. Als offizielle Todesursache wurde ein Schock unbekannter Genese diagnostiziert, doch die hohen Oyatocinspiegel bei den Opfern wurden im Bericht des Forensikers ausführlich diskutiert. Er schloss nicht aus, dass der Schock durch die Hormongabe ausgelöst wurde. Die Staatsanwaltschaft forderte ein weiteres Gutachten an und wieder musste ich warten.

Nachdem ich tagelang auf eine Reaktion meiner Geldgeber gewartet hatte, mailte ich noch einmal die Kontaktstelle in Bonn an. Ich wollte denen persönlich erklären, wie es zu dem Fiasko gekommen war und bat um einen Gesprächstermin. Ich sandte die Mail los und erhielt nun in Sekundenschnelle eine Antwort: Empfänger unbekannt. Erschrocken starrte ich auf den Monitor, glaubte mich bei der Adresse vertippt zu haben. Gab die Adresse, an die ich über Jahre hinweg alle Zwischenberichte geschickt hatte, noch einmal Buchstabe für Buchstabe ein und erhielt die gleiche Antwort.

Ich suchte im Internet, fand die Webseite des Institutes nicht mehr. Hörte mich bei Kollegen um und stellte fest, dass niemand das Institut für innovative Forschung kannte. Das IfiF war in keinem offiziellen Register der BRD eingetragen. Und doch war mir die Einrichtung damals so seriös erschienen, dass ich denen die Bewerbung für mein Projekt geschickt hatte!

»Die gibt es nicht und gab es auch nie!«, bestätigte mir Stephan eine Woche später, nachdem ich ihn wiederum um Hilfe gebeten hatte. »Für wen hast du gearbeitet, Lisa?«

Diese Frage verfolgte mich ebenso wie die psychischen Veränderungen, die ich an mir feststellte. Eine unerträgliche innere Unruhe ließ mich nachts kaum mehr Schlaf finden, alle zwei Stunden erwachte ich aus Albträumen. Auch mein Verhalten nahm paranoide Züge an, wie ich an mir selbst diagnostizierte. Ich musste mich zwingen, Peter nicht nachzuspionieren. Julia, er ist bei Julia, hämmerte es in meinem Kopf, wenn er abends zu spät nach Hause kam.

Doch was mir am meisten zusetzte, war meine emotionale Blindheit. Ich konnte nicht einschätzen, was Peter beschäftigte, weil ich verlernt hatte, die Emotionen anderer an Mienen oder Körperhaltung abzulesen. Die basalen Formen der Gefühlserkennung waren mir in den Jahren des Oyakonsums verloren gegangen. Ich hatte mich so daran gewöhnt, andere Menschen durch meine hormoninduzierte Einfühlungsgabe zu verstehen, dass ich mich nun ohne die Medikamente gefühlsblind und -taub fühlte. Warum verzieht Amanda den Mund so komisch? Warum rollt Peter die Augen nach oben, wenn ich mit ihm spreche? Lacht die Nachbarin mich an oder aus? Und Stephan spricht bei unseren Telefonaten so langsam und betont mit mir, das hat er doch früher nicht getan? Ich verstand meine Mitmenschen nicht mehr!

Niemanden außer Georg. Wenn ich nicht mehr weiterwusste, legte er mir manchmal die Hand auf den Arm und ich verstand durch ihn: Amanda ist traurig wegen einer verhauenen Mathearbeit, Mama! Papa ist angespannt und die Nachbarin lacht über den schlechten Witz, den sie dir erzählt hat.

Als ich dachte, es könne nicht mehr schlimmer kommen, verlor ich Georg. Ein simples Schulfach nahm mir die letzte Stütze in meinem Leben.

Mit einem ungewohnten Gesichtsausdruck kam er aus der Schule nach Hause. »Mama, du und Papa, ihr seid doch rhesuspositiv?«

»Ja, sind wir.« Ich deckte gerade den Tisch für das späte Mittagessen um halb drei. Den Hintergrund für die Frage verstand ich nicht und sah auf.

Er stand sehr steif da, seine Augen waren zu Schlitzen verengt. Seltsam. »Was ist denn, Georg?« Als ich mich ihm näherte, um ihm wie immer einen Kuss zu geben, trat er einen Schritt zurück und verschränkte die Arme vor seiner Brust. Das sah abwehrend aus, also blieb ich stehen.

»Ihr beide seid also rhesuspositiv und der Rhesusfaktor wird dominant vererbt. Wie kann ich dann rhesusnegativ sein?« Seine Stimme klang so komisch. Aber er erwartete eine Antwort.

»Nun, dann hast du wohl zwei rezessive Gene von uns erwischt«, kramte ich mein Basiswissen der Genetik hervor. »Zwei der Großeltern haben dann ihren Teil beigetragen. Ist sehr selten, aber möglich, Georg. Wie kommst du denn darauf?«, versuchte ich, ihn zu verstehen.

»Wir haben heute in der Schule unsere Blutgruppen bestimmt und nur zwei der Schüler waren rhesusnegativ. Benni und ich. Null negativ ist meine Blutgruppe.«

»Ideal zum Blutspenden«, nickte ich. »Da hast du in Zukunft immer eine Geldquelle für den Notfall. Aber nicht zu oft, hörst du?«, versuchte ich, ihn mit einem Scherz abzulenken, während meine Gedanken rasten. Es war nur eine Chance von eins zu sechzehn, das rhesuspositive Eltern ein rhesusnegatives Kind bekamen!

Georg trat noch einen Schritt zurück, riss die Augen auf und sah mich mit einem Blick an, den ich noch nie zuvor bei ihm gesehen hatte. Wortlos drehte er sich um und verließ das Wohnzimmer.

Ich ahnte, was geschehen würde und war doch wie gelähmt. Hörte, wie er mit seinen Großeltern telefonierte und danach mit Peter. Den ganzen Tag und den Abend ließ er sich nicht blicken. Als ich an seine Zimmertür klopfte, um ihm Essen zu bringen, blieb sie verschlossen.

»Er wird schon sehen, dass alles in Ordnung ist«, beruhigte Peter am Abend und hielt zwei Bücher zur Humangenetik hoch, die er mitgebracht hatte. »Ich habe es ihm schon am Telefon erklärt, aber er wollte sich noch selbst überzeugen.«

»Was ist, wenn er es erfährt? Jetzt?« Ich brachte den Satz kaum heraus.

»Dann werden wir es ihm eben erklären«, zuckte Peter mit den Schultern. »Ach ja, du denkst daran, dass ich morgen zu dem Kongress fliege?«

»Aber wir müssen mit ihm reden, Peter!«, flehte ich.

»Ja, am nächsten Wochenende«, ignorierte er mein Drängen. »Nach siebzehn Jahren kommt es doch auf ein paar Tage nicht an!«

Doch, es kam auf ein paar Tage an!

In der Nacht schreckte ich mehrmals auf und glaubte Geräusche im Haus zu hören. Aber nein, alles blieb ruhig und ich schlief wieder ein, träumte von dem schwarzen Loch, das mein Leben aufsaugte. Wachte kurz auf, als Peter die Schlafzimmertür hinter sich zuzog. 4:23 Uhr zeigte der Wecker und der Frühflug nach Madrid ging um acht ab Luxemburg, das wusste ich. Sonntag ist er wieder da und dann klären wir alles, dachte ich noch, als ich für zwei Stunden in den nächsten unruhigen Traum duselte und dann wie zerschlagen aufstand.

Amanda frühstückte kaum. »Wo ist denn Georg?«, fragte ich sie müde.

»Der geht später. Die haben doch heute den Berufsberatungstag«, erinnerte sie mich. »Sein Termin ist erst um halb zwölf.«

»Ach ja«, nickte ich zerstreut. »Er kann ja ausschlafen.«

Doch Georg hatte nur darauf gewartet, dass wir allein waren. Er stand so unvermittelt hinter mir, dass ich zusammenschrak. Und er war weiß wie die Wand im Wohnzimmer hinter ihm. »Wer ist Maximilian Spencer Llewellyn? Geburtsdatum unbekannt, Adresse unbekannt!« Seine Stimme klang tonlos.

»Wie?« Ich war vor Schreck erstarrt. Dieses Gefühl erkannte ich sofort und es nahm mir den Atem.

»Du hast mich schon richtig verstanden. Wer ist er?«

»Aber wie kommst du an den Namen?«, brachte ich hervor.

Er lachte so fremdartig, dass sich meine Panik verstärkte. »Für wie doof hältst du mich? Mutter?« Das sprach er wie ein Schimpfwort aus. Noch nie hatte er mich so genannt! »Ich habe mit den Großeltern gesprochen und nur Oma Gertrude ist rhesusnegativ. Und ich habe heute Nacht das Familienstammbuch gesucht. Dieses Schriftstück hattest du sehr gut versteckt, du Lügnerin. Aber ich habe es doch gefunden!« Er hielt ein unscheinbares DIN A 6 Blatt hoch. »Das hier kennst du ja wohl?«

Ja, das kannte ich. »Du wühlst in meinem Schreibtisch herum?«

»Gerade du kannst dich ja wohl kaum auf Anstand berufen, oder? Fällst mit irgendeinem Typen ins Bett und hängst meinem Vater ein Kuckuckskind an! Wie eklig und verachtenswert ist das denn? Meine Mutter ist nichts weiter als eine dreckige Hure und eine Betrügerin! Jetzt kann ich Papa voll verstehen, er hat wirklich eine bessere Frau verdient. Und wenn er Julia heiratet, bekomme ich eine Mutter, die den Titel verdient. Nicht so ein rücksichtsloses Miststück, das mein ganzes Leben zur Lüge gemacht hat…«

Den Rest seines Ausbruchs hörte ich nicht mehr. Der kalte Hammer in meinem Kopf nahm mir das Bewusstsein.

Als ich auf dem Parkettfußboden erwachte, fror ich entsetzlich. 11:54 Uhr zeigte die Pendule meines Großvaters. Nur langsam kehrte die Erinnerung zurück. Georg!

Frierend krümmte ich mich auf dem Boden zusammen. Du musst es ihm erklären, knallte es in meinem Kopf, dann wird er es verstehen!

Zitternd robbte ich mich bis zum Sofa, zog mich langsam hoch, sank darauf zusammen und hangelte nach der Decke. Aber wie konnte ich die richtigen Worte finden, wo er mich doch so gnadenlos zurückstieß? Benommen dachte ich nach. Ich hatte sein Vertrauen verraten, das wusste ich seit Jahren. Und ich erinnerte mich an die Angst, ihm endlich die Wahrheit zu sagen.

Zum ersten Mal seit Wochen konnte ich ein Gefühl benennen, das mich durchflutete. Das war der reine Horror. Keine Angst, keine Panik, nur noch Horror. Du verlierst Georg! Dann wird dein Leben sinnlos! Du musst ihn verstehen können! Du brauchst Oya, sonst verlierst du ihn für immer!

Das Blut rauschte in meinen Ohren, als ich mich aufrichtete und in mein Arbeitszimmer schleppte. Nur beiläufig registrierte ich die Unordnung im Seitenfach meines Schreibtischs, in dem Georg in der Nacht gewühlt hatte. Hier muss es sein, hier irgendwo! Ich tastete mich vor, fand das kleine Fläschchen. Es war schon Jahre alt und hatte nur die achtfache Dosis, daran erinnerte ich mich in einem klaren Moment. Wirkt es überhaupt noch? Meine letzte Ration im Labor lag bei der zwanzigfachen Dosierung, also etwa die dreifache Ration dieser Tropfen. Doch wenn sie in ihrer Wirkung nachgelassen haben, sollte ich noch mehr nehmen.

Während ich mir die Tropfen viermal in die Nase gab, überlegte ich die passenden Formulierungen. Und tropfte noch einen Angstzuschlag nach.

Ich stand auf und sah den Blitz.

24

Georg

Ich kochte vor Wut und Hilflosigkeit.

In den vergangenen vierundzwanzig Stunden war mein Leben, wie ich es bisher kannte, zusammengebrochen und ich fühlte mich wie von einem Tsunami überrollt. Mein Vater, meine Schwester, unser Zuhause, alles nur Lüge! Ich lebte mit Wildfremden unter einem Dach und hatte ihnen vertraut. Und die einzige Wahrheit, die mir geblieben war, konnte ich nicht ertragen. Die Frau dort unten im Wohnzimmer, die war meine Mutter. Und doch nur der Brutkasten für das Kind eines anderen, der noch nie nach mir gefragt hatte. Das ganze Pack konnte mir gestohlen bleiben!

Ich musste raus aus diesem Schlangennest! Doch wohin? Ein ganzes, unerträgliches Jahr der Schulzeit lag noch vor mir, bevor ich studieren konnte. Und dann würden sie mich nie wiedersehen!

Wohin, wohin gehe ich? Zu den Großeltern? Nein, die waren zu alt. Meine Tanten mochte ich, aber die hatten eigene Kinder und dort wäre ich nur das fünfte oder sechste Rad am Wagen.

Mein Pate! Stephan! Ja, ich wollte zu Stephan, der hatte mich immer verstanden. Wusste er Bescheid über die Lüge meiner Eltern? Nein, Stephan hätte mich vorgewarnt, er war meine einzige Vertrauensperson außerhalb der Familie. Familie, oh nein! Nie wieder konnte ich irgendeinem Menschen vertrauen!

Ich startete meinen PC, nutzte die Webseite von Emmas Glaskugel. Brauche deine Hilfe, schrieb ich. Hast du es gewusst?, setzte ich nach einiger Überlegung hinzu. Ich musste ganz sicher gehen!

Bei seinem letzten Kurzbesuch hatte Stephan mir gesagt, dass er wieder versetzt würde und mich nur noch selten besuchen konnte. »Nur ein paar Jahre im Osten, Georg, danach werde ich in Deutschland bleiben. Es ist meine letzte Versetzung ins Ausland«, hatte er mich getröstet. »Aber egal wo, ich bin für dich da!«

Ja, Stephan war mein Anker. Warum klingelte da unten das Telefon?

Mein Mailprogramm verkündete eine eingehende Nachricht: Stephan, ein Glück! Doch seine Antwort überraschte mich: Ich komme morgen zurück, habe eben den Flug gebucht, schrieb er. Bin für dich da! Wo ist Lisa??? Und die Bitte um Bestätigung, dass ich die Mail gelesen hatte. Die hatte er noch nie geschickt! Er fragte tatsächlich nach der Lügnerin?

Ich klickte auf Antworten: Sie ist unten.

Seine Reaktion kam keine dreißig Sekunden später. Nie zuvor hatte er mir so schnell geantwortet, er war doch sonst immer in irgendwelchen oberwichtigen Sitzungen!

Georg, ich muss mit deiner Mutter sprechen. Jetzt sofort! Sag ihr, dass ich anrufe!

Und schon wieder klingelte das Telefon. Warum ging die Frau denn nicht an den Apparat? Ich will sie nicht mehr sehen!

Dading, noch eine Mail von Stephan: Georg? Ich muss mit Lisa sprechen!

Okay, mit meinem Paten wollte ich es mir nicht auch noch versauen. Ich stand auf, ging hinunter. Im Wohnzimmer war sie nicht mehr, aber ihr Arbeitszimmer durfte man nur nach Anklopfen betreten, das war eine Regel. Und die

Tür war verschlossen. Also rief ich wütend nach ihr. »Stephan ruft an, geh dran!«

Doch es klingelte, klingelte, klingelte. Und das nervte!

Ich riss die Tür auf. »Gehst du jetzt mal ans Telefon?!«

Ihr Schreibtischstuhl war leer. Und die Frau, die hilflos mit verdrehten Augen und Schaum vor dem Mund am Boden zuckte, das war meine Mutter.

25

Rick

»Hui, das waren aber ganz schön heftige Vorwürfe gegen deine Mutter!« Erschrocken sah Franca zu Georg.

»Es war die geballte Wut eines Siebzehnjährigen, der von seinen Eltern ein Leben lang angelogen wurde«, nahm Elisabeth ihn in Schutz. »Wir hatten den richtigen Zeitpunkt verpasst, um ihm seine Entstehung zu erklären und ich wollte abwarten, bis er selbst seine erste Liebe erlebt hatte«, sinnierte sie. »Und ich habe mir damit etwas vorgemacht. Nein, seine Reaktion war eine Folge meiner Feigheit.«

Georg schüttelte den Kopf. »Nein, das war es nicht allein, Mama. Es tut mir noch heute leid, dass ich nicht mehr nachgefragt habe. Ich ahnte, dass da was nicht stimmt. An diesem Morgen hatte ich ganz bewusst gewartet, bis Papa und Amanda aus dem Haus waren«, gab er zu. »Papa ging die Angelegenheit doch genauso an! Und ich wusste, dass es dir nach dem Tod von Tobias nicht gut ging. Meine Wut habe ich ausgerechnet gegen das schwächste Familienmitglied gerichtet. Papa hätte nie zugelassen, dass ich so mit dir rede.«

Sie nickte ihm kurz zu. »Meine völlig überzogene Reaktion konnte Georg nicht voraussehen, Franca«, entschuldigte sie ihn dennoch. »Wir hatten ja öfter konträre Diskussionen, wie es sie in jeder Familie gibt. Du kennst das sicher auch?«

»Mariah!«, stöhnte Franca und nickte. »Da fliegen öfter mal die Fetzen zwischen uns.«

Georg wandte sich an Max. »Verstehst du jetzt, was ich damit meinte: Wie kann es sein, dass du im Leben anderer

Menschen solch eine Rolle spielst, Max? Natürlich habe ich dich gesucht, als ich die Wahrheit erfuhr. Habe mir deine Filme und Serien angeschaut und sogar erfahren, dass du mit Vince verpartnert warst. Selbst Franca und Joseph hatte ich schon auf Fotos gesehen.«

Überrascht riss Max die Augen auf. »Aber warum hast du dich nicht bei mir gemeldet? Du warst doch schon siebzehn!«

Georg verdrehte die Augen. »Ganz im Ernst, Max: Was du so alles in der Öffentlichkeit postest, das war nicht mein Ding! Ich bin ganz sicher nicht so paranoid im Umgang mit den sozialen Medien wie meine Mutter, aber ich verstand den Mann nicht, der ständig mit allen Typen posiert und immer lächelt. Das erschien mir oberflächlich und fremd. Nach Monaten der Beobachtung teilte ich die Einschätzung meines Vaters: Würdest du mir glauben? Heute weiß ich, dass du anders bist, als du dich darstellst«, ruderte er bei Max entgeisterter Miene schnell zurück. Ein einfühlsamer Junge, lobte ich still, aber klar: Er war ja auch Empath.

»Ein Foto von dir hätte mich überzeugt, Georg!«, wandte Max ein, sah in entschuldigend an.

»Aber ohne Brille und Kontaktlinsen«, warf ich ein, weil mir die Betroffenheit im Zimmer auf den Geist ging. »Ich habe noch andere Fragen, Elisabeth.«

»Ja, frag nur!« Sie sah mich offen an.

»Also zuerst mal: Du hast über Jahre die Nasentropfen genommen, die ihr für eure Tests brauchtet. Die zwanzigfache Normaldosis!«, schüttelte ich den Kopf über diese Unvernunft. »Und dann haut die eine Extragabe so rein? So wie Georg es geschildert hat, war das doch ein epileptischer Anfall, als er dich gefunden hat.«

»Nein, ich bin keine Epileptikerin«, widersprach sie. »Es war ein Overkill der emotionalen Art. Ich habe den gleichen Fehler gemacht, den du ansprichst. Ja, ich hatte die Tropfen über Jahre genommen. Aber an dem Morgen mit Georg war ich schon wochenlang entwöhnt! Oyanativ, würden es die Mediziner nennen. Meine Toleranz für die Hormone war wieder auf das Normalmaß gesunken. Deshalb verstand ich auch andere Menschen nicht mehr. Die Dosis, die ich mir verpasst habe, war ein Sprung von Null auf Tausend.«

Okay, vom Ceilingeffekt hatte ich schon gehört und ließ es so stehen. »Der Einbruch ins Labor kommt mir ebenso spanisch vor wie Stephan«, fuhr ich fort. »Hast du erfahren, wer deine Forschungsergebnisse geklaut hat? Und warum?«, wiederholte ich die Fragen, die der mir unbekannte Stephan schon gestellt hatte. »Wen interessiert denn dieses psychologische Zeug?«

Jetzt lachte Elisabeth doch tatsächlich. »Wie schön, dass du diese Fragen gestellt hast, Rick! Dann fühle ich mich nicht mehr ganz so naiv!«

Erstaunt zog ich die Augenbrauen hoch. »Naiv?« Das bin ich nun sicher nicht, dachte ich eingeschnappt.

»Ist nicht böse gemeint«, lenkte sie ein. »Das Ausmaß der Sache hast du noch nicht erkannt, Rick.«

»Also, naiv finde ich die ganze ‚Sache' überhaupt nicht, my Lady!«, widersprach auch Vince. »Peter hat mir erzählt, dass du sehr krank warst! Und an den Tag im British Museum will ich gar nicht mehr denken. Hattest du dort einen ähnlichen Anfall, wie Georg es eben beschrieben hat? Du hast gesagt, dass du schreckliche Angst hattest und diese Angst dich abgeschaltet habe. Und die Bilder, die ich in dir sah, diese grausame Zerstörung deiner Welt, die verfolgt mich noch heute«, gab er zu und schüttelte sich.

Elisabeth wurde ernst und wandte den Blick ab. »Ja, das ist ein Aspekt, den ich euch ersparen will. Ich war sogar sehr krank, nachdem Georg mich gefunden hatte.«

»Wie lange?«, fragte Vince angespannt.

»Über ein Jahr«, meinte sie einsilbig.

»Ein ganzes Jahr?«, forschte ich. »Was war geschehen?«

Sie seufzte. »Monatelang war ich nicht ansprechbar und die nachfolgende Behandlung hat mich zu der gemacht, die ich heute bin«, antwortete sie widerstrebend.

»Aber ich will wissen, warum du so bist, my Lady. Du hast es versprochen!«, ließ Vince ihren Rückzug nicht gelten und sprach mir damit aus der Seele. Auch Max und Franca sahen sie auffordernd an.

Elisabeth suchte den Blick von Georg, der kurz nickte. »Nun gut, ich kann euch nur erzählen, was ich erlebt habe. Georg wird euch die andere Seite schildern und auch meine Emotionen abmildern. Ich will niemanden unabsichtlich so traumatisieren, wie es bei Vince geschehen ist. Seid ihr damit einverstanden?« Als wir alle nickten, sah sie noch einmal zu Georg. »Schütze deine neue Familie, ja?«

Mit einem erneuten Nicken legte er seine Hände auf Francas und Max Arm. »Noch nie hast du davon erzählt, Mama. Ich will es auch endlich hören.«

26

Elisabeth

Und mein Albtraum begann.

Die Luft ist muffig und feucht und legt sich auf meinen Atem. Das Schlagen einer tiefen Trommel dringt an mein Ohr und zieht mich hypnotisch in Bann. Ich öffne die Augen und kann die Gestalten um mich herum im flackernden Licht der tropfenden Fackeln kaum ausmachen.

Ich will die Menschen in den sackartigen Hemden fragen, was hier geschieht, wo ich bin, doch ich fühle mich wie gelähmt und bringe vor Angst kein Wort hervor. Als ich versuche, die Umstehenden auf dem Gefühlsweg zu erreichen, schlägt mir kalter Hass entgegen, der sich in einem Strudel mit Wut vermengt. Geballte Grausamkeit lässt mich erzittern.

Sie ziehen mir ein weißes Hemd über, ein schwerer Gürtel wird um meine Hüften geschlungen und lässt mich wanken, zieht mich fast zu Boden. Der Takt der Trommel wird unregelmäßig und peitscht mir die Nerven auf, als der Rhythmus schneller wird.

Sie drehen mich um und ich sehe im Halbdunkel einen flach ansteigenden Gang vor mir, ebenfalls von Fackeln erhellt. Weit entfernt scheint das Sonnenlicht und ich spüre, dass dort meine Rettung liegt, will dorthin entfliehen.

Doch sie halten mich fest, setzen mir eine goldene Maske auf, deren Sehschlitze mich behindern. Schwere Ohrringe schlagen seitlich an meinen Hals. Ich weiß, dass ich den Kopf ganz aufrecht halten muss, denn das Gewicht der Maske droht mir bei dem geringsten Nicken den Hals zu brechen. Es raubt mir den Atem, ich schnappe gierig nach der fauligen Luft, die mich fast erstickt. Verzweifelt fixiere ich das Licht am Ende des Tunnels.

Nun strecken sie mir die Arme nach vorne und drücken mir einen spitz zulaufenden Dolch in die Hände. Ein monotones Summen entsteigt den Kehlen im Felsenkeller hinter mir. Der Druck in meinen Rücken zwingt mich nach vorne und ich wanke unter dem Gewicht der Maske und des Gürtels. Schleppend setze ich einen Fuß vor den anderen, der Sonne entgegen, die schon zu verblassen droht.

Im Licht der Fackeln geht es die Rampe hinauf, begleitet und bedroht durch die Menschen hinter mir, deren dumpf monotones Singen vom Klang weiterer Trommeln untermalt wird. Sie lassen mich nicht zurückweichen, gewähren mir keine Pause, schieben mich weiter auf das Licht zu.

Die Prozession erreicht das Tor und ich erkenne gerade noch die kunstvoll behauenen Steinblöcke, die es umrahmen. Wir betreten einen gefugten Platz, die Steine unter meinen nackten Füßen haben sich in der Sonne aufgeheizt. Ich erkenne eine Stufenpyramide, auf deren abgeflachter Spitze sich die Priester versammelt haben. Am Fuß der steilen Treppe wartet das Volk. Das Plateau überragt den Regenwald unter uns und gibt den Blick auf den Berg vor mir frei. Er liegt in der Abendsonne, Rauch steigt aus dem Vulkan auf, dessen Form meiner Maske gleicht. Ein dumpfes Grollen lässt die Erde unter mir beben. Meine Begleiter zwingen mich zu einer Verbeugung vor ihrer Gottheit, die mit einem weiteren Ausbruch ihr Land zu zerstören droht. Sie ziehen mich wieder hoch, drängen mich weiter durch die Menge der Menschen, die vor uns zurückweicht. Alle Köpfe sind zu Boden geneigt, ich höre nur Rasseln und rituelles Summen, das lauter wird. Ich kann keine Gesichter erkennen, kann keine Hilfe erwarten. Die Prozession treibt mich weiter voran, die Trommeln schlagen schneller. Ich erkenne einen Quader aus weißem Stein, der in der Abendsonne rötlich aufglüht. Und ich bemerke eine menschliche Gestalt auf dem Altar, deren Gesicht ebenfalls von einer Maske bedeckt ist. Vor Angst wie erstarrt, erwartet sie ihr Schicksal.

Schweiß rinnt mir den Rücken hinab. Meine feuchten Hände drohen den Dolch zu verlieren, doch dem hypnotischen Dröhnen der Trommeln kann ich mich nicht entziehen. Das Blut pocht in meinen Ohren, die Maske drückt gegen meine Augen.

Unter dem Summen der Menge erreiche ich den Opferstein, sehe auf den Menschen hinunter, der sich nun angstvoll windet, spüre sein unterdrücktes Flehen nach Gnade. Doch er muss sterben, bevor unser Gott das ganze Volk im Feuer vernichtet. Ich reiße die Arme hoch, als die Menge hinter mir zu heulen beginnt und die Abendsonne hinter den Baumwipfeln der Urwaldriesen versinkt. Beim letzten Trommelschlag lasse ich die Arme hinunter sausen, stoße den Dolch tief ins Herz meines Opfers. Reiße ihn wieder hoch und sehe die Blutfontäne, die noch pulsierend nach oben schießt und mein Hemd durchtränkt.

Die Menge hinter mir stöhnt erleichtert auf, die Trommeln verklingen, als vier Wachen das Opfer an Armen und Beinen nehmen. Die Maske rutscht herunter und ich sehe in Georgs entsetzensstarre Augen, bevor seine Leiche die steile Treppe der Stufenpyramide hinuntergeworfen wird.

27

Rick

Franca gequältes Aufstöhnen riss mich aus Elisabeths Albtraum.

Und dann war ich fort. Ganz unvermittelt stand ich auf einer Sommerwiese, die von weißen Blumen bedeckt war. Die Sonne schien und ein leichter Windhauch fuhr mir ins Haar. Das Rauschen eines Wildbachs drang zu mir und ich drehte mich um. Mein Blick fiel auf einen mächtigen Steinkreis, dessen Säulen in verschiedenen Farben im Sonnenlicht strahlten und ich wusste, wo ich mich befand. Ich hatte Elisabeths Land betreten, das mir auf den ersten Blick so real erschien. Doch bei genauem Hinsehen verschwamm es am Rande flirrend wie ein Traumbild.

Sicher hatte Vince sie trösten wollen und sie hinter meinem Rücken im Krankenzimmer berührt. Da wir so nah beisammen saßen, stand ich vielleicht auch noch in einem leichten körperlichen Kontakt zu Elisabeth. Und sie hatte doch erwähnt, dass wir alle ohne den Schutz ihrer Blockade in ihr Land gelangen können!

Und es war so wundervoll! Ich sah die Herde der Fabeltiere am Waldrand grasen, hörte das Rufen eines unbekannten Vogels. Das Land stieg hinter dem Wald zu einem hohen Gipfel an, der von weißen Wolken verhangen war. Ein Vulkankegel, schloss ich, doch von seltsamer Form. Lavaströme hatten ein ungewöhnliches Muster entstehen lassen und es wirkte fast, als umschlössen die Schichten eine Statue.

»Alles ist gut, my Lady. Es war nur ein entsetzlicher Albtraum«, drang Vincents beruhigende Stimme zu mir. »Georg lebt und sitzt mit uns allen neben Max´ Krankenbett. Es geht ihm gut, du hast ihn nicht ermordet!«

Ich drehte mich weiter und sah Vince vor einem abgeflachten Hügel im Gras sitzen, unter dem vielleicht die Stufenpyramide lag. Elisabeth war neben ihm und er hielt sie fest umfangen, wiegte sie sanft in seinen Armen. Doch ich sah nicht nur den Avatar meines Schwagers, nicht nur den Professor für Geschichte des Mittelalters. In ihrem Land war er ein strahlender Held, vor dem ich mich fast selbst verbeugt hätte, weil ich wusste, dass er mich vor allem Bösen der Welt zu schützen wusste. Wow!

Nun fiel mir auch das leise Weinen auf, das kaum hörbar an mein Ohr drang. Elisabeth hatte ihr Gesicht an seiner Brust verborgen und richtete sich nun auf. »Verstehst du es jetzt, Vince? Die Menschen in meinem Land mussten zu Stein werden und sie stehen als Statuen unten im Tal der Stelen. Steine kann man nicht ermorden! Und in der Zeit, als ich krank war, habe ich sie alle erstochen: Amanda und Peter, meine Eltern und Geschwister, alle Freunde und Kollegen. Ich habe diesen Traum tausendmal durchlebt und konnte nur noch schreien. Dann wurde es dunkel und wenn ich wieder erwachte, stand ich erneut im Innern des Hügels. Machte mich bereit für den nächsten Mord!« Wieder schluchzte sie auf. »Für mich war es real und ich hatte solche Angst!«

Vince nickte und zog sie an sich. »Dieser Berg dort hinten, das ist der Vulkan, der explodiert ist, als du im Museum die kleine Maya-Statue gesehen hast«, lenkte er sie von den grausamen Bildern ab. »Ich habe deine Maske sofort erkannt. Aber woher kamen diese Traumbilder? Hattest du die Statue früher schon einmal gesehen?«

Ratlos schüttelte Elisabeth den Kopf. »Warum träumen wir manchmal so dummes Zeug?« Sie richtete sich auf, sah zum Vulkan hinüber. »Alles, was wir jemals gesehen haben, sei es nun in der Realität, oder auch in Büchern oder im Fernsehen, liegt in unserem Gedächtnis vergraben. Nein, ich kann mich nicht erinnern, wo ich diese Statue schon einmal gesehen habe. Aber sie existiert, und die unvermittelte Konfrontation mit ihr im Museum hat mich so erschreckt, dass ich mich abgeschaltet habe.«

Vince legte den Arm um sie, und sie ließ den Kopf an seine Schulter sinken. »Und du hast sie gut vor deinem Bewusstsein versteckt! Hier konnte sie dir nicht mehr schaden, aber in den vergangenen Jahren hat sich dein Land verändert! Es hat geschneit und der Gletscher hat sie umhüllt.«

»Du denkst, sie liegt unter dem Gletscher?«, fragte Elisabeth ungläubig.

Vince nickte. »Als ich ihn mal erforscht habe, bin ich auf einen riesigen goldenen Ring gestoßen. Das war einer der Ohrringe an der Maske, da bin ich mir ganz sicher. Als dein inneres Land in London zerstört wurde, habe ich einen Lichtblitz gesehen, der vom Gletscher ausging. Der letzte Sonnenstrahl fiel darauf und ich bin mir sicher, dass es eine Reflektion der riesenhaften Statue darunter war. Aber sie kann dir nichts mehr tun, my Lady!«

Vince strich über ihr weißes Haar, das in der Sonne glänzte. Und ich verstand es nun zu gut! Wer tausendfach diese grenzenlose Angst durchlebte, trug auch körperliche Spuren davon. Plötzlich tat sie mir so leid!

Elisabeths Kopf ruckte zu mir herum. Ihr Blick durchbohrte mich fast. »Wir sind nicht mehr allein, Vince!« Vielleicht hatte sie mein Mitgefühl gespürt. Wie sah sie mich in ihrer Welt, vielleicht umgeben von der Wolke aus Sarkasmus?

»Hey Rick! Bist du eingeschlafen?« Max hatte sich aufgerichtet und schüttelte mich.

Erschrocken öffnete ich die Augen und war wieder zurück. »Nein, alles okay!«, versicherte ich ihm. Elisabeth und Vince zu meinen Seiten hatten die Augen noch geschlossen und niemand im Raum wagte, sie ebenfalls zu stören. Ich rutschte mit meinem Stuhl ein wenig nach vorn und löste meinen minimalen Kontakt zu Elisabeths Bein. Die beiden brauchten noch Zeit in ihrem Land. Aber wie gerne wäre ich dort geblieben! Ich wünschte mir auch eine Traumwelt, die ich mit meiner Partnerin teilen konnte. Doch dazu fehlte mir eine Frau wie Elisabeth.

»Au Mann, war das ein Horrortrip«, schnaufte Max und lehnte sich wieder zurück.

»Tut mir leid, dass ich es nicht ganz abschalten konnte«, entschuldigte sich Georg. »Ihr solltet nur die Bilder sehen, aber nicht mitfühlen.«

»Bestimmt war es nur ein Hauch von Elisabeths Gefühlen«, meinte Franca erschöpft. »Ich will gar nicht wissen, wie es einer Mutter geht, die ungewollt ihr eigenes Kind ermordet. Sollen wir eine Pause machen und warten, bis sie wieder zurückkommen?«, fragte sie mit Blick auf Elisabeth und Vincent.

»Nein, denen geht es gut. Elisabeth wird Vince berichten«, sagte ich bestimmt und erntete fragende Blicke.

»Wie meinst du das denn?« Franca zog die Augenbrauen zusammen.

Nur keine Schwesternstrafpredigt jetzt, dachte ich und brachte sie auf andere Gedanken. »Na, die verschwinden doch ständig in Elisabeths Land.«

Franca entspannte sich. »Ach so. Ja, das würde ich auch gerne mal sehen. Aber wie hast du Elisabeths Krankheit erlebt, Georg?«

»Es war entsetzlich!«, stöhnte er. »Ich hatte meine Mutter zutiefst verletzt und war schuld an ihrem Zusammenbruch. Es tat mir doch schon leid, als ich den Notarzt rief. Der Krankenwagen brachte sie in Papas Klinik, sofort auf die Intensivstation. Und dann habe ich sie wochenlang nicht gesehen.«

»Hast du sie denn nicht besucht?«, fragte Franca streng.

»Ich durfte es nicht! Als mein Vater aus Madrid zurückkehrte, wollte er wissen, was vorgefallen war. Von Amanda hörte er, dass ich allein mit meiner Mutter im Haus war und den Rest hat er sich zusammengereimt, als er die Geburtsurkunde fand. Was war hier los, fragte er mich immer wieder, aber ich konnte es ihm nicht sagen. Ich schämte mich so! Wochenlang lag sie auf der Intensivstation, bis die Ärzte zumindest ihre Anfälle in den Griff bekamen. Ich glaube, die haben sie in ein künstliches Koma versetzt. Doch als sie wieder aufwachen sollte, konnte sie nicht mehr in Kontakt mit uns treten. Es war ähnlich wie ein Wachkoma. Dann hat mein Vater herausgefunden, dass sie auf bestimmte Menschen in ihrer Nähe reagierte. Das war die einzige Erklärung, die die Mediziner fanden und deshalb hat man sie in ein Einzelzimmer verlegt, weit weg von anderen Patienten. Wir wussten nicht, warum sie bei einzelnen Menschen ruhig blieb und bei anderen einen Anfall durchlebte. Papas Hypothese, dass sie die schlechte Stimmung der anderen nicht ertrug, wurde von seinen Kollegen belächelt. Aber er blieb dabei und schottete sie ab. So sehr, dass auch ich sie nicht besuchen durfte. Nur Amanda und er hatten Zutritt zu ihr.«

Georg hielt inne, rieb sich übers Gesicht. Gut, dass er nur erzählte, denn seinen inneren Konflikt wollte ich nach Elisabeths Horrorshow nicht auch noch durchleben. Elisabeth und Vince waren immer noch fort und ich hoffte, dass er sie trösten konnte.

Georg sprach weiter. »Natürlich fragte ich Amanda, wie es unserer Mutter ging, aber sie winkte nur ab. ‚Sie sieht schrecklich aus. Ganz dünn ist sie und hat überall Schläuche. Das ist nicht mehr unsere Mama.' Als mein Vater dann fragte, was ich mir zum achtzehnten Geburtstag wünsche, sagte ich nur, dass ich zu ihr will. Endlich ließ er sich erweichen, aber er stellte Bedingungen: Ich sollte ausgeglichener Stimmung sein und wenn sie unruhig werde, müsse ich wieder gehen. Das wiederholte er dreimal auf der Fahrt ins Krankenhaus!

Ich kannte den Bau der Klinik, in dem Papas Büro untergebracht war, aber als er mich durch den langen Flur im Erdgeschoss führte und die beiden Türen hinter uns schloss, wurde mir doch mulmig. Die Krankenschwester, die vor den Monitoren saß, schüttelte abwägend den Kopf und sagte, dass Mamas nächster Ausbruch kurz bevor stände. Mein Vater drehte sich bedauernd zu mir um, aber ich ließ ihn gar nicht erst zu Wort kommen. ‚Bitte Papa, ich will sie sehen! Das ist mein einziger Geburtstagswunsch!'

Dann erschrak ich so sehr, als ich neben ihrem Bett stand. Amanda hatte mir von den Schläuchen erzählt, aber nun verstand ich, warum sie in ihr nicht mehr unsere Mutter sah. Ihr Haar war gewachsen und es war grau wie bei unserer Oma! Nur an den Spitzen war es noch dunkel, dabei hatte ich nicht einmal gewusst, dass sie sich die Haare färbt. Papa schob mir einen Stuhl zu und blieb mit mir im Raum, als wolle er aufpassen, dass ich nichts Böses tue. Ganz vorsichtig nahm ich ihre Hand. Und ließ sie sofort wieder fallen! Welch eine entsetzliche Angst war da in ihr, und ich glaubte sogar Trommeln zu hören!

Sie wurde unruhiger. Papa betrachtete sorgenvoll die Linien auf dem Monitor und wollte, dass ich wieder gehe. Aber ich weigerte mich. Jetzt war ich endlich einmal bei ihr! Ich wappnete mich gegen die Angst und berührte sie noch einmal.

Und weil mir nichts Besseres einfiel, dass ich gegen die Angst sagen konnte, fing ich an, eine meiner Listen zu zitieren: ‚Liste der abgeschafften Steuern in Deutschland: 1. Börsenumsatzsteuer, abgeschafft 1980; 2. Essigsäuresteuer, abgeschafft 1981; 3. Leuchtmittelsteuer, abgeschafft 1993.'

‚Was redest du für einen Blödsinn!', schimpfte Papa hinter mir, aber ich ließ mich nicht beirren. Die Listen halfen gegen Angst, wenn man sich darauf konzentrierte, das wusste ich ganz genau! Ich musste nur die Trommeln übertönen, die ich in ihr hörte.

Papa verließ das Zimmer und ich bekam halbwegs mit, dass er der Schwester Anweisungen für eine Spritze gab. Betont langsam und gelangweilt redete ich weiter: ‚Platz 4: Salzsteuer, abgeschafft 1993; Platz 5: Speiseeissteuer, abgeschafft 1971; Platz 6: Spielkartensteuer, abgeschafft 1981, Platz 7: Süßstoffsteuer, abgeschafft 1922.'

Und dann hörte ich die Schwester. ‚Sehen Sie mal, Professor Lindscheid! Ihre EEG-Wellen werden ruhiger und ihr Puls sinkt auch, ganz ohne Beruhigungsmittel! Das hatten wir noch nie! Wer ist der Junge?'

Jetzt starrten sie beide auf die Monitore und ich kam zum Ende der ersten Liste: ‚Platz 8 der in Deutschland abgeschafften Steuern: Teesteuer, abgeschafft 1993, Platz 9: Zuckersteuer, abgeschafft 1993; Platz 10: Zündwarensteuer, abgeschafft 1981.

Und dann glaubte ich, einen zarten Händedruck meiner Mutter zu spüren.«

28

Rick

»Ihr könnt euch kaum vorstellen, wie diese Wörter mein Leben verändert haben!«, fiel Elisabeth nun ein. Aha, man war von der Wiese am Hügel zurückgekehrt, unter dem ehemals das Heiligtum der Maya lag. Sie streifte mich mit einem erstaunt anmutenden Blick und ich ahnte, dass sie mich in ihrem Land wahrgenommen hatte. Doch sie enthielt sich eines Kommentars und fuhr fort. »Ich hatte gerade das Tor zum Tempel hinter mir gelassen und betrat den Platz mit den Priestern und hörte das Summen Hunderter von Menschen, die am Fuß der Stufenpyramide versammelt waren«, schilderte sie ihre Erinnerung an die Albträume. »Ich spürte die Maske, trug den Gürtel, umklammerte den Dolch. Und dann tönte es geradezu wie eine Offenbarung des Himmels: Börsensteuer abgeschafft. Die Wörter verschwammen im Klang der Trommeln und ich glaubte, mich verhört zu haben. Doch bei jedem weiteren Schritt hallte ein weiteres Wort durch meinen Geist, als halluziniere ich: Essigsäuresteuer abgeschafft, Leuchtmittelsteuer. Was sollte das sein? Etwa eine Steuer auf die Fackeln? Salzsteuer abgeschafft. Der Wahn in meinen Gedanken nahm groteske Züge an, doch er übertönte die Trommeln zunehmend und ich schenkte ihm all meine Aufmerksamkeit. Spielkartensteuer, Süßstoffsteuer, Teesteuer, Zuckersteuer, das konnte doch nicht sein. Zündwarensteuer abgeschafft! Ich ließ den Dolch fallen und hielt mir die Ohren zu. Die Traumbilder des Hügels und des Opfersteins verschwammen, und ich spürte ganz eindeutig einen anderen Menschen, der meine Hand hielt, bevor es hell und dann wieder gnädig dunkel wurde.« Elisabeth lächelte Georg an. »Ich verstand es noch lange Zeit nicht, aber immer öfter hörte ich Wörter in meinem Kopf, die mir ohne Sinn schienen. Die Liste der meistgekauften Parfums, die Liste der dümmsten Kriminellen, alle Bedeutungen der Abkürzung MS, die bekanntesten Irrtümer der Wissenschaft. Diese abstrusen Listen zogen mich in einen neuen Bann, doch im Hintergrund spürte ich nur Eines: Wach auf, Mama, wach auf. Da klang so viel Sorge mit, tiefe Traurigkeit und ein eiserner Wille, sich nicht mit meinem Zustand abzufinden: Ich hatte Georg gespürt.«

»Und dann bist du tatsächlich aufgewacht?«, fragte Max gespannt.

»Nur quälend langsam«, antwortete Georg für sie. »Nach dem ersten Abend durfte ich jeden Tag zu ihr. Und weil ich nicht wusste, was ich stundenlang reden sollte mit einer Mutter, die nicht antwortet, habe ich ihr diese endlosen Listen an unnötigem Wissen vorgelesen. Das ist meine Methode, mit der ich die Gefühle und Gedanken anderer aus meinem Geist ausschließe.«

»Deine Blockade?«, fiel mir jetzt ein.

»Ja, es ist eine Art von Blockade, wenn du es so nennen willst. Ich konzentriere mich kurz auf eine dieser Faktensammlungen, dann läuft sie automatisch durch, ohne weitere Aufmerksamkeit von mir zu fordern. Und danach ist das unangenehme Gefühl anderer Leute, das mich nervt, meist auch schon weg.«

Vince zog die Augenbrauen hoch. »Dann hast du also eine andere Technik als deine Mutter! Ich habe doch gelernt, durch den dunklen Tunnel zu meiner Schutzburg zu gelangen.«

Elisabeth zuckte die Schultern. »Es gibt Hunderte von unterschiedlichen Techniken, um den Geist zu konzentrieren. Georgs Listen waren mir zu anstrengend, deshalb blockiere ich mich auf anderem Weg. Das Schutzbild war die einfachste Methode.«

Franca nickte. »Ja, ich nutze auch manchmal Meditation, um mich zu beruhigen, aber deine Technik finde ich viel anstrengender. Wo hast du die denn gelernt?«

»Und was hatte denn nun dein Koma ausgelöst?«, fiel ich ein.

»Nun, am Anfang war es sicher die Überdosis an Oyatocin«, nannte Elisabeth das Offensichtliche. »Aber diese letzte Dosis, die hat mich dauerhaft verändert. Vielleicht konnte ich es nicht mehr abbauen, und so blieb die Wirkung in meinen Hirnstrukturen eingespeichert. Sie hat nie mehr nachgelassen, Rick! Ich konnte alle Menschen um mich herum spüren und war ihren Emotionen hilflos ausgeliefert. Es hat mich innerlich fast zerrissen: Rasende Wut und ungehemmte Aggression spürte ich ebenso wie herzzerreißende Trauer oder abgrundtiefen Ekel. Alles war zugleich da, alles überfiel mich und ich konnte nicht damit umgehen. Während ich mich nach dem Oyatocinentzug im Umgang mit anderen gefühlstaub fühlte, war ich nun hypersensibel. Diese Schockwellen ertrug mein Geist nicht und deshalb schaltete er mich immer wieder ab. Es war die letzte Notfallreaktion, so wie andere bei einem Schreck in Ohnmacht fallen. Doch immer, wenn ich wieder aufwachte, lief der gleiche Prozess ab, weil so viele Menschen um mich herum waren: Die Ärzte, die Pflegenden, die anderen Patienten und Besucher. Ihre Emotionen verarbeitete ich zu Albträumen. Peter hatte mich gut im Blick und erkannte, dass ich nachts ruhiger wurde, aber mit Beginn der Frühschicht regelmäßig den nächsten Anfall hatte. Ohne zu verstehen, was mich so krank machte, fand er die eine Therapie, die meine Anfälle verringerte.«

Jetzt leuchtete es mir ein. »Indem er dich in ein Einzelzimmer brachte, weit weg von anderen!«

»Erst dort habe ich es sehr, sehr langsam und mühevoll gelernt«, beantwortete Elisabeth Francas Frage. »Es war so schrecklich schwer: Störende Worte kann man ausblenden, indem man die ‚Ohren auf Durchzug stellt', wie wir es in Deutschland nennen.« Ich musste bei diesem Bild grinsen. »Aber die Gefühle anderer abzuschalten«, fuhr sie fort, »wie die Monitore, die Vince bei unseren Übungen im dunklen Gang ausgeknipst hat, das lernte ich in Monaten. Und auch heute versagt meine Blockade noch, wenn ich müde bin. Deshalb ging ich im März auf Wanderschaft durch euer Land, weil nur wenige Touristen unterwegs waren und ich immer ein Einzelzimmer in den halb leeren Hotels fand.«

Ja, das klang nachvollziehbar. Als ich Elisabeth fragen wollte, warum sie sich überhaupt auf die Wanderung begeben hatte, kam Franca mir zuvor: »Aber ich habe es immer noch nicht verstanden, warum auch Georg dieses ‚Gefühlelesen' kann!«

»Diese Frage haben Mama und ich mindestens tausendmal diskutiert«, grinste Georg nun mit einem Nicken. »Und keine der möglichen Erklärungen hat mich bisher überzeugt.«

»Vielleicht war es ja doch die Oyatocingabe bei deiner Geburt!«, argumentierte ich, obwohl ich es nicht logisch erklären konnte.

»Siehst du, Rick glaubt es auch!«, sagte Elisabeth triumphierend zu ihrem Sohn. »Ein Punkt für mich!«

»Wie?« Nun war auch Vince überfordert.

»Unsere Theorien reichen von einem göttlichen Funken bis zur spontanen Genmutation!«, erklärte Georg. »Und jede Menge dazwischen!«

»Ja klar, wie bei den X-Men!«, witzelte Max.

»So in etwa«, stimmte Georg zu. »Und wir zählen die jeweiligen Unterstützer unserer Theorien als Punkte. Ist ein familieninterner Wettstreit«, nannte er es scherzhaft.

»Aber meine Theorie beruht auf zwei wichtigen Argumenten«, beharrte Elisabeth. »Bei mir traten die Fähigkeiten nach einer wahnwitzigen Überdosis auf. Und ich bin heute sicher, dass Georgs Sensibilität ebenfalls an der Überdosis während der Geburt lag. Erinnert ihr euch daran, dass er ein Schreikind war? Dass er immer geweint hat, wenn andere in seiner Nähe waren, wie in der Kinderkrippe? Er hat schon damals die Gefühle anderer gespürt, ohne sie benennen zu können. Und hat einen eigenen Weg gefunden, damit umgehen zu können!«, blieb sie bei ihrer Theorie, die mir bei aller Absurdität nun recht einleuchtend erschien.

»Aber du hast doch gesagt, dass du auch die Gefühle anderer beeinflussen kannst«, fiel mir eine weitere Frage ein. »Wie tust du das?«

»Na so, wie Vince es auch bei mir getan hat, in unseren gemeinsamen Wochen in Schottland«, erinnerte sie an Vincents ungewöhnliche Testreihe. »Wenn er merkte, dass ich traurig bin, hat er an etwas Schönes gedacht, und seine gute Stimmung hat sich auf mich übertragen. Danach ging es mir besser. Da ich nicht wusste, dass er mich spüren konnte, habe ich auch anfangs nicht verstanden, was da mit mir geschah. Bis wir einmal so lange in der Stadt waren, durch die Geschäfte gebummelt sind und danach noch Georg getroffen haben. Erst an diesem Abend ist mir doch aufgefallen, dass er mich schützen kann.«

»Mir ist es aufgefallen«, stellte Georg klar, wollte sich diesen Punkt nicht nehmen lassen. »Und ich konnte kaum glauben, dass es einen Dritten im Bunde gab! Aber du hattest doch nie Kontakt zu Oyatocin, Vince?«, überlegte er jetzt ebenfalls.

»Nein, sicher nicht über das übliche Maß hinaus«, bestätigte er. »Und doch hast du deine Fähigkeit auf mich übertragen, my Lady. Noch so ein Rätsel, das wir nicht lösen können!«

»Sagst du das im Ernst, oder willst du uns auf den Arm nehmen?«, fiel Franca ungehalten ein. »Das ist doch nun so trivial! Du hattest einen unbewussten Kontakt mit Elisabeth hergestellt, als du sie im Schlaf umarmt hast! So konntest du die Blockade und das Feuerschwert überwinden, mit dem sie sich in wachem Zustand schützt«, folgerte sie. »Schon damals hast du sie geliebt! Deshalb sind eure Hirnwellen nicht kollidiert, sondern haben sich aneinander angepasst!«, versuchte sie sich an der Untermauerung ihrer Theorie und ich stimmte ihr nach einiger Überlegung zu. Der Zauber dieser Minuten war mir bei Vincents nüchterner Schilderung kaum bewusst geworden. Wie sehr hätten sie sich verletzen können, wenn sie nicht so perfekt zueinander passten! Das Bild der miteinander kollidierenden und zerplatzenden Gehirne, das Elisabeth so drastisch erwähnt hatte, stieg wieder in mir auf. Welch ein Glück, dass sie sich zufällig gefunden hatten!

Neben mir stöhnte Max unterdrückt auf. Fast glaubte ich seine Verzweiflung über den Verlust von Vince zu spüren; so eng, als ständen wir noch in empathischem Kontakt. Ich drehte mich zu Elisabeth und bemerkte, dass auch sie Max beobachtet hatte. Sein Leid nahm sie so sehr mit, dass sie sich fahrig abwandte und tief durchatmete. Ihr Blick fiel auf Vince, der Max nun kurz die Hand drückte, sei es zum Trost oder auch als Entschuldigung mit der Bitte um Verständnis, dass er sich in Elisabeth verliebt hatte. Max erwiderte seine Berührung, umschlang Vincents Hand, als wolle er sie nicht wieder loslassen. Vince zog sich sofort zurück, fast als hätte er sich verbrannt. Doch er maß Max mit einem ungläubigem Blick.

Hatte Max Vincent denn immer noch nicht aufgegeben? Wieder hörte ich Elisabeth neben mir nach Luft schnappen. Wenn ich Max' Verzweiflung ahnen konnte, was spürte sie dann in diesem Moment? Und ich bemerkte ihr entschlossenes Nicken, als sie aufstand und den Abstand zu Max und Vincent vergrößerte, indem sie ans Fenster trat.

Was hatte sie vor? »Und wie bist du wieder gesund geworden, Elisabeth?«, sprach ich sie an, um sie von den beiden abzulenken. »Warum hat das ein ganzes Jahr gedauert? Du hast gesagt, die Behandlung habe dich zu der gemacht, die du heute bist. Aber damit hast du nicht nur Georgs ungewöhnliche Listen gemeint, nicht wahr?«

Sie nickte mir mit einem Blick zu, den ich nicht verstand. »Nein, es waren nicht die Listen«, murmelte sie ernster und sah nachdenklich in die Nacht hinaus. Ein Zeichen, das ich nun schon zur Genüge kannte: Sie überlegte, ob sie weitererzählen sollte.

»Ich bitte darum!«, bat ich mit ironischem Unterton.

Woran dachte sie? »Okay, schließen wir die Sache endlich ab«, gab sie ihren Widerstand zerstreut auf, kam zurück und setzte sich wieder neben mich.

Die Doppeldeutigkeit fiel mir durchaus auf, als ich meine Arme auf die Stuhllehne legte und wir den Kreis erneut schlossen.

29

Elisabeth

»Wir können dich nicht länger hier behalten, Lisa. Wir müssen dich in eine andere Klinik verlegen.« Peter zuckte mit den Schultern und ich bemerkte sein Unbehagen, mir die schlechte Nachricht zu überbringen. Und den Hauch von Erleichterung, die Verantwortung für meine weitere Genesung in andere Hände legen zu können.

Doch mich durchfuhr panische Angst bei seinen Worten.

Selbstverständlich wusste ich, dass dieser Tag kommen würde. Noch immer hielt ich mich in meinem Zimmer weitab von anderen Patienten auf und wurde vom Personal auf Peters Stationen mitbetreut. In den Wochen nach meinem Aufwachen hatte ich mich körperlich schnell erholt und ich war nun wieder in der Lage, mich zu waschen und anzuziehen, konnte auch wieder essen. Die Anleitung durch die Physiotherapeuten hatten meine Muskeln gestärkt, die während des Komas verlernt hatten, meinen Körper zu tragen. Wenn man mich stützte, lief ich sogar kurze Strecken auf dem Flur, während Georg mit mir seine Technik der Abblockung übte. Doch diese Sonderbehandlung band viel Personal, das weite Wege zurücklegen musste, um in den abgelegenen Verwaltungstrakt zu gelangen. Und Peters Angebot, mich auf seine Station zu verlegen, hatte ich rigoros abgelehnt. Nur keine Menschen um mich herum, nur nicht!

Unbehaglich wand er sich auf dem Stuhl neben meinem Bett. »Es tut mir leid, Lisa«, fuhr er leise fort. »Aber die Klinikleitung steigt mir wegen der Kosten für deine Sonderbehandlung aufs Dach. Von den sechs Monaten, die du nun hier bist, können sie der Krankenkasse nur einen Bruchteil in Rechnung stellen. Und du hast dich soweit stabilisiert, dass ich dir Rehatauglichkeit bescheinigt habe. Auch ich muss mich an die Regeln halten!« Früher hätte er mir tröstend die Hand gehalten, mich vielleicht sogar in den Arm genommen. Doch auch ihn hatte ich verletzt. Nachdem ich wieder aufgewacht war, hatte er mir anfangs Hilfestellung geben wollen, wenn ich aus dem Bett musste. Doch bei jeglicher Berührung zuckte er zusammen, weil ihn ein rasender Kopfschmerz überfiel, der wie ein Blitz durch seinen Schädel jagte. Er stöhnte auf, schloss verzweifelt die Augen und rieb sich die Schläfen. Dabei bemerkte er nicht einmal, dass ich dasselbe erlebte. Meine neuartige emotionale Behinderung strafte mich ebenso wie jeden Menschen, den ich berührte. Selbst die Handschuhe, die ich nun meist trug, vermochten mich bei heftigen Gefühlen anderer nicht zu schützen. Menschliche Kontakte wurden für mich zur Marter und Peter wusste das! Doch nun wollte er mich loswerden?

Er bemerkte das Zittern meiner Hände, als ich mich von ihm abwendete. Sofort stand er auf und ging ins Behandlungszimmer hinüber, und ich hörte ihn dort hantieren. Mit der aufgezogenen Spritze kam er zurück, während ich versuchte, mich mit einer von Georgs Listen zu beruhigen: Die deutschen Innenminister seit Kriegende ratterten durch meinen Kopf. Ich zwang mich, tief durchzuatmen. Wenn diese Technik auch noch nicht gefestigt war, so half sie doch ein wenig. »Wage es ja nicht!«, fuhr ich Peter an.

Mit einem frustrierten Seufzen legte er die Spritze auf den Seitentisch. Für den späteren Gebrauch, damit ich ‚zur Vernunft käme'? »Wir haben eine tolle Klinik für dich gefunden. Es ist eine riesige Chance, dass sie dich dort aufnehmen!«

»Wer ist wir?«, blaffte ich ihn an.

»Stephan hat mir den Vorschlag gemacht!«, beteuerte er, um meinen Widerstand zu lockern. »Es ist eine kleine Privatklinik, die in keinem offiziellen Verzeichnis auftaucht, weil sie ausschließlich Bundesbeamten vorbehalten ist. Nur durch Stephans Empfehlung nehmen sie dich dort auf. Sie haben mir eine isolierte Lage deines Zimmers garantiert, womit ich kaum gerechnet habe. Es ist wirklich eine Chance!«, wiederholte er, um meine Bedenken zu zerstreuen.

Stephan hatte sich gekümmert! »Wo ist die Klinik?«, horchte ich auf.

»Sie liegt tief versteckt im Bayerischen Wald. Leider werde ich dich nur selten besuchen können.« Ja, in seinen Worten schwang eindeutig Erleichterung mit!

»Aber wie soll ich denn dorthin kommen?«, fragte ich verzweifelt. »Im Zug, mit fünfhundert Menschen um mich herum? Oder im Krankenwagen auf engstem Raum zusammengepfercht mit zwei wildfremden Sanitätern?«, gruselte es mich. »Das überstehe ich doch gar nicht! Und selbst fahren kann ich auf gar keinen Fall!«

»Selbstverständlich bringe ich dich in die Klinik«, bot Peter an. »Hältst du es denn mit mir aus, so eingepfercht auf engstem Raum?«, wiederholte er meine Formulierung mit Traurigkeit in der Stimme.

Mit dieser Frage brachte er das Problem auf den Punkt. Ertrug ich meinen Ehemann für fünf oder sechs Stunden, selbst wenn ich ihn nicht berühren musste? Und es bestand die Gefahr, dass ich ihn wiederum verletzte, weil ich meine Gefühle nicht im Zaum halten konnte und sie ungewollt auf ihn übertrug. Peter konnte sie nicht wie Georg verstehen und wusste nicht, was in mir vorging. Doch wenn meine Blockade versagte, würde ich den nächsten Kopfschmerzanfall bei ihm auslösen. Und auch bei mir selbst. Meine

Ehe stand vor dem Ende und ich wusste, dass ich sie zerstört hatte.

Vor Schreck vergaß ich, die wichtigste Frage zu stellen.

Doch ein Thema konnte ich nicht anstehen lassen: Hatte es noch Sinn, zu kämpfen?

Wir waren schon hinter Nürnberg und hatten die Fahrt bisher ohne größere Probleme hinter uns gebracht. Pausenlos konzentrierte ich mich auf die Zahlen in der Ausgabe des Diagnoseverzeichnisses, das ich in Peters Sprechzimmer gefunden hatte. Seitenweise Diagnosen, Symptome, Codierungsschlüssel waren die richtige Lektüre. Aber nun war ich müde und die Buchstaben verschwammen im Dämmerlicht des Wintertages. Aus den Lautsprechern tönte Tschaikowski, mit dessen Musik ich mich ebenfalls ablenken wollte. Es war eine traurig klingende Passage, die mich wieder an Gefühle erinnerte. Doch ich spürte nicht nur Traurigkeit und Bedauern, sondern auch eine verzweifelte Ratlosigkeit, deshalb versuchte ich die Stimmung zwischen uns in Worte zu fassen. 'Kann ich es ihr jetzt sagen? Oder ist sie noch zu labil für eine Aussprache? Aber ich will nicht mehr warten, Julia will nicht mehr warten!', schien er zu denken

»Wer ist Julia?« Ich beugte mich vor und stellte die Musik leiser.

»Wie?« Überrascht griff Peter das Lenkrad fester. Als ich ihn nur forschend von der Seite her ansah, gab er sein Versteckspiel mit einem Seufzen auf. »Du weißt von ihr?«, leugnete er seine neue Beziehung nicht mehr.

»Sie streift schon lange durch deine Gedanken, Peter«, schilderte ich leise meinen Eindruck. »Schon vor meinem Zusammenbruch habe ich auch ganz ohne Oya bemerkt, dass es eine andere Frau in deinem Leben gibt. Und ich will wissen, ob ich noch verheiratet bin, wenn ich wieder nach Hause komme.«

Eine Stunde später hatte ich erfahren, dass ich meinen Mann schon vor einem Jahr an seine junge Assistenzärztin verloren hatte.

Die Klinikleitung hatte Wort gehalten.

Mein Zimmer lag im Kutscherhaus eines ehemaligen Jagdschlosses der Könige von Bayern. Von meinem Fenster aus konnte ich über die schneebedeckten Rasenflächen des Parks hinüber zum Hauptgebäude schauen, in dem die anderen Patienten untergebracht waren. Ein verglaster Gang verband die Häuser und wenn ich nach dem Pflegepersonal klingele, würde man mich durch die abgeschlossenen Türen begleiten. So hatte man mir das Verfahren erklärt, aber es interessierte mich nicht. Ich wollte niemanden sehen!

Nur selten hörte ich andere Stimmen, wenn die Mitarbeiter der Labors im Stockwerk unter mir zur Arbeit erschienen oder am Abend wieder nach Hause gingen. Ansonsten war ich die einzige Patientin im ersten Stock über den ehemaligen Garagen. Neben meinem Zimmer hatte ich auch noch Zugang zu einem kleinen Aufenthaltsraum mit Sofa und Bücherregal am Ende des Flurs, alle anderen Zimmer waren abgeschlossen. Doch dort hielt ich mich nicht auf, sondern saß überwiegend am Fenster und starrte blicklos in den Park.

Und versank in grenzenlosem Selbstmitleid.

Eine klassische Depression nannten die Ärzte meine Situation beim Namen, während die Liste berühmter Selbstmörder zu meinem persönlichen Favoriten aufstieg. Nicht einmal der Gedanke an meine Kinder milderte die harte Bilanz meines verkorksten Lebens. Georg wollte nach seinem

Abitur sofort in Berlin oder Hamburg studieren und Amanda, nun ja. Sie würde sicher bei ihrem Vater leben wollen, nicht bei diesem emotionalen Krüppel der einzigen Art.

Meine mangelnde Mitarbeit an dem so ausgeklügelten Therapiekonzept der Privatklinik brachte meine Ärzte an den Rand einer hilflosen Weißglut. So wurde ich zur Chefpatientin erklärt und nun besuchte mich der Leiter der Einrichtung einmal am Tag. Er schien ein erfahrener Arzt zu sein und ihm brachte ich auch Vertrauen entgegen. Mit betont ruhiger Stimme berichtete er von einer aktivierenden Maßnahme, die er für mich angeordnet hatte: Zweimal am Tag habe ich im Speisesaal der Klinik zu erscheinen, um Kontakt zu den Mitpatienten aufzubauen.

Mit versteinerter Miene nickte ich und spürte seine Befriedigung. Aber er verstand nicht, dass man Unmögliches von mir verlangte! So gab es eben eine Woche lang nur das Frühstück, das ich mechanisch herunterwürgte. Ein erneutes Auftragen der Mahlzeiten beendete meinen ärztlich verordneten Hungerstreik nach einer Woche. Anscheinend wollten die Verantwortlichen sich nicht nachsagen lassen, dass eine Patientin in depressiver Episode unter ihrer Aufsicht verhungert sei.

Die Behandler kamen nun auf eine neue Idee: Wenn ich nicht unter Menschen ginge, gebe es noch eine andere Möglichkeit, teilte man mir in der Folgewoche mit. Ab sofort habe ich jeden Nachmittag für zwei Stunden den Besuch eines Mitpatienten zu ertragen.

Zwei Stunden in Gesellschaft eines Fremden, das traute ich mir zu. Aber die bedauernswerten Geschöpfe, denen man die Zwangsbesuche ebenfalls als therapeutische Maßnahme aufgedrückt hatte, hielten es nicht aus, stundenlang neben einer Schweigenden zu sitzen. So sah ich jeden Tag ein anderes Gesicht, während ich damit beschäftigt war, die mitgebrachten Gefühle auszublenden. Damals kam in mir das Bild des langen, dunklen Tunnels auf, in dem ich die Gefühle anderer auf Monitoren betrachtete und sie nacheinander ausschaltete. Das war eine Technik, die ich nur durch Zufall entdeckte.

In der dritten Woche der Zwangsbesuche saß ich erstmals mit einem Besucher zusammen, dessen Gefühl nicht Ekel, Neid, Ärger, Angst oder gar Freude war. Was ich bei ihm spürte, konnte ich nicht einordnen. Und als Erster redete er nicht gegen die Stille zwischen uns an. Mein Ruf als miserable Gesellschafterin hatte sich im Haupthaus wohl schon herumgesprochen, denn dieser Herr grüßte mich kaum. Er war mit einer Schachkassette in der Hand erschienen, baute eine Stellung auf, die er aus einem Buch entnahm und versuchte, das Rätsel zu lösen. Ich stöhnte. Wie konnte man denn die einfache Springergabel übersehen, die unweigerlich zum Verlust des Turms führen würde? Matt in drei Zügen!

Kopfschüttelnd wandte ich mich ab, spürte meinem Besucher nach. Und brauchte zum ersten Mal eine ganze Weile, um zu verstehen, was ihn beschäftigte, während er wie blind aufs Schachbrett starrte. Ich konnte es kaum glauben, aber es schien mir wie Neugier, eine grenzenlose Neugier. Neugier, das Spiel zu verstehen? Noch einmal konzentrierte ich mich und unterdrückte ein erstauntes Schnauben. Seine Neugier bezog sich auf mich! Vor meinem geistigen Auge erschien das Kutscherhaus, der verglaste Zugangsweg, die Schlösser an den Türen, die nur die Therapeuten öffnen konnten! Und seine Fragen: Wer sitzt da drüben im Hochsicherheitstrakt? Was ist so besonders an der Frau, die niemand zu Gesicht bekommt und was wollen die von ihr?

Überrascht sah ich auf, hatte diesen Aspekt in meiner selbst gewählten Isolationshaft gar nicht wahrgenommen. Und plötzlich fiel es mir wie Schuppen von den Augen: Jede andere Klinik hätte die Patientin mit der störrischen Haltung doch mittlerweile hinausgeworfen, sie als therapieuntauglich nach Hause entlassen! Doch mich behielten sie Woche um Woche hier. Wie lange saß ich schon in diesem Zimmer, warum gaben die den hoffnungslosen Fall nicht auf? Konnte ich meinem Leben überhaupt ein Ende setzen, falls ich mich endlich dazu aufraffte?

Nein, hier ging anderes vor. Ich richtete mich auf, tat den Springerzug, schlug den Turm und wartete seinen aussichtslosen Gegenzug nicht ab, bevor die Dame unweigerlich mattsetzen konnte. Und ich flüsterte ein kaum hörbares »Danke«.

Drei Tage später war ich schlauer.

Pausenlos hatte ich nachgedacht, was mir geschah. Doch diese Gedankenkreisel in meinem Kopf brachten mich keinen Schritt weiter, stellte ich fest. Sie lähmten mich nur! Ich sah hinaus in den Regen. Die Tropfen klatschten gegen das Fenster, als wollte der Frühling mit einer Sintflut beginnen. Wann hatte ich zum letzten Mal die Macht der Naturgewalten am eigenen Leib gespürt?

Ich stemmte mich aus dem Sessel hoch, streifte eine Jacke über, die seit Wochen im Schrank hing. Bevor ich die roten Hausschuhe gegen die Stiefel tauschte, drückte ich den Klingelknopf, den ich noch nie zuvor betätigt hatte. Ich ging ins Erdgeschoss hinunter, um die Schwester schon an der Glastür zu empfangen.

»Ich will in den Park gehen«, sagte ich ihr und wunderte mich über ihre Reaktion.

»Das ist aber verboten!« Hinter den anmaßenden Worten spürte ich eine tiefe Verunsicherung.

»Wie bitte?«, fragte ich mit hochgezogenen Augenbrauen. »Ich sehe doch, dass täglich Patienten durch den Park schlendern!«

»Na ja, es ist nur Ihnen verboten«, präzisierte sie. »Ärztliche Anordnung!«, fiel ihr noch verlegen ein.

»Dann möchte ich den Arzt sprechen, der solche Anordnungen wagt!«

»Aber heute ist Sonntag! Wir haben nur einen Dienstarzt, und der hat seine Visite schon gemacht.«

Ich hatte ihn nicht gesehen. »Nun, mich hat er bei seiner Besuchsrunde anscheinend vergessen. Führen Sie mich zu ihm!«

Der junge Schnösel war sicher kaum dreißig. »Ja, es ist richtig, dass Sie geschlossen untergebracht sind«, bestätigte er mir. »Sie dürfen das Haus nur in Begleitung verlassen und am Sonntag haben wir keine Zeit für Spaziergänge!« Ganz klar, der wollte der trotzigen Patientin aus dem Kutscherhaus eins auswischen.

»Rufen Sie den Chefarzt an, jetzt sofort. Das will ich von ihm selbst hören!« Die Wut gab mir Kraft, diesen Idioten zu ertragen. Er wollte schon widersprechen und sah dann wohl, dass es mir sehr ernst war.

Doch auch beim Chefarzt biss ich auf Granit. »Wir halten Sie aufgrund Ihres Verhaltens für suizidgefährdet, Frau Brücken-Lindscheid. Und heute Nachmittag könnten wir bei einem Spaziergang nicht unserer Aufsichtspflicht nachkommen und Sie nach draußen begleiten. Schauen Sie doch mal aus dem Fenster! Bei diesem Weltuntergang da draußen würden Sie sich nur erkälten«, meinte er begütigend. »Wir finden morgen eine Lösung!« Und dann legte er doch tatsächlich auf!

Der junge Arzt, der das Gespräch über den Lautsprecher mitgehört hatte, grinste selbstgefällig.

»Dann will ich jetzt mit meinem Mann sprechen«, forderte ich genervt. Ich musste unbedingt Beschwerde gegen diese Behandlung einlegen!

»Ich denke, da können Sie den öffentlichen Fernsprecher im Speisesaal nutzen. Das ist das Diensttelefon und deshalb dem Personal vorbehalten.« Eindeutig war da eine sadistische Befriedigung und am liebsten hätte ich dem Kerl eine reingehauen. Ein klar zu benennendes Gefühl schüttelte mich, wie ich es schon lange nicht mehr gespürt hatte!

»Melden Sie sich eben morgen beim Personal im Speisesaal!«, triefte seine Stimme vor Ironie.

Mein Ausflug ins Haupthaus hatte mich vollkommen erschöpft. Die anderen Patienten waren auf dem Weg zum Mittagessen und starrten mich an, als man mich zurück führte. Ich hörte das Rauschen ihrer Gefühle und meist kam es der Reaktion des schadenfrohen Arztes sehr nahe. Nur der Schachspieler hielt kurz inne, als er mich traf. »Wie wäre es morgen mit einer Partie?«

Ein Nicken brachte ich noch zustande, dann spürte ich, wie mir der Schweiß ausbrach. Dort im Speisesaal waren sicher dreißig Leute, und eine Menschenansammlung wie diese hatte ich seit Monaten nicht erlebt. Bei aller Wut im Bauch war ich grenzenlos erleichtert, als ich wieder in dem Sessel saß. Und nie zuvor hatte ich solch eine Sehnsucht gespürt, mich draußen in freier Natur volltröpfeln zu lassen. Wie fühlte es sich an, wenn die Tropfen aufs Gesicht fallen?

Ich legte die Hand an die Fensterscheibe, doch sie beschlug und nahm mir die Sicht.

30

Rick

»Deshalb liebst du den Regen so!«

Ich war über Vincents überraschten Ausruf dankbar, denn er entließ uns aus Elisabeths Erinnerungen. Obwohl sie uns die Geschichte sehr nüchtern und distanziert geschildert hatte, konnte ich einen Hauch ihrer Gefühle erahnen. Ganz eindeutig stand sie vor einem Suizid, so krank und ausgelaugt nach dem Verlust ihrer Karriere und dem Zerbrechen ihrer Familie. Diese dunkelsten Stunden in ihrem Leben hatte sie mir gestern Morgen schon angedeutet und nun verstand ich, was sie gemeint hatte. Sie sah keine Chance mehr, sich anderen Menschen zu nähern oder gar eine Liebesbeziehung einzugehen, welch eine schreckliche Vorstellung. Allein dieser Aspekt konnte in den Tod treiben!

»Denkst du an unseren gemeinsamen Motorradausflug in Schottland?« Max´ Frage brachte mich wieder in den Kreis zurück. »Aber da hast du dich im Regen doch unterkühlt, Elisabeth. Das war ganz sicher nicht schön!«

»Nein, frieren mag ich auch nicht!«, nickte sie. »Aber Vincent liegt schon richtig: Ich liebe die Tropfen auf meinen Händen oder im Gesicht, weil ich dieses Gefühl so lange nicht genießen durfte. Wenn man ganz am Ende ist, werden die kleinen Dinge wichtig. Ich vermisste den Spaziergang im Regen, weil er mir als Inbegriff von Freiheit und Selbstbestimmung erschien. In der Klinik wäre es möglich gewesen, denn im Bayerischen Wald leben nicht viele Menschen. Dort hätte ich einsame Spaziergänge unternehmen können, ohne anderen und mir selbst zu schaden.«

»Als du in Wales zum ersten Mal auf meine SMS geantwortet hast, wolltest du im Regen Musik hören!« Vincent staunte. »Ich habe mich damals über dein Verhalten gewundert, aber auf diese Ursache wäre ich nie gekommen!«

Seine Erinnerung ließ sie zusammenfahren. »Die erste SMS!«, nickte sie bedauernd.

Und ich wusste, was in ihr vorging. Diese Kurznachricht an Vince hatte sie als ihren größten Fehler benannt, doch ich sah sie eher als Auftakt der außergewöhnlichen Liebe zwischen ihr und Vince. Ohne das Handy, das Max ihr geschenkt hatte, wäre es nie zu weiteren Treffen gekommen.

»Du hast es doch schon richtig gesagt, Elisabeth: Es war nicht deine Schuld!«, versuchte ich, sie zu entlasten. »Auch wenn ich den Begriff nicht gerne nutze, hatte bei euren ersten Begegnungen das Schicksal seine Hand im Spiel«, analysierte ich vorsichtig. »Durch Zufall hast du Vincents Unfall miterlebt, durch Zufall haben die beiden ausgerechnet ein Handy als Dankesgeschenk für dich ausgesucht.«

»Und nur zufällig hat Vince dich im Regen erreicht, weil dein Discman den Geist aufgegeben hatte«, fiel Franca nun ein. »Ich gebe Rick ausnahmsweise mal recht: Da hatte die Liebesgöttin mitgemischt, damit du einen Partner findest!«, meinte sie mit romantischem Seufzen.

Max stöhnte vernehmlich. »Und wenn ich nicht solch eine Angst um meine Karriere gehabt hätte, hätte ein Blumenstrauß als Dankeschön für deine Hilfe gereicht. Den hätte ich dir gerne nach Deutschland geschickt!« Dann wäre es nie soweit gekommen, schien er damit sagen zu wollen.

»Es ist, wie es ist«, unterbrach ich das unnötige Hadern. »Das Was-wäre-wenn bringt doch gar nichts!« Max funkelte mich wütend an, aber ich überging seine Reaktion. »Ich komme noch einmal auf deine Zeit in Peters Klinik zurück«, sprach ich Elisabeth an, um das Gedusel um Liebe und Schicksal zu unterbinden. »Du sagtest, du hättest die wichtigste Frage gar nicht gestellt. Meintest du damit den Zustand deiner Ehe?«

»Wie immer hast du sehr gut aufgepasst, Rick«, lobte sie. »Und nein, es war nicht der Zustand meiner Ehe, den hatte ich schon geahnt. Eine andere Frage wurde später ganz fundamental: Wie lange bleibe ich in der neuen Klinik?«

»Na, bis es dir eben wieder besser geht«, antwortete Vince selbstverständlich. »Du hattest doch eine Erholung bitter nötig.«

»Nein Vince, du hast ein Wort nicht beachtet, weil es ein deutscher Fachbegriff ist«, korrigierte Georg. »Meine Mutter war ‚geschlossen' untergebracht und das bedeutet, dass sie sich selbst nicht entlassen konnte. Man hatte sie tatsächlich eingesperrt! Wir zuhause wussten nicht, dass der so kompetent und gütig wirkende Chefarzt diese Einschätzung vorgenommen hatte, als Mama in der Klinik war. Meine Anrufe wurden nicht zu ihr durchgestellt, weil man mir sagte, sie wolle mit niemandem reden. So hielten sie die Familie auf Abstand und rieten uns auch von Besuchen ab. Obwohl mein Vater es als übliches Verfahren betrachtete, kam mir das komisch vor. Und deshalb habe ich Stephan benachrichtigt. Er hatte uns die Klinik empfohlen und ihn würde man ganz sicher nicht abweisen.«

»Ohne diesen Stephan kommt ihr wohl nicht zurecht!«, merkte Franca kritisch an. »Ganz ehrlich, mir kommt er mit all seinen Geheimnissen doch ziemlich obskur vor. Was ist das für ein Typ?«

»Er ist mein Pate!«, gab Georg sofort aufgebracht zurück, ließ keine Kritik an ihm gelten. »Und auch der Retter deines Bruders!«

»Aber mit der Wahl der Klinik hatte er sich doch geirrt!«, sprang Vincent Franca bei. Ich hatte den Eindruck, dass auch er dem Unbekannten nicht über den Weg traute. Zu recht? Leider konnte ich mir keine eigene Meinung bilden, weil ich Stephan nie getroffen hatte. Doch aus Elisabeths Andeutungen hatte ich geschlossen, dass er ein einflussreicher Mann war.

»Ihr liegt beide richtig«, schlichtete Elisabeth zwischen den Dreien. »Auch Stephan hat man ausgetrickst, aber er war der Einzige, der mir helfen konnte!«, deutete sie an.

»Dann lass uns doch mal hören und schauen, wie er das gemacht hat!«, forderte ich sie auf und legte die Arme erwartungsvoll auf die Stuhllehnen.

31

Elisabeth

»Frau Brücken-Lindscheid!«

Die Stimme des falschspielenden Chefarztes konnte ich kaum mehr ertragen. Deshalb wandte ich mich ostentativ dem Fenster zu, als er mein Zimmer betrat.

»Zu meinem Erstaunen habe ich erfahren, dass eine Beschwerde gegen Ihre Behandlung bei uns eingelegt wurde«, sprach er wütend und ziellos in den Raum. »Ich weiß wirklich nicht, wie es soweit kommen konnte! Wir haben Sie doch gut behandelt und Sie seit zwei Wochen auf Ihren Spaziergängen begleitet!«, beklagte er sich.

Nun, ich würde es eher Hofgänge nennen, dachte ich ätzend. Eine halbe Stunde am Tag über die gut einsehbaren Spazierwege im Park, immer im Kreis herum und unter Aufsicht einer Schwester!

Als ich meine Gedanken für mich behielt, redete er weiter und ich konnte die Nervosität spüren, die er ausstrahlte. »Nun kommen zwei Gutachter, um Ihren Zustand zu beurteilen. Und im Gespräch mit ihnen sollten Sie fair bleiben, weil wir unser Bestes für Sie geben. Werden Sie mit denen überhaupt sprechen?«, hoffte er auf eine Chance, die hohen Herrschaften abweisen zu können.

Da ich weder nickte noch den Kopf schüttelte, sondern ihn weiter mit Missachtung strafte, zog er sich wieder zurück. »Also dann, heute Nachmittag um drei! Und selbstverständlich wird es vor dem Besuch bei Ihnen einen fachlichen Austausch über Ihre Gesamtsituation geben«, drohte er. »Ich werde keine Vorwürfe akzeptieren!«

Das hieß wohl, dass er die Leute ausführlich über mein schwieriges Krankheitsbild informieren würde. Nach seiner Indoktrination würden sie sicher die Patientin nur noch mit einem Blick streifen und danach dem Chefarzt ihr Lob für seine aufopfernde Geduld aussprechen. Und schnell wieder verschwinden.

Am Nachmittag um drei, das war ärgerlich. So würde auch mein Schachspiel mit Herrn Müller ausfallen, an den ich mich gewöhnt hatte. Er trat nun seinen Strafdienst bei mir regelmäßig an, weil man im Gemeinschaftssaal der Patienten nur Blitzschach spielte. Zweimal hatte er mich bereits eingeladen, auch seine Freunde kennenzulernen, und sich dann mit meinem Kopfschütteln abgefunden. Er war ein angenehmer Zeitgenosse und ich konnte ihn gut ertragen, auch wenn wir bisher kaum mehr als zehn Sätze gewechselt hatten. Sogar den üblichen Handschlag beim Ende der Partie konnte ich ausführen, wenn ich dabei im Geiste die Züge wiederholte. Das war auch eine Liste.

Und es war ein Fortschritt, mit dem ich nicht gerechnet hatte. Sobald ich meine Fähigkeiten im Umgang mit Fremden wiedererlangte, konnte ich mir eine Flucht aus dem noblen Gefängnis vorstellen, um den letzten Schritt zu gehen. Ich würde nicht die kommenden dreißig Jahre in absoluter Einsamkeit verbringen! Meine Visionen vom Schlachtensee waren schon soweit gediehen, dass ich mich für den geeigneten Teppich entschieden hatte.

»Hier sind nun Ihre Besucher: Professor Barnkotter und Ministerialdirektor von Lysander.«

Aus der Stimme von Dr. Werner klang tiefe Ehrfurcht, aber ich traute meinen Ohren nicht. Zunächst musste ich meine Überraschung verbergen und konnte nicht reagieren, deshalb füllte er die Stille zwischen uns. »Nun wie gesagt, ich weiß nicht, ob Sie aus dieser Patientin auch nur ein vernünftiges Wort herausholen«, wandte er sich an seine Begleiter. »Vielleicht sollten wir sie nicht weiter stören? Sie sehen ja, dass sie in angenehmer Atmosphäre untergebracht wurde. Wir tun wirklich alles für ihre Genesung, aber sie befindet sich in einer schweren depressiven Episode, wenn auch ohne Stupor oder Halluzinationen«, schränkte er ein.

»Wir wollen sie doch wenigstens richtig begrüßen!« Stephan kam zu meinem Sessel, als ich mich nicht zu ihnen umwandte. Sein Blick drückte eine eindeutige Warnung aus und ich nickte kaum merklich. Selbstverständlich würde ich mitspielen! Doch sein Erschrecken über mein Aussehen konnte er kaum verbergen. »Frau Brücken-Lindscheid, darf ich mich vorstellen? Ich bin Stephan von Lysander und will Sie mit Professor Barnkotter besuchen. Mein Ministerium untersucht eine Beschwerde, die von Ihrer Familie eingelegt wurde.« Er streckte mir die Hand entgegen und ich ergriff sie, wappnete mich. Seine Sorge um mich nahm mir trotzdem den Atem, ich schnappte nach Luft.

»Na, das ist doch ein erster Erfolg!«, lächelte er erleichtert und sah sich im Zimmer um. »Ich denke, hier ist nicht genügend Platz für eine angenehme Gesprächsrunde zu dritt. Draußen scheint die Frühlingssonne und Dr. Werner berichtete uns, dass Sie schon erste Spaziergänge im Park unternommen haben. Vielleicht wollen wir hinaus gehen?«

Im Hintergrund hörte ich Werner den Vorschlag ablehnen und nickte mit Nachdruck.

»Na wunderbar!«, ignorierte Stephan den Arzt. »Wollen wir gleich starten?«

»Aber wir dürfen unsere Aufsichtspflicht bei der Patientin nicht vernachlässigen!«, wandte Werner schwach ein.

»Ich denke, Herr von Lysander und ich dürften als Aufsicht sicher qualifiziert sein!«, tönte die ungeduldige Frauenstimme von Professor Barnkotter. »Da die Patientin bereits zugestimmt hat, sollten wir jede Gelegenheit nutzen, um sie auf ihrem Weg zur Genesung zu unterstützen!«

Die Verlegenheit des Chefarztes wallte wie eine Wolke durch den Raum. »Ja, selbstverständlich. Ich werde unten die Türen für Sie öffnen«, katzbuckelte er vor den hohen Herrschaften.

Geduldig warteten sie, bis ich die Stiefel angezogen hatte. Galant half Stephan mir in die Jacke. »Danke, wir kommen zurecht«, lehnte er die Begleitung von Werner ab, als wir an der Tür zum Park waren. »Wir treffen uns in einer Stunde und besprechen unseren gemeinsamen Eindruck«, versprach er.

So zielstrebig ich es vermochte, wählte ich den Weg zwischen den Büschen hindurch in den Wald. Endlich entkam ich mal dem Blickfeld der Klinik! An einer kleinen Lichtung fanden wir eine Sitzgruppe für Wanderer, die im Sonnenlicht stand.

»Oh Lisa, es tut mir ja so leid!« Isa sah mich hilflos an. »Darf ich dich in den Arm nehmen?«

»Wo kommt ihr her?«, stöhnte ich, breitete die Arme aus und umfing beide vorsichtig. Doch, das ging! Meine ältesten Freunde konnte ich ertragen, ohne sie zu verletzen. Mithilfe der Konzentration auf die Liste der Kinocharts von 1990.

»Frau Professor Isa Barnkotter steht als hoch geachtete Gutachterin in Diensten des Ministeriums. Und ich schätze ihre Meinung außerordentlich!«, grinste Stephan, als wir uns setzten. »Georg hat mich angerufen«, fuhr er ernster fort. »Weil er sich Sorgen um dich gemacht hat. Aber wir kommen auch aus eigenem Interesse, weil ich keine Berichte über deine Fortschritte erhalten habe.«

Ich war so unglaublich froh, die beiden zu sehen. »Dir steht auch keine Auskunft zu!«, merkte ich trotzdem an.

»Oh doch! Du bist auf Kosten meines Ministeriums hier untergebracht und Dr. Werner ist uns auskunftspflichtig. Nur hatte ich nicht damit gerechnet, dass er seine Kompetenzen derart überschreitet und dich in einer geschlossenen Abteilung unterbringt. Du solltest dich hier erholen, aber nicht eingesperrt werden«, entschuldigte er sich. »Aber nun erzähl uns erstmal von dir!«

»Du spürst die Gefühle der Menschen um dich herum noch immer so intensiv wie im Oyatocinrausch?« Isa sah mich fassungslos an. »Kein Wunder, dass du depressiv bist! Es ist doch schon schwer genug, mit dem eigenen Gefühlschaos fertig zu werden. Und dann noch den Müll anderer zu ertragen, das hält niemand aus!«, pflichtete sie mir bei. »Aber mit uns kannst du hier sitzen«, kam sie ihrer Aufgabe als Wissenschaftlerin nach. »Warum?«

»Werdet ihr es Werner erzählen?«, vergewisserte ich mich zuerst.

»Ach Quatsch!«, beruhigte sie sofort. »Der gefällt mir gar nicht, obwohl er auf seinem Gebiet unbestritten als Koryphäe gilt. Aber eben noch Thesen nachhängt, die er vor vierzig Jahren in seinem Studium gelernt hat. Eine Depression durch Isolation in einer geschlossenen Abteilung zu behandeln, ist doch ein echter Kunstfehler!«

Das konnte ich nicht so stehen lassen. »Anfangs wollte ich es so«, gab ich zu. »Ohne meine Listen und die Tunneltechnik könnte ich wirklich keinen Menschen ertragen.«

Stephan hatte uns zugehört, hakte erst jetzt nach. Seine Stimme klang angespannt. »Weiß der Chefarzt von diesen Techniken? Hast du ihm davon erzählt?«

»Nein, natürlich nicht!« Ich maß ihn skeptisch. »Was ist denn?«

Er suchte Isas Blick, die ihm zunickte.

»Ich denke, du bist stabil genug, um zu erfahren, was ich bisher in deiner Angelegenheit unternommen habe«, seufzte er. »Und es gibt schlechte Nachrichten, Lisa. Das Institut für innovative Forschung ist so spurlos vom Erdboden verschwunden, dass man meinen könnte, es habe die Leute nie gegeben. Und ohne die Forschungsunterlagen wird es sehr schwer, ihre Existenz und deine Unschuld am Tod von Tobias nachzuweisen. Deshalb befürchte ich, dass du es mit einer anderen Abteilung meines Ministeriums zu tun hattest«, sagte er bedauernd.

»Ich habe für den Geheimdienst gearbeitet?« Ich schrie mein Entsetzen fast heraus.

»Ruhig Lisa!«, mahnte Isa sofort und sah sich um. »Wenn Stephans Vermutung stimmt, sind die nicht weit!«

»Nein, hier im Wald ist im Moment keiner, weil ich hier bin«, beruhigte Stephan. »Aber ich bin froh, dass wir mit dir die Klinik verlassen konnten. Dort halten sie dich pausenlos unter Beobachtung.«

»Und das soll mich beruhigen?«, fauchte ich. »Du hast mich doch hierher geschafft!«

»Nun hör ihm doch erstmal zu!«, fuhr Isa mich an.

Aha, die kurze Kuschelzeit mit meinen ältesten Freunden war schon vorbei. Auch meine schärfsten Kritiker waren zurück. Und sie waren die höchste Instanz, um mir den Kopf zurechtzurücken.

Isa las mir die Reaktion an der Miene ab. »Es ist wirklich wichtig, dass du uns zuhörst«, bat sie nun etwas versöhnlicher.

Ich ließ Stephan nicht aus den Augen. »Okay, welche Schweine willst du jetzt verteidigen?«

»Es gibt überall die Guten und die Bösen«, begann er mit einer Binsenweisheit. Ich verdrehte die Augen. »Und einige sind eben die Oberbösen«, fuhr er unbeeindruckt fort. »Nachdem ich die mit normalen Mitteln nicht auftreiben konnte, bin ich dem Geld nachgegangen, das das Institut in deine Forschung gesteckt hat.«

»Ja und?«, schnappte ich ungeduldig.

»Und ich habe keine klare Geldquelle ausmachen können! Das spricht dafür, dass da Profis am Werk waren. Die Spuren sind so gut verwischt, dass es sich um eine große Sache handeln muss«, folgerte er.

»Ach das ist doch Quatsch, Stephan! Warum sollte einer deiner dubiosen Kollegen Geld in die Forschung an Stuporpatienten stecken? Das sind doch die Ärmsten der Schwachen und in deiner Welt geht es um Geld und Macht!«, widerlegte ich seine These.

Isa stöhnte. »Sie schnallt es nicht! Man könnte meinen, sie hat eine tolle Liebesnacht hinter sich«, spielte sie auf unser Schicksalsjahr an. »Und wieder mal geht es nur um ihr Leben!« Hinter ihrer Ironie spürte ich eine tiefe Sorge um mich.

»Aber sie hat doch die richtige Frage gestellt!«, nahm Stephan mich in Schutz. Er war schon immer der Geduldigere meiner Freunde. Und ich fühlte mich wie ein minderbemitteltes Dummchen. Was hatte ich übersehen?

»Okay Lisa, früher warst du nicht auf den Kopf gefallen«, lenkte Isa ein. »Aber vielleicht hast du dir mit dem Oya die Rübe weggeknallt?«, konnte sie sich die Kritik nicht verkneifen. »Solltest du also noch über einfache Problemlösungsstrategien verfügen, versuche nun deine eigene Frage zu beantworten: Wer hat Interesse am Zustand von Stuporpatienten?«, fragte sie langsam.

Sie ließen mir Zeit. »Niemand«, formulierte ich die einzig logische Antwort.

»Richtig!« Stephan nickte mir aufmunternd zu. »Und wie lautet nun die nächste Frage?«

Das war leichter. »Warum unterstützt dann der Geheimdienst großzügig und über Jahre hinweg ein ganzes Forscherteam?«, brachte ich heraus und spürte das Erdbeben der Erkenntnis, das da nahte. »Oh nein!«, keuchte ich und schlug mir die Hände vors Gesicht. Das konnte doch nicht sein! Wie naiv, nein, wie grenzenlos dumm war ich?

»Dein edles Motiv ehrt dich immer noch«, flüsterte Isa mitfühlend. »Aber es ist die einzig logische Erklärung!«

»Und falls wir richtig liegen, bist du selbst die Krönung deiner jahrelangen Forschung!«, setzte Stephan ebenso leise hinzu.

Vor Scham versank ich fast in den Waldboden. Wie viele Versuchsanordnungen hatte ich im Studium gelernt? Und alle gingen nach dem gleichen Muster vor: Der Proband darf nicht wissen, worum es geht, welche Fragestellung eigentlich untersucht wird. Ich hatte es doch schon am eigenen Leib erlebt! Als Studentin im ersten Semester sollte ich in einer Versuchsreihe der Uni das Management eines virtuellen Busbahnhofes übernehmen. Das Ziel sei die optimale Steuerung des Verkehrsflusses bei all den ankommenden und abfahrenden Bussen, erklärte man mir, als ich vor den Bildschirm des Computers gesetzt wurde. Nach einer halben Stunde hatte ich die Aufgabe gelöst und erst danach erfolgte das Interview der Forscher. Damals hatte ich es anhand der Fragen sofort verstanden: Der Busbahnhof war völlig egal, aber die Problemlösungsstrategien einer noch psychologisch unerfahrenen Studentin waren das eigentliche Interesse bei dem Versuch. Eine Studie, für die unsere Uni sicher hohe Forschungsgelder kassiert hatte.

Niemand interessiert sich für hilflose Stuporpatienten, aber eine Forschergruppe, die sich freiwillig und jahrelang wahnwitzig hohen Dosen eines umstrittenen Hormons aussetzte, das war spannend! Wie wirkt das Oyatocin auf die Probanden, die normale Durchschnittsbürger repräsentieren? Das war eine klassische Pilotstudie, mit mir als Versuchskaninchen!

»Die Wirkung von Oyatocin bei der Entwicklung von emotionaler Intelligenz«, formulierte Isa den Titel einer möglichen Promotionsarbeit, die mir nie zuteil würde. »Du hast den Durchbruch geschafft, Lisa. Zu einem sehr hohen Preis!«

»Lisa, schaust du uns wieder an?«, bat Stephan in dringlichem Ton.

Zaghaft ließ ich die Hände sinken.

»Nie, wirklich nie, dürfen deine Geldgeber erfahren, dass es letztendlich einen Erfolg gab!«, zeigte er mir eine Dimension auf, an die ich noch nicht gedacht hatte. »Sonst wird es in deinem Leben keine ruhige Minute mehr geben!«

»Aber warum das denn?«, brachte ich heraus. »Warum bist du so besorgt?«

Er hatte schon die Implikationen bedacht. »Stell dir vor, was du erreichen könntest! Du kannst die wahren Gefühle anderer erkennen!«

»Ja und?« Ich verstand es noch nicht.

»Vor dir kann sich niemand verstecken! Stell dir eine Konferenz der Staatsoberhäupter vor, in deren Köpfe du schauen kannst! Was geht in den Managern vor, die unsere Börsen manipulieren? Oder ist der Waffenstillstand zwischen den Kriegsparteien wirklich ernst gemeint?«, warf er mir einige Facetten an den Kopf. »Noch bist du die Einzige, soweit wir wissen. Aber Peter hat während deines Komas weltweit Erkundigungen eingezogen und sicher hat der ein oder andere der Angeschriebenen verstanden, was Peter bei dir vermutete. Solche Anfragen nach Präzedenzfällen werden heute systematisch von den offiziellen Stellen wie auch von den bösen Buben überwacht. Und sicher hätten die entsprechenden Beobachter höchstes Interesse an deinen Fähigkeiten.«

»Aber Peter hat doch nur den Fall beschrieben?«, fragte ich beklommen. »Und nicht meinen Namen genannt?«

»Nein, das hat er nicht«, bestätigte er und ich atmete auf. »Aber die sind dir auf der Spur! Im vergangenen Sommer habe ich dich in offiziellem Auftrag in der Klinik besucht. Dein Name ist im System unserer Forschungsabteilung aufgetaucht und ich habe den zuständigen Kollegen begleitet. Ganz sicher wird weltweit an diesem Phänomen weiter geforscht«, schloss er seine Deduktion.

»Aber dann müssen wir dagegen vorgehen und die anderen Forscher warnen!«

»Vergiss es!« Stephan schüttelte ernst den Kopf. »Deine Idee ist nicht mehr aufzuhalten!«, resignierte er und gab das nächste Ziel vor. »Nun müssen wir nur noch um dich kämpfen! Weißt du, dass dein Mitforscher Justin Siebenklar wie vom Erdboden verschluckt ist?«

Der Spaßvogel von der Oyaprise! »Justin? Was ist mit ihm?«

»Er flog zwei Tage nach dem Diebstahl in deinem Labor nach Südafrika und dort verlor sich seine Spur. Es ist fraglich, ob wir ihn jemals wiederfinden. Ich vermute, dass er am Morgen des Diebstahls der Möbelspedition die Räume geöffnet hat, weil es keine Einbruchsspuren gab. Hatte er einen eigenen Schlüssel?«

»Ja, sicher«, bestätigte ich atemlos. »Und der Pförtner der Uni hat ihn gekannt. Der hätte sich über Justins Auftauchen mitten in der Nacht nicht gewundert. Und es mir gegenüber auch nicht als ungewöhnlich erwähnt, weil wir alle auch in den Nachtstunden gearbeitet haben. Du glaubst also, dass er mit der Gegenseite kollaboriert?«

»Ich wette, dass Justin in den USA oder auch im Osten längst ein neues Forschungslabor hat«, stimmte Isa zu. »Der ist weit weg, aber wir haben hier eine andere Aufgabe: Wie können wir dich schützen!«

»Also, wer weiß von deinen neuen Fähigkeiten, Lisa?«, fragte nun auch Stephan.

»Du meinst wohl eher: von meinem Fluch!« Ich überlegte. »Georg weiß davon, und nun auch ihr beide.«

»Was ist mit Peter? Hast du ihm davon erzählt?«

Alarmiert durchforstete ich meine Erinnerungen. »Nein, ich glaube nicht. Aber Peter hatte ganz plötzlich unerklärliche Kopfschmerzen, wenn er mich berührt hat.«

»Ist das eine Nebenwirkung der Behandlung?«, horchte Stephan nach.

»Ja, sieht so aus«, überlegte ich. »Ich löse Schmerzen aus, wenn mich Menschen berühren. Niemand darf mir zu nahe kommen.«

»Aber ich habe keine Kopfschmerzen«, zweifelte Isa.

»Du wolltest ja auch nicht mit ihr schlafen!«, wagte Stephan eine Theorie. »Und wir drei kennen uns schon so lange und haben voreinander nichts zu verbergen. Na ja, fast nichts!«, relativierte er nach Isas Schnauben. »Vielleicht hilft dir unsere Vertrautheit, Lisa?«

»Ja, ich weiß, dass ihr mir nicht schaden wollt. Vielleicht ist es deshalb einfacher für mich.«

»Peter will dir sicher auch nicht schaden!«, wandte Isa sofort skeptisch ein.

»Das stimmt«, nickte ich. »Aber ich habe ihn seit Wochen nicht gesehen und auf der Fahrt in die Klinik kannte ich die neue Technik zum Abblocken meiner Gefühle noch nicht. Damit schütze ich andere und auch mich selbst. Ich hoffe, dass ich mit ihm auskomme, ohne ihm wehzutun.«

»Sehr gut!«, lobte Isa. »Ich wusste doch, dass du einen Weg findest, wenn du wieder aufwachst. Du kannst dir nur selbst helfen. Und nun musst du diese Abblockung, wie du sie nennst, unbedingt üben, üben, üben. Und lass dich nicht dabei erwischen!«

Ich sah sie verzweifelt an. Würde ich das schaffen?

»Und du musst noch viel mehr lernen!«, erweiterte Stephan mein Programm.

»Aber was denn noch?«

»Du musst lernen, dich zu verstecken, dich zur Not sogar unsichtbar zu machen«, meinte er kryptisch. »Und neue Freunde finden, die dir im Notfall helfen, deine Spuren zu verwischen. Oder dir auch mal einen Gefallen tun. Lerne alles, was dir hilft, wenn du mal verfolgt wirst!«

Jetzt machte er mir richtig Angst! »Glaubst du, dass es so weit kommen wird?«

»Weiß ich nicht«, gab er zu. »Wenn du alle anderen hinters Licht führst, bleibt es dir vielleicht erspart.«

Ich wollte gar nicht wissen, woran er dachte. »Aber wo soll ich das denn lernen? Das hört sich ja wie ein Ausbildungsprogramm für deine Jungagenten an!«

Stephan langte über den Tisch, um mir die Hand zu drücken und hielt in der Bewegung inne. »Darf ich?« Als ich nickte, strich er kurz über meine Handschuhe. »Du bist hier, weil du so viel lernen musst!«, verriet er. »Du wirst die erfahrensten Lehrmeister finden, die dich in alle Geheimnisse meines Dienstes einweihen werden. Deshalb habe ich diese Klinik ausgesucht!«, deutete er an.

Ich sah ihn mit großen Augen an. »Eine Privatklinik für Bundesbeamte!«, fiel mir ein. »In keinem offiziellen Verzeichnis zu finden!«

»Genau, Lisa!«, grinste er verschwörerisch. »Hier erholen sich die Kollegen von ihren Auslandseinsätzen, ganz unauffällig mit anderen Patienten. Achte auf Namen wie Maier, Müller, Schmidt in jeglichen Schreibweisen! Und die meisten spielen Schach, das magst du doch auch!«

Und wie! »Aber wann komme ich hier wieder raus?«, stellte ich die wichtigste Frage.

»Wir werden uns darum kümmern«, versprach Isa und sah auf ihre Armbanduhr. »Wir müssen zurück, sonst erregen wir unnötig Aufmerksamkeit! Lass Dr. Werner weiter an die Diagnose der Depression glauben, aber zeige langsame Fortschritte, indem du den Kontakt zu anderen suchst. Und Lisa: Der erste Schritt zur Besserung besteht in einem Blick in den Spiegel!«, mahnte sie.

Was wollte sie damit sagen? Aber ja, ich hatte mich seit Monaten nicht mehr angesehen. Weil ich mich selbst nicht ertrug!

Chefarzt Werner erwartete unsere Rückkehr ungeduldig auf der Freitreppe zum Haupthaus.

Er atmete auf, als wir ihn erreichten und wandte sich sofort an die Gutachter. »Na, Sie waren aber lange fort! Haben Sie denn ein vernünftiges Gespräch mit ihr führen können?« Er sprach über mich, als sei ich nicht anwesend.

»Nun, viel war es nicht«, gab Stephan vor.

»Ist nicht ungewöhnlich bei einer Depression!«, stimmte Isa ihm zu. »Ich denke, Sie liegen mit Ihrer Diagnose richtig, Herr Kollege.«

Erleichtert sanken seine Schultern herab. »Aber warum waren Sie so lange fort?«, hakte er misstrauisch nach.

»Nun, wann darf ich schon mal während der Arbeitszeit durch Ihren wunderbaren Wald wandern?«, zwinkerte Stephan.

»Aber natürlich!« Werner fiel auf ihn herein. »Wollen wir in meinem Büro weitersprechen? Ich rufe eine Schwester!«, sagte er, als ihm auffiel, dass ich auch noch da war.

»Ach, Frau Brücken-Lindscheid findet den Weg sicher allein zurück.« Isa nickte mir aufmunternd zu. »Um ihr die Reintegration zu ermöglichen, empfehlen wir die Aufhebung der geschlossenen Unterbringung. Wir haben ihr gesagt, dass sie wieder unter Menschen gehen muss. Und nun sollten wir uns über weitere Implikationen unterhalten …«

Isa verwickelte ihn in eine Fachsimpelei, als wir das Gebäude betraten und würdigte mich keines Blickes mehr.

Eine Schwester öffnete mir die verschlossenen Türen zum Kutscherhaus. Im Bad folgte ich Isas Vorschlag und wagte einen Blick in den Spiegel. Wer sah mich da an?

»Ich brauche eine Schere!«, stöhnte ich.

32

Rick

»Aber du hast die Schere sicher nicht bekommen!«, folgerte Max. »Die haben einer Depressiven bestimmt keine in die Hand gedrückt, das wäre ja Beihilfe zum Suizid! Ich werde in Zukunft bei jeder Krise meines Partners alle Scheren in den Safe legen«, meinte er mit einem Blick auf Vince, wandte dann schnell die Augen ab.

»Doch, sie hat die Schere bekommen«, widersprach Vince flachsend. »Und damals entstand deine eigenwillige Frisur, nehme ich an?«

»Richtig, Vince.« Elisabeth schluckte plötzlich, wirkte abgelenkt.

Irritiert sah ich von einem zum anderen. Nach dem langen Ausflug in ihre Vergangenheit erwähnte Max als Erstes Vincents Kurzschlussreaktion in Schottland. Hatte ihn Elisabeths Geschichte denn nicht mitgenommen? Und auch die Reaktion von Vince verstand ich nicht. An seiner Stelle hätte ich Elisabeth in den Arm genommen und sie in ihr Land entführt. Stattdessen scherzte er mit Max!

Auch Franca starrte die beiden fassungslos an.

»Aber was hast du denn?«, bemerkte Max ihre Reaktion. »Ich habe doch nur einen kleinen Witz gemacht!«

»Sehr unpassend, finde ich!« Franca sprach Elisabeth an, die zu Boden sah. »Es tut mir leid, dass du soviel mitgemacht hast. Und ich danke dir für dein Vertrauen in uns. Wer weiß noch davon? Außer deiner Familie?«

»Amanda weiß gar nichts und mein Vater hat auch keine genaue Vorstellung von den Fähigkeiten meiner Mutter!«, antwortete Georg für sie. »Und selbst ich verstehe es heute zum ersten Mal! Was könntest du alles erreichen, Mama!« Seine Augen leuchteten, als er sie überrascht ansah. »Kein Wunder, dass Stephan dich seit Jahren einstellen will!«

»Und was könnte ich alles verlieren!« Elisabeth hob wieder ihren Blick und dehnte sich müde. »Nun wisst ihr also, was geschehen ist. Das Abschneiden meines seit Monaten unbeachtet wachsenden Haares war der Beginn meiner Genesung. Ich sah fürchterlich aus, mit dem herausgewachsenen, grauen Haaransatz und den noch dunkel gefärbten Spitzen! Da schien mir die ehrliche Lösung doch am einfachsten, und seitdem habe ich nun das Haar und die Attraktivität einer Siebzigjährigen.« Sie schnitt eine kleine Grimasse und stand auf, sah zu Georg. »Falls wir vor unserem Rückflug noch eine Stunde Schlaf bekommen wollen, sollten wir nun aufhören. Wir werden schon um sieben abgeholt.«

»Du willst jetzt einfach gehen?«, erhob ich Einspruch. »Aber ich möchte noch hören, was du in der Klinik gelernt hast und auch, wie es danach weiterging!«

»Und was war mit Justin, wie macht man sich unsichtbar?«, fiel nun auch Franca ein.

»Das kann man in jedem mittelmäßigen Agentenroman nachlesen«, antwortete sie gepresst auf Francas letzte Frage. »Ich kann jetzt nicht mehr!« Sie versuchte, ihren Aufruhr zu verstecken, aber die Welle der abgrundtiefen Traurigkeit überrollte mich geradezu. Und verschwand, als Elisabeth das Zimmer verließ.

»Was ist denn jetzt los?«, fragte ich Georg, der ebenfalls aufstand.

»Oh Mann, Rick!«, verdrehte Franca die Augen. »Da kämpft jemand mit unfairen Mitteln!« Sie funkelte Max an. »Was hast du dir dabei gedacht? Dass wir anderen es nicht mitbekommen? Du sitzt hier mit Empathen! Oder glaubtest du, dass Elisabeth durch die Erinnerung an ihre traurige Vergangenheit abgelenkt ist und das nicht bemerkt?« Aufgebracht sah sie von unserem Bruder zu Vince. »Und du hast ihn noch bestärkt!«

Als ich sie fragend ansah, klärte sie mich auf: »Max himmelt hier ständig Vince an. Und Vince hat es zugelassen! Was du auch bemerken würdest, wenn du nicht nur deinen eigenen Gedanken nachhängen würdest!«, bekam nun auch ich ihre Kritik zu spüren.

»Aber das stimmt doch nicht!«, verteidigte sich Vince erschrocken. »Wir haben nur einen kleinen Scherz gemacht!«

Franca schnaubte. »Hol sie zurück, Vince, jetzt sofort!«

Doch Vince wirkte wie vom Blitz getroffen, starrte Max an. Zu groß war seine Überraschung.

»Ich gehe, ich suche sie!« Eilig stand ich auf, wollte dem erneuten Gefühlschaos im Raum entrinnen. Und ich wollte zu Elisabeth!

Sie stand vor dem Aufzug, drückte hektisch den Knopf und ich sah, dass ihre Schultern bebten. Vorsichtig sprach ich sie an. »Er hat es nicht so gemeint«, versuchte ich sie zu beruhigen.

»Ach Rick, glaub doch das nicht!«, versetzte sie traurig. »Max weiß ganz genau, was er tut! Ich habe sein flehentliches Verlangen nach Vince sogar gespürt, als ich in meine Erinnerungen verstrickt war. Er kämpft mit allen Mitteln, um Vince für sich zurückzugewinnen. Und ich bin so müde, dass ich es nicht mehr aushalten kann!«

»Aber Vince liebt doch dich! Max bekommt ihn nicht zurück!«, war ich mir sicher. Vince würde nie diese Partnerin aufgeben, die mir wie das Geschenk seines Lebens erschien.

Spontan legte ich ihr den Arm um die Schultern, um sie zu mir herumzudrehen. Und schnappte nach Luft. Auf das plötzliche Klingeln war ich vielleicht noch vorbereitet, aber nun stand ich ganz unvermittelt in ihrem Land.

»Sieh es dir an, dann verstehst du, dass meine Sorgen berechtigt sind«, sprach sie genau neben mir. Sie schien nicht überrascht, mich in ihrem gut geschützten Innersten zu treffen. »Ich habe dich schon vor Stunden hier gespürt und wusste, dass du den Weg zu mir gefunden hast. Alle anderen sind zu sehr mit sich beschäftigt: Max kämpft um Vince und Franca ist durch meine Geschichte abgelenkt. Nur du hast dich ausnahmslos auf mich konzentriert, und deshalb hast du den Weg hierher gefunden«, erklärte sie und sah mich kurz von der Seite her an. »Du unterschätzt dein empathisches Talent ebenso wie Georg, der es unter Zahlen und Fakten verbirgt.« Sie hob den Arm, wies in die Ferne. »Schau!«

Ich folgte ihrem Blick und entdeckte den Stonehenge. Aber er hatte sich verändert! Die Deckplatten brachen ein und er glich sich zunehmend seinem Original an, stellte ich mit Entsetzen bei dem Bild der Zerstörung fest. »Das darfst du nicht zulassen, Elisabeth!«, keuchte ich.

»Verstehst du es denn nicht, Rick?« Die hilflose Traurigkeit in ihrer Stimme setzte mir zu. »Es ist sein Stonehenge, das Symbol für seine Liebe zu mir. Sie bröckelt nun und ich kann nicht eingreifen!«

Das Beben der Erde unter den herunter fallenden Steinplatten schien sich bis zu uns fortzusetzen. Ich riss die Augen auf und stand plötzlich wieder vor dem Fahrstuhl, dessen Türen sich mit einem leisen Pling öffneten.

Nur widerwillig ließ ich meinen Arm sinken, um sie freizugeben. Und vermisste sofort das leise Klingen in ihr. »Selbstverständlich kannst du eingreifen«, ließ ich ihre Niederlage nicht gelten. »Erinnere ihn an seine Liebe zu dir;

zeig ihm, was er zerstört! Komm zurück zu uns ins Zimmer und kläre es mit ihm!«

»Klären, Rick?«, stieß sie verzweifelt aus. »Die Liebe ist doch kein Vertrag, bei dem man einzelne Unterpunkte verhandeln kann!« Noch einmal sah sie zu Max´ Zimmer zurück und straffte sich dann. »Aber man kann Anstand bewahren, gerade in der Niederlage«, meinte sie entschlossen. »Ich sollte nicht einfach davonlaufen, sondern mich ordentlich verabschieden.«

»Ein Glück, da seid ihr wieder!« Erleichtert seufzte Franca auf. »Hier werden sich alle benehmen!«, traf ihr mahnender Blick Vince und Max.

Vince stand auf und ging zu ihr hinüber. »Es tut mir leid, my Lady! Ich wollte dich nicht verletzen!« Das klang ehrlich und endlich nahm er ihre Hand.

Sie schüttelte ihn ab. »Ich weiß, Vince«, tat sie die Sache schnell ab. Sie setzte sich auf seinen Platz und wies ihm damit den Stuhl neben Max zu.

Franca zog überrascht die Augenbrauen hoch. »Also Elisabeth, ich komme dann gleich auf meine Frage zurück«, überspielte sie den Moment. »Weil ich keine mittelmäßigen Agentenromane lese! Wie macht man sich unsichtbar?«

»Indem man mit der Menge verschmilzt«, lächelte Elisabeth dankbar für die Rettung der Situation. »Man fällt nicht mehr auf und wird deshalb auch nicht mehr beachtet. Ein sehr wertvoller Schutz!«

»Ich verstehe das aber nicht!«, beharrte sie. »Hast du das in der Klinik gelernt?«

»Ja, die Freunde von Herrn Müller, die tatsächlich alle Maier oder Schmidt hießen, haben mir hilfreiche Tricks beigebracht.« Sie suchte nach einem Beispiel. »Ich wollte unauffällig nach Deutschland zurückkehren, als ich Vince in London so erschreckt hatte. In den Zügen durch den Eurotunnel wird sehr genau kontrolliert, das wusste ich. Deshalb ging es auf den Fähren leichter.«

»Ja, das hattest du geschrieben, aber verstanden habe ich es noch nicht!« Auch Vince beugte sich jetzt interessiert vor. In seiner Miene spiegelten sich Ungläubigkeit, aber auch eine abwartende Distanz.

»Deine schwarze Kleidung fällt doch auch auf!«, beharrte Franca.

»Das ist richtig, aber für eine Verwandlung braucht es nicht viel! Eine getönte Brille und ein langer, strenger Rock aus dünnem Stoff, die passen in jede Handtasche. Ich zog sie hervor, als ich das Motorrad abgestellt hatte und mich auf der Toilette umzog. Ein Seitenscheitel im glatt gekämmten, grauen Haar, dann erkennt man mich kaum wieder. Und auf jeder Fähre gibt es Schulklassen! Ich stellte mich neben die Kinder und ermahnte eines von ihnen, als die Beamten kamen. Deshalb hielten sie mich für eine Lehrerin und warfen kaum einen Blick in meinen Pass, sondern haben sich noch mitleidig zugelächelt. Solche basalen Techniken waren es, die mir die Leute mit den Allerweltsnamen als Erstes beigebracht haben. Der Umgang mit dem Internet war schon schwerer zu lernen. Als ich mich auch dort einigermaßen geschlagen hatte, haben sie mich in den Kreis der Entmutigten aufgenommen.«

»Die Entmutigten? Was meinst du denn?«, zweifelte Vince.

»Na, die Agenten, die frustriert und enttäuscht durch all die Probleme in ihrem Berufsleben aufgegeben haben und von ihrem Dienstherrn aussortiert wurden. Aber selbstverständlich geben die Leute, die sich im Alltagsleben als Fahrer oder Hafenarbeiter ausgegeben haben, ihre Fähigkeiten und Kenntnisse nicht an der Pforte der Klinik ab! Und sie haben weltweite Kontakte aus ihren Einsätzen, die sie weiterhin nutzen.«

»Kamen so die Fotos von Max zu mir?«, schaltete Franca. »Ohne das Porto? Und deine Motorradjacke wurde auch von einem Boten abgeliefert!«

Elisabeth nickte. »Ja, so laufen die verborgenen Wege, Franca. Und sollte einer der Entmutigten in meiner Gegend einen Boten brauchen, dann werde ich die Aufgabe übernehmen.«

»Dann ist auch Monika, die Frau in Edinburgh, eine Ex-Agentin? Sie hat mir doch deine Karte in die Post gesteckt«, überlegte Vince.

Ich bewunderte Elisabeth für die Fähigkeit, ihre Gefühle zu verstecken. Jetzt lachte sie doch tatsächlich! »Monika? Nein, sie ist eine Freundin und Freunde zählen doch mehr als frustrierte Helfer! Ich versuche, die Hilfsbereitschaft der Entmutigten nicht allzu oft zu strapazieren. Ich rufe sie nur, wenn es wichtig ist.«

»Also wenn du einen Mann aus der Haft im Osten entführen willst?«, provozierte Vince abweisend.

Verstand er denn nicht, dass sie zu ihrer Geheimniskrämerei gezwungen war? Er schien nur den Vertrauensbruch zu sehen, in dem Elisabeth ihm die Wendepunkte ihres Lebens vorenthalten hatte!

»Peter hat mir dein geheimes Postfach gezeigt«, erklärte er, als sie ihn erstaunt ansah.

»Ach so! Ja, das habe ich ihm gezeigt, damit ich ihm im Notfall eine Nachricht hinterlassen kann, ohne dass unsere Schlapphüte es mitbekommen.«

»Und genau deshalb musst du weitererzählen«, fiel ich ein. »Die Sache war in der Klinik doch nicht beendet! Wie war das mit der Erklärung, die du unterschreiben musstest?«

»Und wie ging der Prozess aus?«

»Und warum darfst du nicht reisen, wohin du willst?«

Die Fragen von Vince, Franca und mir prasselten auf sie hernieder. Sie hob kurz die Hand. »Okay, ihr sollt auch den Schluss hören«, kapitulierte sie.

Und ich würde mich wieder auf ihr Land konzentrieren, um den Stonehenge zu retten, nahm ich mir vor.

33

Elisabeth

»Ich werde das nicht unterschreiben!«, tobte ich.

»Doch, das wirst du«, bedauerte Stephan. »Du musst es tun, wenn du wieder ein normales Leben führen willst. Es war der beste Deal, den ich für dich aushandeln konnte.«

Wütend riss ich alle Kleider aus meinem Schrank, warf sie in Kisten, die ich in der Mitte des Zimmers aufgestellt hatte. Sommerkleider in leuchtenden Farben, der rote Mantel und die bunten Jacken, alles musste verschwinden! In meinem Leben würde nie wieder Freude einziehen! Das war mir erst richtig klar geworden, als ich wieder zuhause war. Nun konnte ich mich doch gleich beerdigen und zuvor schon mal Trauer tragen. Schwarz, nur noch schwarz war mein Leben, nachdem Peter ausgezogen war und Georg in Hamburg studierte. Mir blieb lediglich Amanda, die es bei mir nur aushielt, weil Peter mit seiner neuen Frau nach Köln gezogen war. Nach dem Verlust unserer Familie wollte sie nicht auch noch ihre Freunde verlieren. Und an einen neuen Partner brauchte ich nicht einmal denken. Die Liebe war aus meinem Leben ausradiert!

Nur Peters Anständigkeit hatte ich es zu verdanken, dass ich noch ein Dach über dem Kopf hatte. Sein Anwalt wollte das Haus bei der Scheidung verkaufen, damit wir klare Kasse machen konnten. Und er als Anwalt noch mehr verdienen würde! Die Scheidung war an mir vorbei gerauscht, ohne dass ich reagieren konnte. Noch immer musste ich den Kontakt zu Menschen meiden und dieser schmierige Typ war dafür bekannt, dass er das Beste für seine Mandanten herausholte. Keine fünf Minuten ertrug ich ihn und unterschrieb alles, was man mir vorlegte. Doch diesen neuen Deal, den würde ich nicht unterschreiben!

»Bitte, Lisa, hör mir doch zu!« Hilflos saß Stephan auf dem Sofa und sah mir zu, als ich meine Schmuckkassette auf die Abfallberge warf. Das war auch nur Tand, den niemand brauchte!

»Ich heiße Elisabeth, Stephan!«, fauchte ich. »Und so will ich nun auch genannt werden!« Als Nächstes flogen die Handtaschen auf den Müllberg, der sich in der Mitte des Zimmers ansammelte.

»Jetzt hörst du mir mal zu, Elisabeth!«, brüllte Stephan mich an. Dieses ‚Elisabeth' aus seinem Mund hörte sich so fremd an, dass ich zusammenzuckte. »In zwei Wochen ist dein Prozess und es sieht nicht gut für dich aus! Wenn du nicht unterschreibst, wanderst du für Jahre in Haft!«

Brüllen konnte ich ebenfalls! »Und wenn ich unterschreibe, können die mich bei einem Versprecher für Jahrzehnte wegsperren!«

»Dann wirst du dich eben nicht verplappern!«, moserte er etwas leiser. »Du redest doch sowieso kaum ein Wort, weil du allen Menschen aus dem Weg gehst. Wir bekämen den Ordner zurück, mit dem du nachweisen kannst, dass Tobias gegen deine Sicherheitsvorkehrungen verstoßen hat, die du zum Glück aufgestellt hattest«, lockte er.

»Den Ordner, den mir deine Kollegen zuvor gestohlen haben! Das ist eine Erpressung von Staats wegen und du arbeitest für diese Verbrecher!«

Unkommentiert ließ er meine Worte stehen und konzentrierte sich auf das Ruhebild eines weißen Sandstrandes, wie ich spürte. Er nutzte eine psychologische Strategie, die er von mir gelernt hatte! »Es ist deine einzige Chance, nachdem Dirk und Anne so eingeschüchtert wurden, dass sie die Aussage verweigern oder lügen werden!«, fuhr er betont ruhig fort.

»Auch Dirk wird nicht zu meinen Gunsten aussagen?« Erschrocken ließ ich die blauen Pumps fallen.

Stephan nickte. »Sie haben ihm mit einem Berufsverbot gedroht. Es tut mir leid, Elisabeth, aber für einen Freispruch musst du unterschreiben!«

Ich sank aufs Sofa und schlug mir die Hände vors Gesicht. Auf Dirk hatte ich gebaut!

»Wenn sie dich freisprechen, bekommst du dein Leben zurück. Dann kannst du wieder arbeiten und anderen helfen! Wenn du ein unauffälliges Leben führst und dich nicht verrätst, indem du plötzlich Millionen an der Börse oder sonstwo verdienst, dann werden sie dir glauben. In nur ein paar Jahren werden sie es leid sein, dich ständig zu überwachen. Nur ein paar Jahre!«, wiederholte er, als könne mich das beruhigen!

Die Schweigepflichterklärung war so umfassend formuliert, dass es schien, als dürfe ich keinem Menschen aus meinem Leben erzählen. Nie wieder durfte ich forschen, neuen Ideen nachgehen. Nicht einmal Georg durfte ich meine Erlebnisse bei seiner Geburt berichten! Während der Verräter Justin mit meinen Ideen irgendwo wissenschaftliche Lorbeeren einheimste und sich eine goldene Nase verdiente. Er durfte weiter forschen, mit all unseren Ergebnissen, da war ich mir sicher. Das war so ungerecht! »Hast du Justin gefunden?«, herrschte ich Stephan an.

»Ich werde ihn finden«, versprach er mir wieder einmal. »Aber wichtig ist im Moment nur, dass du die Ärzte in der Klinik täuschen konntest. In all unseren Akten wird nur eine depressive Episode erwähnt, Elisabeth!« Er stöhnte. »Was für ein Quatsch, für mich bist du Lisa und das wirst du auch bleiben! Morgen um zehn ist der Termin, bei dem du deine Unterschrift leisten wirst.« Er stand auf. »Ich hole dich um halb zehn ab. Und jetzt rufst du am besten die Müllabfuhr an«, murmelte er mit Blick auf das Ergebnis meiner Räumaktion. »Oder vielleicht verbrennst du ein altes Leben gleich auf einem Scheiterhaufen, Elisabeth?«, ätzte er wütend.

Nein, sein ‚Elisabeth' konnte ich nicht ertragen. Mir stiegen die Tränen in die Augen, als er sich abwandte und zur Tür ging. »Stephan?«, brachte ich zögernd heraus.

Er drehte sich noch einmal um. Dann kam er zurück und setzte sich neben mich auf das Sofa, zog mich in seinen Arm. Fast ohne Abblockung konnte ich ihn ertragen.

»Es wird schon wieder, kleine Psycho!«, flüsterte er mir ins Ohr. »Gib mir noch Zeit und ich werde Justin finden. Wir bringen alle zur Strecke, die dir wehgetan haben!«, versprach er.

34

Rick

»Und dann habe ich unterschrieben.« Elisabeths Flüstern verklang im Raum. »Wenn nur einer von euch den deutschen Behörden von dieser Nacht berichtet, bin ich für Jahre weg vom Fenster. Du kannst mich sehr schnell loswerden, Max!«

Das war eine klare Provokation und ich war erleichtert: Endlich nahm sie den Kampf auf!

»Das würde ich doch nie tun!«, beruhigte Max sie erwartungsgemäß.

Elisabeth nickte kurz. »Verstehst du nun, warum ich kein Handy benutze?«, fuhr sie fort. »Mit diesen Dingern hätten die jeden meiner Schritte überwachen können. Deshalb hatte ich für meine Reise den alten Discman reanimiert.«

»Du hattest ihnen also dein Wohlverhalten gezeigt?«, folgerte Vince.

»Ja, ich konnte meine Überwacher überzeugen. Das war kein Problem, weil ich meine Fähigkeiten selbst ablehne«, bestätigte sie. »Was sollte ich tun, was konnte ich noch tun? Ich musste mein Leben ohne die Liebe fristen, was blieb da für mich? Nur die Liebe anderer zu schützen! Das lernte ich in der Tanztherapie, der einzigen Therapieform, die mir ganz ohne Worte half, mit meiner unerträglichen Situation umzugehen. Nur beim Tanzen fand ich Entspannung, konnte ich loslassen.«

»Und dort hast du das Tanzen gelernt?«, fragte Franca. »Dann sollte ich das auch mal versuchen. Ich bekomme nicht mal einen Walzer hin!«

»Nein, Franca«, lächelte Elisabeth. »In einer Tanztherapie lernst du keine Schritte wie in der Tanzschule. Es geht darum, die belastenden Gefühle in der Bewegung abzuleiten, um einen Abschluss zu finden.«

»Nur belastende Gefühle?«, warf Max ein. »Im Video sah mir das aber nach mehr aus!«

»Nun, man darf selbstverständlich auch positive Gefühle im Tanz ausdrücken.«

»Und dann legst du mit Vince solch einen Tanz hin? Das war Spitzenklasse und Vince hatte keine Erfahrung, weil er es nicht mag!«

Das stimmte nicht ganz. Mit Elisabeth wollte er auch im Garten tanzen. Bevor ich daran erinnern konnte, warf Elisabeth mir einen Blick zu, als bäte sie mich zu schweigen.

»Wir müssen hier nicht jede Kleinigkeit diskutieren«, meinte nun auch Franca. »Das Tanzen hat ihr geholfen«, fasste sie zusammen. »Und wie ging es weiter?«

Erleichtert fuhr Elisabeth fort. »In den ersten Monaten nach der Entlassung behandelte ich nur einzelne Patienten in meinem Haus, tastete mich an die Arbeit erst langsam heran. Aber diese wenigen Termine reichten natürlich nicht aus, um meine Lebensgrundlage zu sichern. Ich hatte auf den Unterhalt durch Peter verzichtet und musste wieder eine geregelte Arbeit annehmen. Stephan hatte mir einen Job angeboten, aber neben all meinen Vorbehalten seiner Arbeit gegenüber, konnte ich ihn nicht annehmen, weil ich nicht mit Menschen in Konfliktsituationen zusammenkommen konnte. Nein, ich musste einen anderen Weg finden. Deshalb habe ich mich für die Station entschieden, wo du mich besucht hast, Max. Sie liegt abgelegen in einem Seitenflügel und die Patienten haben Einzelzimmer«, erklärte sie uns anderen. »Das Team ist klein und man trifft sich nur einmal am Tag für eine halbe Stunde. Wenn ich mich auf meine Listen konzentriere, kann ich mich problemlos so lange abblocken. Stephan hatte mit seiner Vorhersage recht: Ich fand Schritt für Schritt ins Leben zurück.«

Max schnaufte empört. »So, es war also dein Grundsatz, die Liebe anderer zu schützen?«, kam er nun auf den Anfang ihrer Erklärungen zurück. »Dass ich nicht lache! Meine Liebe hast du nicht geschützt, Elisabeth!«

»Doch, das hat sie!«, unterbrach ich ihn. »Sie wollte euch in Schottland wieder zusammenbringen. Und Eines vergisst du nur zu gern, Max: Du hast Vince verlassen! Weil du lieber Jo glauben wolltest, als den Streit mit deinem Partner zu klären!«, stellte ich klar.

Das ließ ihn erst einmal verstummen. Hilfesuchend sah er zu Vince.

Doch der hatte Elisabeth im Blick. »Aber warum durftest du nicht verreisen? Das habe ich im vergangenen Jahr schon nicht verstanden«, fragte er.

»Nun, wie ich es dir schon sagte: Die glaubten, dass ich ihnen doch noch ausbüxen könnte. Und wenn ich wie Justin nach Südafrika geflogen wäre, hätten sie mich lange suchen können!«

»Heißt das, dass ihr Justin nicht mehr gefunden habt?«, fehlte mir noch der Abschluss ihrer Geschichte.

Sie nickte. »Justin ist seit fast vier Jahren verschwunden und Stephan hat keine Spur von ihm entdeckt. Was mich darauf schließen lässt, dass er bei seinem Untertauchen Hilfe hatte. Deshalb wollten unsere Dienste mich unter Beobachtung halten, ohne im Ernstfall ein Auslieferungsgesuch schreiben zu müssen. Und ich fühlte mich immer noch eingesperrt, obwohl ich mich in Deutschland frei bewegen durfte. Auch wenn Peter, der nach seiner missglückten Ehe wieder bei uns wohnte, mich tröstete: Diese Einschränkung ließ meine Sehnsucht nach einer langen Reise wachsen.« Sie stöhnte bei der Erinnerung. »Immer wieder habe ich den Antrag gestellt, das Land verlassen zu dürfen und über Jahre hinweg wurde er abgelehnt. Als im vergangenen Winter endlich ihre Erlaubnis kam, war sie an die Bedingung geknüpft, dass ich mich an einen vorher eingereichten Reiseplan zu halten habe. Weil sie mich eben nicht dazu zwingen konnten, ein Handy mitzuschleppen!«

»Du durftest also zum ersten Mal reisen und fährst ausgerechnet nach Großbritannien? Im März?« Max nahm ihr die Geschichte nicht ab. »Hatte dieses Ziel etwa mit mir zu tun?«

Elisabeth schnaubte. »Nein Max, ganz sicher nicht! Ich hatte sogar kurz in deinen Blog geschaut und dort stand, dass du in den USA bist.« Sie schüttelte den Kopf. »Nein, es gibt eine viel trivialere Erklärung: Meine Fremdsprachenkenntnisse sind nicht die besten und meine Reiseerlaubnis galt nur für die EU. Ein wenig Englisch konnte ich noch, und weil ich allein unterwegs war, wollte ich mich in einem Land aufhalten, in dem ich mich zumindest notdürftig verständigen konnte. Es gab keine große Auswahl! Ich wollte meine Auszeit genießen und für eine Reise von zwei Monaten schienen mir Österreich oder die Schweiz zu klein.«

»Durch die Alpen kann man wochenlang wandern!«, grummelte Max skeptisch.

»Im März?«, erinnerte ich ihn kurz.

»Sie dachte, dass du in den USA bist!« Franca verteidigte Elisabeth. »Und ihr seid nach zwei Monaten genau an dem Tag zurückgekommen, an dem Elisabeth in London gelandet ist. Du bist so von dir eingenommen, Max!«, schimpfte sie. »Aber du bist nicht der Nabel der Welt. Nein, die Begegnung mit Vince hat eindeutig die Vorsehung arrangiert«, schwärmte sie. »Der Himmel wollte es so!«

»Nun mach mal halblang, Franca!« Ich verdrehte die Augen. »Das war bestenfalls Zufall!«, relativierte ich die Dimension auf ein erträgliches Maß. »Du hattest also kein Handy, was ich nun gut nachvollziehen kann. Aber dann erschien das Video?« Mit der Frage wollte ich endlich auf das traumhafte Geschehen beim Ball zurückkommen. Dieser Erinnerung konnte sich Vince doch sicher nicht entziehen! Ich wünschte mir, er würde endlich aufwachen und zu seiner Partnerin stehen!

»Das Video brachte nicht nur mich in große Gefahr«, erklärte Elisabeth. »Es hätte auch Max und Vince schaden können. Die Schlapphüte zuhause hatten mich während der Reise wieder genau im Blick. Ich musste mich einmal am Tag bei ihnen melden und war bisher von meiner geplanten Route kaum abgewichen. Aber als Max mich an dem Sonntagmorgen bat, Vince zu helfen, habe ich sie angerufen und gesagt, dass ich länger in Schottland bleiben möchte. Danach waren sie aufgeschreckt! Nun musste ich mich jeden Abend pünktlich um viertel vor zehn bei ihnen melden. Deshalb habe ich sie von dem Gästehaus aus angerufen, das in der Nähe lag. Ich wollte nicht, dass meine neuen Kontakte bekannt würden!«

»Neuer Kontakt!«, zweifelte Max. »So lapidar kann man wohl kaum nennen, was du getrieben hast!«

Ich überging seinen Einwurf. »Und das Video von dir und Vince hätte deinen Überwachern klar gemacht, dass du nicht nur neue Freundschaften geschlossen hattest. Sie hätten auch erkannt, dass du deine Fähigkeiten immer noch besitzt!«, schaltete ich plötzlich. »Kein Wunder, dass du so aufgebracht warst!« Endlich verstand ich es!

Max sah sie feindselig an. »Du hast uns also in Gefahr gebracht, ganz wissentlich. Und mit welcher Coolness bist du uns trotz deiner Vergangenheit begegnet! Ich denke jetzt nicht an London, sondern an deinen Besuch in unserem Haus in Edinburgh. Du hast uns alle bewusst hinters Licht geführt und das ist noch eine neutrale Beschreibung. Es gäbe auch einen anderen Begriff für dieses Verhalten«, warf er ihr vor, war laut geworden.

»Jetzt bist du aber sehr unfair!«, schritt Franca ein. »Sie wollte weder zu Vince in die Klinik noch weiteren Kontakt zu euch! Aber du hast sie in London gesucht und später auch in den Highlands. Und du hast sie eingeladen, bei Vince zu bleiben! Du hast sie in sein Bett gelegt!«

»Weil ich ihre dubiose Vergangenheit ja wohl kaum ahnen konnte, oder?«, verteidigte er sich.

»Und trotzdem wollte sie euch beide wieder zusammenbringen. Was ja auch geschehen ist, bis du Vince verlassen hast!«

Ich ließ die beiden streiten, hörte nicht mehr zu. Mich verwunderte Vincents Passivität! Er beobachtete den Streit unter meinen Geschwistern nur, statt die ganze Diskussion durch ein klares Bekenntnis zu Elisabeth zu unterbinden. Er schien mir fast abwesend, als konzentriere er sich auf anderes. Elisabeths Land!

Dorthin musste ich auch gelangen, um zu erfahren, was sie wirklich fühlte! Ich streifte ganz leicht ihr Bein und stellte einen Kontakt her. Doch ich konnte nur Nebel erkennen, der sich vom den Gipfel im Innern über ihr Land ausgebreitet hatte. Das Gefühl einer nahenden Naturkatastrophe erfüllte mich, als ich einen Donnerschlag hörte und einen Schwarm Vögel angstvoll über dem Nebel aufsteigen sah. Sie ließ mich nicht mehr ein, verwehrte mir den Zutritt trotz der leichten Berührung. Eindeutig hatte sie sich abgeblockt!

»Max hat vollkommen recht!« Das Beben in Elisabeths Stimme unterbrach meinen Besuch, vertrieb mich aus ihrem Land. Sie rückte von mir ab. »Ich habe meine Grundsätze verraten, aus reinem Eigennutz!«

Franca sah sie kämpferisch an. »Ich sehe das nicht so. Man hat doch nicht in der Hand, in wen man sich verliebt!«

»Max liebt Vincent!« Die Verzweiflung in ihrer Stimme bannte uns ebenso wie die eiserne Entschlossenheit, die sie ausstrahlte. »Schon fast sein Leben lang liebt er ihn, seit er ihn damals in der Bibliothek gesehen hat.«

»Nein, my Lady!« Vince reagierte zu spät, zu verhalten. »Warum schließt du mich aus deinem Land aus?«, brachte er erschrocken heraus. Verstand er denn nicht, was hier vor sich ging?

Sie ignorierte seinen Einwurf, schloss kurz die Augen. Eine Welle von Sehnsucht umspülte uns alle, Sehnsucht nach Vince! Und ich erkannte sofort Max Gefühle darin: Unbändig war er in den Mann verliebt, der am Tresen einer Bibliothek stand und ihm den Rücken zuwandte. Der ihn zum ersten Mal bei seiner Abschlussfete ansprach, als es schon fast zu spät war! Ich spürte seine Wonne nach dem ersten Kuss, und das Entsetzen, als Vince ihn so brüsk zurückwies. Die Jahre der Einsamkeit schmerzten, bis dann seine grenzenlose Freude über die Karte von Vince bei dem Gastauftritt in Oxford sie aufwog. Ihre erste Liebesnacht im Park nahm mir den Atem.

Ein unwillkürliches Aufseufzen von Franca unterbrach den Bann und ließ mich für einen Moment klar denken. Warum ließ Elisabeth diese Bilder zu, blockte sie nicht ab? Damit brachte sie selbst den Stonehenge und ihre Beziehung zu Vince in Gefahr! Als ich erkannte, was sie damit bezweckte, war es schon zu spät.

Die Gefühle erzeugten Bilder in mir, deren Sog ich mich nicht entziehen konnte. In loser Folge stiegen sie in mir auf: Max´ erste Jahre mit Vince in der kleinen Wohnung und ihr grenzenloses Glück, wenn sie sich nur anschauten. Nie endend schien mir ihre Liebe, selbst der Streit mit Vincents Eltern tat ihr keinen Abbruch. Die Jahre des Erfolges verband sie noch enger, weil Max selbstlos mit seinem Partner teilte und ihm ein aufregendes Leben jenseits der trockenen Forschung ermöglichte. Der Glanz der Preisverleihung in Hollywood, die intime Einweihung ihres Hauses in Schottland mit einem Candlelightdinner nur für Zwei blitzten kurz auf. Die Eindrücke aus ihrer ersten Motorradtour durch Schottland erinnerten an den jungenhaften Max, der so unwiderstehlich war.

Bei der Flut an traumhaften Momenten verliebte selbst ich mich in meinen Bruder. Unbedingt wollte ich mein Leben mit ihm teilen. Wie konnte ich nur jemals daran zweifeln, dass er der Partner meines Lebens war! Ich will nur noch Max, ersehnte ich mir.

So berauscht hing ich den Bildern und Gefühlen nach, dass ich Elisabeths leise geflüstertes ‚Goodbye' fast überhörte.

35

Rick

Wütend knallte ich die Tür zu Max' Zimmer hinter mir zu, weil ich den Anblick von Max und Vince nicht mehr ertrug. Die beiden berührten sich an den Händen, himmelten sich geradezu an!

Wie konnte Elisabeth es wagen, uns derart zu manipulieren! Ihre Fähigkeiten hatte ich bei Weitem unterschätzt. Vince hatte doch mehrmals erwähnt, dass sie seine Stimmung bei ihrer Krankenwache in Schottland erleichtert hatte, ihm wieder Lebensfreude geschenkt hatte. Sie spürte die Gefühle anderer nicht nur, sondern konnte sie auch so beeinflussen, dass ich noch vor zehn Minuten fest überzeugt war, in Max verliebt zu sein. In meinen Bruder! Nun waren Elisabeth und Georg verschwunden, heimlich und verstohlen hatten sie sich aus dem Staub gemacht. Und nur ich schien die beiden zu vermissen, weil Franca so entzückt über die neue Verbundenheit zwischen Max und Vince war, sich doch insgeheim ihren Schwager zurück in der Familie gewünscht hatte.

Aber nein, mir würde Elisabeth nicht so einfach entkommen! Diesen Auftritt konnte man wohl kaum als eine ordentliche Verabschiedung bezeichnen. Ich hämmerte mit der Hand auf den Fahrstuhlknopf, wo blieb denn das dumme Ding? Die Schwester der Frühschicht beobachtete mich skeptisch.

Wo ist Elisabeth? Als ich in der großzügigen Eingangshalle der Klinik angelangt war, schien sie mir übervoll. Die Uhr über der Tür signalisierte 6:51 Uhr. Die Sonne ging bereits auf und strahlte so hell über eine unberührte Schneelandschaft, dass ich die Augen zusammenkniff. Ich trat nach draußen und sah mich um, konnte Elisabeth und Georg nicht entdecken. Wo sonst konnten sie sein? Das Klinikgelände war viel zu weitläufig, um es nach den beiden abzusuchen. Vielleicht holten sie ihre Koffer aus dem Gästehaus, aber welchen der Wege würden sie nehmen? Mir fielen gleich drei verschiedene Möglichkeiten ein und ich war auf mich allein gestellt, weil die anderen oben im kollektiven Liebestaumel festhingen. Ein Räumfahrzeug hupte beim Kehren der Zufahrtswege und brachte mich in der eiskalten Luft auf die rettende Idee. Während die Kälte des vielleicht letzten Wintertages in diesem Frühjahr mir Nase und Hände einzufrieren schien, blieb mir nur eine realistische Chance: Ich musste warten! Warten, obwohl ich vor Ungeduld kochte und kaum einen klaren Gedanken fassen konnte. Ich unterdrückte den Impuls, gegen die schneebedeckten Blumenkübel neben dem Portal zu treten und zwang mich zur Ruhe, atmete tief durch. Die beiden wurden abgeholt, fiel mir ein, aber sicher nicht am Hintereingang oder an der Patientenaufnahme. Nein, die offizielle Zufahrt für Besucher der Klinik lag vor mir am Haupteingang und hier würde ich Elisabeth noch einmal treffen.

Die Kälte trieb mich in die verglaste Halle zurück. Ich nahm im Wartebereich zwischen Patienten und Besuchern Platz und hielt das Portal im Blick.

Und ich konnte es nicht fassen. Warum verriet sie Vincent, vielleicht die einzige Liebe, die ihr im Leben noch begegnen würde? Die großen Gefühle waren zwar nicht mein Ding, doch die Geschichte von Elisabeth und Vince hatte auch mich angerührt. Eine unscheinbare, weißhaarige Frau, unpassend ganz in Schwarz gekleidet, so war sie mir vor nicht einmal drei Tagen erschienen. Und sie weckte meinen Bruder aus dem Koma, nachdem die Ärzte ihn aufgegeben hatten. Dabei war ich doch bereits am Freitagmorgen auf der richtigen Spur: Warum verabreichte man Max Oyatocin, das sonst nur in der Geburtshilfe eingesetzt wurde? Schon eine meiner ersten Fragen hatte das Geheimnis um Elisabeth erfasst. Sie hatte, ebenso wie Tobias bei seiner Schwester, einen letzten Versuch gewagt, um einen Freund zu retten. Und der nahm ihr jetzt den Partner!

Das durfte nicht sein!

Noch einmal ließ ich mir die vergangenen Tage durch den Kopf gehen. Mir fiel ihr stummer Schrei ein, als ich sie auffangen musste und das 'Verhör' bei unserem ersten Zusammentreffen. Geschickt hatte sie die Wahrheit verschleiert und trotzdem war ich misstrauisch geworden. Und ihr Tanz mit Vincent, kaum anzuschauen in dem verpixelten Video, hatte mir derart die Sprache verschlagen, dass ich Elisabeths Geheimnis ergründen musste. Aber mit dieser Geschichte hatte ich nicht gerechnet!

Franca hatte es treffend beschrieben: Max hatte Elisabeth nach dem Unfall zu Vince gebracht und sie gleich wieder vertrieben. Hatte er diese Verwicklungen geahnt? Nein, damit konnte er nicht rechnen! Und sie hätten sich nie wieder gesehen, wenn Max durch seine unbegründete Eifersucht und Indiskretion Vince nicht in eine Krise gestürzt hätte. Und die zwang Max, erneut nach Elisabeth zu suchen und sie sogar in sein Haus einzuladen. Die Gefahr war Elisabeth bekannt und sie hatte ihn gewarnt: Was ist, wenn ich Vincent wiedertreffe? Überlegen Sie sich, was Sie sich wünschen!

Auch wenn das zweite Treffen durch Vincents Fieberschub erschwert wurde, plante Elisabeth zu diesem Zeitpunkt noch eine Fortsetzung ihrer Reise durch Großbritannien. Doch dann legte Max sie ausgerechnet auf Vincents Bett ab, weil er ihr fremdartiges Summen nicht ertrug. Ich dagegen schloss mich Vincent an: Was ich in Ansätzen in ihr gehört hatte, bezauberte auch mich. Sollte ich jemals eine Frau treffen, die solche Saiten in mir erklingen ließ, würde sogar ich noch heiraten!

Obwohl Elisabeth es anders sah: Für mich war die unbewusste Begegnung der beiden der Punkt, an dem sich ihre Freundschaft in eine Liebe über alle Grenzen hinweg wandelte. Ihre Schwingungen hatten so perfekt zueinander gepasst, dass ihre Gehirne bei dem innigen Kontakt nicht kollidiert waren, sondern zu einem unerwarteten Gleichklang fanden. Sie waren verbunden, bevor es ihnen bewusst wurde.

Beide hatten ihre Gefühle bekämpft, sie in den Wochen in Schottland nicht zugelassen. Der erste Morgen mit dem Zusammenstoß ihrer Lebenswelten, Elisabeths geschickte Taktik, Vince ins Leben zurück zu locken und ihre gemeinsamen Touren kamen mir in den Sinn. Die ruhigen Wochen nach Vincents Zusammenbruch hatten sie einander so nahe gebracht, dass sie sich nicht nur als Freunde schätzten, sondern sich verliebten. Eine verbotene Liebe nach ihrer Ansicht! Die sie sich erst nach dem ‚Männerabend' eingestanden, an dem Jo Elisabeth so schwer beleidigt und sie mit einem Besenstiel verglichen hatte! Und der Tanz auf dem Ball zeigte ihnen endlich einen Weg, ihre Liebe mit allen Einschränkungen zu leben. Trotz aller Widrigkeiten war sie zu Vince zurückgekehrt und hatte ihr Leben in Deutschland aufgegeben, nachdem Max ihn verlassen hatte! Wehmütig dachte ich daran, wie sie im vergangenen Sommer endgültig zueinander gefunden hatten und Elisabeth ihre emphatischen Fähigkeiten mit Vince geteilt hatte. In der Rückschau schien auch mir ihre Liebe wie reine Magie des Schicksals, obwohl ich es Franca gegenüber nicht zugegeben hatte.

Ich fuhr aus den romantischen Erinnerungen auf und ließ den Blick erneut über die Menschenmenge in der Halle schweifen. Na endlich, da waren sie. Georg hatte stützend den Arm um Elisabeth gelegt und telefonierte gleichzeitig. »Ja okay«, hörte ich ihn sagen und sah, wie er das Gespräch beendete. »Er ist gleich da und wir müssen uns beeilen, Mama. Der Schneefall der letzten Nacht behindert den Verkehr und unsere Startzeit ist kurz nach neun.« Noch einmal sah er aufs Display, kontrollierte die Uhrzeit. »Wird auf jeden Fall sehr knapp. Ich hole jetzt unsere Koffer aus der Gepäckaufbewahrung. Willst du dich nicht lieber setzen?« Besorgt betrachtete er ihr blasses Gesicht.

»Nein, geht schon.« Elisabeth wandte sich um, starrte sehnsüchtig zu den Aufzügen. Obwohl ich keine drei Meter entfernt saß, nahm sie mich nicht wahr. »Er kommt ganz bestimmt«, hoffte sie. »Oder wird sich zumindest von uns verabschieden! Er weiß doch, dass wir um sieben abgeholt werden!« Ihre Stimme klang fast flehentlich.

Georgs Schultern zuckten. »Na, vielleicht hast du recht«, wollte er ihr die Hoffnung nicht nehmen. Doch die Skepsis in seiner Miene war nicht zu übersehen. »Ich hole unsere Koffer«, murmelte er. »Bin gleich wieder da.«

Elisabeth nickte kurz, ließ die Aufzüge weiterhin nicht aus den Augen.

Rasend schnell tippte ich eine SMS. »Elisabeth, Haupteingang!«, schrieb ich an Vincent. Er musste doch fühlen, dass er seine Partnerin verlor!

Mir blieb keine Zeit, eine Jacke zu holen, die mich vor der Kälte schützen würde, falls sie die Klinik verließen. Ich stand auf. »Elisabeth, warte!«

Überrascht drehte sie sich um. Georg kehrte mit ihren Koffern zurück und hob die Augenbrauen. »Es wird wohl nichts mit unserem lautlosen Abgang!«, seufzte er. »Und da kommt der Wagen. Du musst dich nicht rechtfertigen, Mama«, reagierte er auf ihre betroffene Miene. »Auf Wiedersehen, Rick«, verabschiedete er sich von mir und trat durch die Drehtür.

»Ich kann nicht mehr«, entschuldigte sich Elisabeth nun ebenfalls. »Ich muss gehen, Rick«, murmelte sie leise. Ihr verzweifelter Blick ging mir durch Mark und Bein. Ohne weitere Erklärung folgte sie Georg nach draußen. Aber ich musste sie aufhalten, bis Vince kam! Ich wappnete mich gegen die Kälte, ging ihr nach und sah die schwarze Stretchlimousine, die hinter den beiden hielt. Ein Herr stieg aus dem Fond. Obwohl ich ihn nie zuvor leibhaftig gesehen hatte, kannte ich seinen Namen: Stephan von Lysander. Georg begrüßte ihn mit einer kurzen Umarmung und stieg ein, während der Fahrer die Koffer einlud.

»Kommst du, Lisa?« Lysanders Frage klang fast wie ein Befehl. Lässig und selbstbewusst stand er dort und schien die Situation zu erfassen, behielt uns genau im Blick.

Ich hatte sie erreicht und sprach sie an, wollte ihre Abfuhr nicht akzeptieren. »Elisabeth, lass es nicht so enden!«, bat ich.

Sie sah zu mir, dann zu Stephan und schien mit sich zu kämpfen. Während ich die Luft anhielt, antwortete sie ihm mit einem zwiespältigen »Gleich, Stephan.«

Erleichtert atmete ich auf, ging zu ihr hinüber und zog sie ein paar Schritte fort von dem Herrn im Mantel mit der perfekt sitzenden Krawatte. Ich wollte nicht, dass er uns folgte. »Warum, Elisabeth? Warum hast du uns diesen Gefühlen ausgesetzt, warum hast du uns so manipuliert?«, überfiel ich sie mit der ersten Frage, die mich beschäftigte.

Sie schüttelte meinen Arm ab. »Manipuliert?«, fragte sie aufgebracht. »Zum ersten Mal in dieser Horrornacht war ich vollkommen abgeblockt, um mich zu schützen! Und das weißt du, weil du versucht hast, in mein Land zu gelangen! Schon seit Stunden hatte ich Max´ Leiden gefühlt, weil ihr meine Geschichte miterleben wolltet. Aber ich habe es dir schon am Aufzug gesagt: Ich ertrage seine Sehnsucht nach Vince nicht mehr!«

»Aber wie kann es sein, dass auch ich Max´ Gefühle gespürt habe?«, nahm ich ihr die Erklärung nicht ab. »Wir haben uns doch nicht berührt, standen nicht mehr in empathischem Kontakt!«

»Denk nach, was hat Vince dir erzählt hat«, ermahnte sie mich nur.

Auch ich war müde und fragte mich, worauf sie hinaus wollte. Doch dann fiel es mir ein. »Das war die Wolke?«, schnaubte ich entsetzt. »Vince hat andere Menschen durch dich gespürt!«, erinnerte ich mich.

»Ja, das ist richtig. Wenn ich mich abblocke, umgeben mich die Gefühle anderer. Und Vince hat es die Wolke genannt.«

Das war ja fürchterlich! »Heißt das etwa, dass ich auch die Wolke spüren kann? Dass ich jetzt ebenfalls ein Empath bin?«, fragte ich entsetzt.

»Die Nacht war anstrengend«, wiederholte sie nur, »und alle Llewellyns haben empathische Fähigkeiten, das habe ich euch schon gesagt. Deshalb habt ihr gestern Abend so schnell gelernt, die Gefühle in Bilder umzusetzen. Diese Erfahrung wirkt noch bei dir nach. Aber ich denke, es wird kein Folgeschaden zurückbleiben«, beruhigte sie mich.

Hoffentlich behielt sie recht! »Aber du spürst die Gefühle immer so intensiv?«

»Wenn ich mich nicht abblocke«, bestätigte sie. »Und wenn ein anderer starke Gefühle aussendet. Max hat heute Nacht die Liebesschlacht seines Lebens geschlagen«, zollte sie ihm Respekt. »Und zu Recht gewonnen! Er hat gut zugehört und eine Strategie gefunden. Umgeben von Empathen konnte er seine Gefühle ohne Worte ausdrücken und Vincents Schutzburg erobern.«

»Aber von dieser Schlacht habe ich nichts mitbekommen!«, zweifelte ich. »Ich hätte es doch auch fühlen müssen, als wir uns berührt haben!«, widerlegte ich ihre These.

»Du hast es nicht bemerkt, weil Georg und ich Max im Zaum halten konnten! Doch als Vince neben ihm saß, sind seine wahren Gefühle ohne Filter zu euch durchgedrungen. Und ich konnte sie nur noch reflektieren, deshalb hat auch Franca sie gespürt. Schon seit Stunden hat Max um Vince gekämpft und Vince hat es eben zum ersten Mal gespürt. Du hast dich über seine Passivität gewundert, aber das Geschehen hat ihn überrollt und er muss es noch verarbeiten.«

Stimmte das? Noch einmal ließ ich mir unsere Sitzordnung durch den Kopf gehen. Elisabeth und Georg hatten fast die ganze Nacht über Max umrahmt, während Vince am Fußende des Bettes gesessen hatte. Er konnte Max erst in einem direkten Kontakt spüren, nachdem Elisabeth den Platz mit ihm getauscht hatte. »Das hast du mit Absicht getan, oder? Den Platz mit Vince getauscht!«

»Auch das ist richtig«, bestätigte sie lapidar.

»Und du hast die Situation ganz gezielt verschärft«, warf ich ihr vor. »In Max' Gegenwart hast du Vince deinen Geliebten genannt und das hat meinen Bruder noch mehr angestachelt!«

»Ich habe lediglich mit offenen Karten gespielt, Rick! Ich bin keine Hexe, die Max den Partner nimmt. Und ganz sicher bin ich keine Heilige, die ihre große Liebe ziehen lässt und danach als Nonne weiterlebt! Aber ich will meinen Partner auf ehrlichem Weg für mich gewinnen. Deshalb musste er vor seiner Entscheidung erfahren, was Max noch immer für ihn empfindet.«

Vor der Verabschiedung, verstand ich nun, aber ich war nicht einverstanden. »Und das nennst du einen ordentlichen Abschied?«, warf ich ihr vor. »Du schleichst dich davon, während die anderen noch in Max´ Liebestraum verharren! Du machst es dir sehr leicht!«

»Leicht?«, keuchte sie. »Wie kannst du es wagen!«, blitzte sie mich verletzt an, hob den Arm und berührte mich kurz. »Sieh es dir an, Rick!« Sie gewährte mir einen kurzen Blick auf ihr Land und selbst aus der Vogelperspektive konnte ich erkennen, dass Vincents Stonehenge schwer beschädigt war. Nur drei der Deckplatten lagen noch auf den Stützen, drohten ebenfalls herabzustürzen. »Ich habe solche Angst, dass ich ihn verliere! Ich habe Angst, euch alle zu verlieren, Angst vor meinem Leben, wie es noch vor einem Jahr war. Und ich will nicht mehr zurück in diese grausame Einsamkeit, in der es für mich keine Liebe mehr gibt!« Sie zitterte nicht nur vor Kälte, das spürte ich. »Aber die vergangene Nacht hat uns alle verändert und ich habe Vince nicht in der letzten Stunde verloren. Schon die vergangenen Monate ließen ihn unsicher werden. So viele Stunden saß er neben Max´ Bett! Er hatte Zeit, über uns nachzudenken und ich spürte, wie er mir gegenüber verschlossener wurde. Wenn wir nachts telefonierten, sprach er oft von den Jahren mit Max. Und in den letzten beiden Wochen haben wir uns fast nur noch gestritten, als es darum ging, was in Max´ Sinne war, ob man die Maschinen tatsächlich abschalten sollte. Vince hat um Max so sehr getrauert und er dachte, er würde sein Leiden beenden. Aber nun hat er noch einmal die Möglichkeit, mit ihm zu sprechen, zu lachen und zu leben. Damit ist sein größter Wunsch in Erfüllung gegangen.« Sie schlang die Arme um sich, und es wirkte auf mich, als wolle sie sich vor der bitteren Konsequenz schützen. »Eine neue Liebe entwickelt einen ungeheuren Reiz«, fuhr sie traurig fort, »aber gegen eine jahrzehntelange Verbindung kommt sie auf Dauer nicht an! Vince macht sich vor, er habe sich für mich entschieden, doch da ist noch viel mehr Liebe zu Max, als er sich eingesteht. Und Vincents Vertrauen in mich ist schwer erschüttert, was ich ihm nicht verdenken kann. Die ‚Sache' zwang mich zur Verschwiegenheit, aber ich habe zu viele Tatsachen vor Vince versteckt. Er ist zutiefst verunsichert und hatte es schon im vergangenen Jahr ausgedrückt: Was kann ich dir glauben?« Sie schüttelte sich vor Verzweiflung, fuhr dann leise fort. »Max und Vince haben nie einen echten Abschluss gefunden, nie über ihre Gefühle bei ihrer Trennung gesprochen! Wenn sich alle Missverständnisse und Intrigen aufklären, werden sie erkennen, dass man ihnen böse mitgespielt hat.«

Ich wollte eingreifen, die Dinge richtig stellen, aber sie hob die Hand und sprach weiter. »Und es war nicht nur Jo, der seine Chance gekommen sah; ich bin doch auch nicht besser! Ich habe die Lücke in Vincents Leben sofort gefüllt und versucht, ihn für mich zu gewinnen. In deinen Notizen habe ich gelesen, was Max dir erzählt hat: Er wollte Vince nach dem Streit anrufen und hat es dann unterlassen, weil ich da war. Ich habe ihm den Rückweg zu Vince versperrt und die Lage weiter verschärft. Ein Streit unter Partnern ist doch die selbstverständlichste Sache der Welt, und danach kann man sich wieder vertragen! So leicht wäre es gewesen, wenn sich nicht andere wie Jo oder ich eingemischt hätten!«

Aber das stimmte doch nicht! »Sie hatten schon vor dem Unfall Probleme, Elisabeth«, wandte ich ein. »Und die haben sie erst bemerkt, als es zur Krise kam!«

»Ja, die Probleme waren da«, stimmte sie mir zu. »Aber ich habe eingegriffen, wurde zu Vincents Freundin. Stell dir die Situation noch einmal ohne mich vor: Vince war traurig, weil Max ihn im Krankenhaus allein gelassen hat. Sie wären nach Schottland zurückgekehrt und hätten ihre Probleme dort geklärt. So wie Max es sich gewünscht hatte, als er ihn in London aus dem Krankenhaus abgeholt hat. Sie wollten in Wales wandern, viel miteinander sprechen und sich wieder annähern. Max hatte das Engagement in Edinburgh angenommen, um wieder mehr Zeit mit Vince zu verbringen. So wäre es gelaufen, wenn ich nicht da gewesen wäre. Und ich denke, darüber hat Vince oft nachgedacht!«

Ich wollte es nicht akzeptieren. »Es ist aber doch nun so, wie es ist«, wandte ich hilflos ein. »Ihr könnt die Zeit nicht zurückdrehen mit diesem ‚was wäre, wenn'!«

»Und deshalb wird Vince sich entscheiden müssen! Er liebt uns beide, hatte er schon in Schottland gesagt, aber eine Beziehung zu dritt können wir nicht führen. Und auch Max muss zwischen Vince, Jo und Patrick wählen«, beharrte sie. »Die zufällige Begegnung vor einem Jahr hat uns alle drei verändert: Max ist rücksichtsvoller, sensibler und einsichtsfähiger geworden, hat seine Eifersucht im Griff. Vince hat ein neues Selbstwertgefühl gewonnen, seit er sich mehr auf andere Menschen einlässt und Max auch öfter Contra gibt. Und ich habe gelernt, mich nicht mehr selbst zu überschätzen, indem ich mich als Herrin der Gefühle sah, aber sie nie an mich heranließ. Seit Vince mein Land entdeckt und wieder aufgebaut hat, habe ich viele meiner Ängste verloren. Ich kann freier leben, weil Vince mich geheilt hat. Aber werden wir eine neue Basis finden?« Sie sah noch einmal zum Max´ Zimmer hinauf und straffte sich entschlossen. »Max und Vince müssen den Anfang machen, ohne mich!«

Lysander trat ungeduldig auf uns zu. »Lisa, wir müssen jetzt los! Unsere Startzeit ist um 9:15 Uhr!«

Von seiner Eile unbeeindruckt, wahrte sie die Höflichkeit, indem sie uns einander vorstellte. »Stephan von Lysander, Rick Llewellyn.«

Wir nickten uns nur kurz zu, maßen uns skeptisch ab. Der Typ war nicht mein Fall, was hatte er hier zu suchen? Wieder mischte er sich in unsere Angelegenheiten ein!

Bei unserem Blickduell verdrehte Elisabeth die Augen. »Er ist mein Freund, Rick! In allen Krisen meines Lebens hat er mir zur Seite gestanden und ohne ihn wäre ich auch heute nicht hier! Unter seinem diplomatischen Schutz bin ich unbemerkt in dieses Land gekommen und er wird mich ebenso unauffällig wieder fortbringen. Ohne ihn hätte ich Deutschland gar nicht verlassen können!«

Mit einem besitzergreifenden Lächeln legte Stephan nun den Arm um Elisabeth. »Wir haben es eilig, Herr Llewellyn!« Lockend murmelte er Elisabeth zu: »Wir haben eine neue Spur von Justin!«

Nein, ich mochte Lysander nicht. »Und du gehst lieber mit ihm, als hier um deine Liebe zu kämpfen?«, provozierte ich.

Elisabeth seufzte. »Das ist hoffentlich der letzte Deal, den ich in meinem Leben machen musste«, erklärte sie. »In den kommenden beiden Jahren ist Stephan mein Chef.«

Fassungslos starrte ich sie an. »Er hat dich doch bekommen? Das wollte er doch schon seit Jahren und immer hast du es abgelehnt!«

»Das war der Preis, Rick!«, zuckte sie mit den Schultern. »Und ich bin froh, dass ich ihn gezahlt habe, denn Max ist wieder bei euch!«

Ich registrierte die Betonung sofort: Max ist bei euch, hatte sie gesagt, nicht ‚bei uns'!

»Lisa!«, tönte es erneut. Die Schärfe in Lysanders Stimme nahm zu.

»Sehe ich dich wieder?«, fragte ich eilig, als er sie fortziehen wollte.

Sie blieb noch einmal stehen, sah sich zu mir um. »Vielleicht, Rick? Heute Abend sind wir in Kairo und fliegen morgen mit unbekanntem Ziel weiter. Das ist nun tatsächlich eine geheime Mission, über die ich nicht sprechen werde. Aber Eines weiß ich genau: Ich werde viel unterwegs sein!«

»Und Vince?«, fragte ich verzweifelt. Wo blieb er denn nur? Sie würde wieder verschwinden und wir würden sie nie wiedersehen! »So darf es doch nicht enden!«, wiederholte ich verzweifelt.

Ihr Blick wanderte noch einmal zur Klinik zurück, als warte sie immer noch auf ihn. »Ist es das Ende, Rick? Und wie du weißt, ertrage ich keine Abschiede. Grüße alle von mir!« Sie straffte ihre Schultern. »Aber wenn Vince es wirklich will, wird er mich überall finden. Das habe ich ihm versprochen!«

»Wie soll er das denn tun, wenn du durch die Weltgeschichte reist?«, widersprach ich.

»Ich werde einen Weg finden, mich bei euch melden. Aber einige Wochen wird es wohl dauern und das gibt Vince die Zeit, seine Entscheidung zu treffen.«

Epilog

Achtzehn Monate später

Rick

»Hörst du das, Rick?«, fragte Susan entzückt. »Wie romantisch!«

Oh nein, wie entsetzlich grässlich! Ich zog mir die Decke über den Kopf, um das Dudelsackgejammer auszuschließen, das von der Straße zu uns ins Zimmer drang.

Susan zog mir mit einem Lachen die Decke weg. »So muss es doch sein! Wir sind in Schottland und dazu gehört genau diese Musik. So habe ich es mir immer vorgestellt!« Ihre Augen glänzten vor Freude.

Sie ist so wunderschön, dachte ich, als ich meine Partnerin betrachtete. Und keine Minute meines Lebens wollte ich mehr ohne sie verbringen. Schon seit fünf Jahren hatte ich mit der Korrektorin unserer Zeitschrift zusammengearbeitet, aber erst nach den Geschehnissen um Max erkannte ich den Engel in ihr. Und die Melodie, die sie in mir auslöste, wenn sie mich nur anlächelte.

Die unscheinbare Bücherfrau aus der abgelegenen und verstaubten Ecke unserer Redaktion war meine große Liebe, die ich ohne die Erfahrungen in Vermont ganz sicher weiterhin übersehen hätte. Meine Kollegen hatten mich ungläubig angestarrt, den Kopf über diese unpassende Beziehung geschüttelt. Rick Llewellyn, der Starjournalist, verliebt sich doch nicht in die Hilfskraft, die oft vor Verlegenheit gestottert hatte, wenn sie mit ihm sprechen musste. Nur eine winzige und zufällige Berührung von ihr hatte einen Klang in mir ausgelöst, wie ich ihn seit der Begegnung mit Elisabeth nicht mehr erlebt hatte. Und doch dauerte es noch Monate, bis Susan mich erhörte, weil sie an der Lauterkeit meiner Absichten ebenfalls gezweifelt hatte.

»Die Musik ist wunderschön!«, wiederholte sie und küsste mich kurz. »Wir müssen aufstehen! Die Hochzeit deines Bruders ist schon um drei! Und warum feiern sie überhaupt so bombastisch?«

»Vielleicht will Max allen zeigen, dass er wieder obenauf ist, seitdem seine neue Fernsehserie ein weltweiter Erfolg ist. Und dieses Mal ist es eine richtige Ehe, nicht nur eine eingetragene Partnerschaft. Das wollen sie eben würdig begehen.«

»Und wie! Um Abendgarderobe wird gebeten!«, stöhnte sie. »Neben einem sündhaft teuren Kleid bedeutet es auch, dass ich noch zum Frisör muss.«

Ich wuschelte ihr den zerzausten Schopf. »Wieso Frisör? Du siehst zauberhaft aus!«, lachte ich. »Und Max hatte schon immer Stil! Die Zeremonie ist ihnen wichtig. Also werden wir ihnen die Achtung entgegenbringen und ihren Wunsch erfüllen, oder?«

»Na klar, großer Bär!« Sie kuschelte sich noch einmal an mich. »Und zu dieser Achtung gehört eine anständige Frisur!«

»So viel Zeit haben wir noch«, flüsterte ich ihr ins Ohr und küsste sie, ließ mir von der grauenvollen Musik auf der Straße nicht die Lust nehmen. Ich lauschte lieber ihrem lockenden Lied.

.

»Wer sind all die Menschen, mit denen wir den Abend verbringen?« Zweifelnd studierte Susan den Tischplan, der am Eingang des Wintergartens aufgestellt war. Ich warf einen Blick in den geschmückten Saal und verdrehte die Augen bei der überbordenden Pracht. Aber man hatte die gläsernen Seitenwände beiseite geklappt und ließ die laue Spätsommerluft durch den Saal wehen. Der Pavillon für die Musikkapelle war hinter der weitläufigen Terrasse unter alten Bäumen aufgebaut worden. Am Abend durften wir im Freien feiern und tanzen, wenn der schottische Wettergott uns weiter gewogen blieb.

»Rick?«, unterbrach Susan meine Betrachtung. »Ich kenne nur Franca und James an unserem Tisch«, meinte sie unsicher.

»Kein Problem«, erkannte ich nach einem Blick. »Peter Lindscheid ist der Vater von Georg, Rebecca ist eine Therapeutin, die Vince betreut hat. Ich denke, die werden miteinander fachsimpeln.«

»Max lädt Georgs Vater zu seiner Hochzeit ein?«, fragte sie ungläubig.

»Ja, die beiden haben sich in Deutschland angefreundet«, beließ ich es bei einer kurzen Erklärung.

»Seltsam«, murmelte Susan. »Wer sind Claire und Tom? Und Isa und Dr. White?«

»Tom und Isa sind Freunde. Dr. White ist ein Nachbar und Claire ist seine Haushälterin.«

»Die Haushälterin! Kennst du sie?«

Ich dachte an die Beschreibung, die ich von Max und Vince gehört hatte. »Noch nicht! Aber ich will sie unbedingt kennenlernen!«, grinste ich.

»Ich passe nicht an einen Tisch mit so vielen Professoren und Doktoren!«, stöhnte sie und tippte auf die verbliebenen Namen, sprach sie nur mit Mühe aus. »Stephan von Lysander und Axel Waltenberg, wer sind die?«

Stephan, ja der war ein Problem für mich!

Susan sah mich forschend an. »Rick?«

»Ich habe Lysander nur einmal kurz gesehen«, wich ich aus. »Und seinen Partner kenne ich nicht. Wird schon gehen«, sagte ich mehr zu mir selbst. »Franca hat sie besser kennengelernt«, fiel mir ein. »Sie wird sich gut mit den beiden unterhalten.«

»Aber ich würde lieber am Nebentisch sitzen«, bat sie. »Mariah und Jonathan, die Kinder von Franca, sind nett. Georg und Amanda kenne ich auch schon. Nora, Mariam und Martin, die sagen mir allerdings nichts«, überlegte sie.

»Ich denke, an diesem Tisch wird überwiegend deutsch gesprochen«, warnte ich sie. »Und es sind die jungen Leute.«

»Die jungen Leute, eben! Ich bin erst fünfunddreißig!«, erinnerte sie mich. »Ich zähle mich durchaus noch zu den jungen Leuten.«

»Natürlich, mein Liebling!«, lachte ich und küsste sie sanft aufs Haar, das nun so kunstvoll aufgesteckt war. »Georg und Amanda wollen sicher mit ihren Paten sprechen und dann tauschen wir die Plätze.«

Sie trat einen Schritt zurück und betrachtete die Hochzeitsgesellschaft, die zum Empfang die Champagnergläser hob. »Ist ziemlich männerlastig hier!«, erkannte sie.

»Was erwartest du bei einer Homohochzeit? Nun komm, wir wollen Max und Patrick gratulieren!«

»Ja, du hast recht, Stephan«, stimmte Franca zu und richtete sich auf. Nach einem forschenden Blick über die Gesellschaft wandte sie sich wieder an ihn. »Wo bleibt sie denn?«

»Kommt sie überhaupt?«, zweifelte nun auch Isa Barnkotter. Mit der aparten Professorin hatte ich angeregt diskutiert. »Seit fast eineinhalb Jahren höre ich so gut wie nichts mehr von Lisa. Seit du sie unter deine Fuchtel gezwungen hast, Stephan!« Das klang nicht so freundlich. »Und du hast mir versprochen, sie für die Hochzeit freizustellen!«

»Seit eineinhalb Jahren!«, horchte Claire auf. »Solange ist auch Dr. Vince verschwunden, nachdem er seine Anstellung an der Uni so plötzlich gekündigt hat. Seitdem bezahlt er mich Monat für Monat fürs Nichtstun! Jede Woche wische ich durchs Haus und beziehe die Betten umsonst«, beklagte sie sich. »Dabei würde ich so gerne mal wieder sein Lachen hören!«

»Von wem sprechen die?«, fragte Susan mich leise. Sie hatte sich in der Gesellschaft der vielen Fremden gut geschlagen. Eifersüchtig hatte ich mich gefragt, ob sie gar mit Peter flirtete. Susan mochte gestandene Herren, zu meinem Glück. Aber um die Antwort nicht zu verpassen, strich ich ihr nur kurz unter dem Tisch übers Bein, hörte ihr unterdrücktes Seufzen.

Lysander ging auf Isas Vorwurf ein, weil das Gespräch am Tisch verstummt war und alle eine Antwort von ihm erwarteten.

»Selbstverständlich habe ich ihr frei gegeben!«, verwahrte er sich gegen Isas Unterstellung. »Aber sie wollte die Sache in Mali unbedingt noch abschließen.«

Mali! Der Friedensschluss zwischen den Konfliktparteien war in den letzten Wochen durch die Medien gegangen. Ebenso wie die neu aufgenommenen Verhandlungen zwischen Indien und Pakistan im Frühling des letzten Jahres. Schon damals hatte ich mich gefragt, ob Elisabeth ihre Hände im Spiel hatte.

»Und ihr Flug ist nach Amsterdam umgeleitet worden«, fuhr Stephan gut informiert fort. »Dein Vorwurf war ungerecht, Isa. Lisa denkt sogar über eine Verlängerung ihres Vertrages nach«, offenbarte er. »Ich hoffe, dass sie eine Anschlussverbindung erreicht haben!«

»Sie?«, fragte Susan nun wieder. »Spricht er da von mehreren?«

»Ja, haben sie«, bestätigte ich. Ganz eindeutig!

Auch Francas Kopf ruckte hoch. »Sie sind da!«, lächelte sie mir zu.

Ich beobachtete, wie Georg am Nebentisch sein Gespräch mit Mariam unterbrach und aufstand. Max fuhr zusammen und erstarrte mitten im Tanz mit Mariah. Er entschuldigte sich, winkte Patrick herbei. Wie magisch angezogen, drehten wir uns erwartungsvoll zum Eingang des Wintergartens. Hatten auch sie eine sehr vertraute Verbindung gespürt, verband uns noch immer die Nacht in Vermont?

Als hätte ich die Frage laut gestellt, nickte Franca mir zu und erhob sich. »Kommst du mit, Rick?«

»Gleich«, versprach ich, musste die Überraschung erst verarbeiten.

»Franca, Max, Georg und du!«, beobachtete Susan aufmerksam. »Warum starrt ihr alle zum Eingang? Da ist doch niemand! Was ist hier los, Rick?«

»Endlich sind sie gekommen«, seufzte ich erleichtert und sah sie einen Moment später an der Tür auftauchen.

Elisabeth bannte meinen Blick. Sie trug das schwarze Ballkleid, das ich unbedingt einmal sehen wollte. Ihr weißes Haar war gewachsen und nur mit zwei Kämmen zurückgesteckt, umschmeichelte ihren Hals und bildete einen reizvollen Kontrast zu ihrer Garderobe. Außer der Uhr trug sie auch an diesem Abend keinerlei Schmuck, die roten Handschuhe und Stiefel schienen geradezu vor Freude zu leuchten. Leicht hatte sie ihre Hand in Vincents Armbeuge gelegt, der im schwarzen Cut, dem weißen Hemd mit der gestärkten Brust und der Fliege im Ton ihrer Handschuhe einem früheren Zeitalter entstiegen schien. Seine nun grauen

Schläfen spiegelten in meinen Augen die Verbindung mit seiner Partnerin auch äußerlich.

Mit einem Lächeln überblickten sie die Hochzeitsgesellschaft, suchten Max und Patrick. Das kaum merkliche Nicken von Elisabeth ließ mich zittern, als ihr Blick mich traf. Sie hatte mich nicht nur bemerkt, sondern wahrgenommen!

»Elisabeth und Dr. Vince!«, freute sich Claire neben mir. »Seht nur, wie perfekt sie zueinander passen!«, schwärmte sie.

Ich hörte sie kaum, sondern folgte dem zarten Klang in meinem Kopf, so vertraut und doch so anders als bei Susan. »Herzlichen Glückwunsch, Rick!«, flüsterte es in meinem Geist. »Du hast sie also endlich gefunden! Stellst du uns Susan vor? Ich freue mich für euch!«

Dann waren sie von Max und Patrick, Franca und Georg umringt.

»Sagst du mir nun endlich, wer die beiden sind?«, fragte Susan erneut.

»Das sind Elisabeth und Vincent, die heimlichen Ballkönige«, seufzte ich auf und nahm sie bei der Hand. »Sie wollen dich kennenlernen!«

Erst zwei Stunden später ergab sich die Chance, meinen persönlichen Gang nach Canossa anzutreten, wie Vince es als Historiker sicher genannt hätte. Ich sah ihn aus der Runde, die Elisabeth und ihn umringte, aufstehen und zur Bar gehen.

Ich folgte ihm und legte mir die Worte zurecht, die mir durch den Kopf schwirrten, seit die beiden erschienen waren. Und focht einen schweren inneren Kampf aus, weil mir die Situation in Vermont wieder lebhaft vor Augen erschienen war.

Ich sah dem Wagen nach, in dem Lysander Elisabeth entführte, als Franca und Vince neben mir auftauchten.

»Wo ist sie?«, fragte Vince atemlos.

Ich drehte mich zu ihm um, kochte vor Wut und Enttäuschung. »Da bist du ja endlich! Aber nun ist es zu spät. Sie hat dich verlassen, Vince, weil du nicht zu ihr stehen konntest. Was bist du nur für ein Trottel!« All meine Ablehnung lag in meiner Stimme. »Jetzt hast du sie in Lysanders Arme getrieben und wirst sie nicht mehr finden!«, log ich ganz bewusst, wollte ihn strafen.

Entsetzt riss Vince die Augen auf. »Was?«, stieß er entsetzt hervor.

Ich hatte keinerlei Mitleid mit ihm. »Sie hat doch mehrmals erwähnt, dass sie heute Morgen um sieben abgeholt wird«, erinnerte ich. »Sie durfte doch nicht einmal in unser Land einreisen. Um Max zu retten, hat sie ihre Seele an den Machtmenschen Stephan verkauft«, schimpfte ich. »Und nun wird sie für ihn arbeiten, was sie nie wollte! Irgendwo in geheimer Mission in dieser Welt. Während du meinen Bruder anhimmelst, musste sie fort! Sie hat verzweifelt auf dich gewartet und gehofft, dass du ihr zumindest Lebewohl wünschst«, setzte ich grausam hinzu, als ich beobachtete, wie bleich Vince geworden war.

»Nun komm mal wieder runter, Rick!«, fuhr Franca mich an. »Was ist denn mit dir los? Und wo bleibt deine allzu oft erwähnte journalistische Distanz? Du klingst so wütend, als hätte Elisabeth dich verlassen! Hast du dich etwa in sie verknallt?«, provozierte sie mich.

»Ach Blödsinn!«, schnappte ich, fühlte mich trotzdem getroffen. Ja, Elisabeth war auch mir wichtig geworden.

»Vince hat eben unserem Bruder erklärt, dass er nicht zu ihm zurückkehren wird. Deine Vorwürfe sind absolut haltlos!«, warf sie mir vor.

»Und trotzdem ist es zu spät!«, stöhnte Vince. »Hat sie erwähnt, wohin sie fliegt?«, suchte er einen Ausweg.

Nun dauerte er mich doch. »Kairo, aber schon morgen beginnt ihre Mission sonstwo«, gab ich preis.

Auch Franca reagierte geschockt. »Sie ist mal wieder verschwunden? Aber sie hat uns doch versprochen, Kontakt zu halten!«

»Es kann Monate dauern, bis sie sich melden kann. Ihr Vertrag bei Lysander läuft zwei Jahre«, machte ich ihnen wenig Hoffnung.

»Manchmal bist du so ein Ekel, Rick!«, fuhr Franca mich an und legte den Arm um Vincent, der sich mit der Faust gegen die Stirn geschlagen hatte.

»Ist mir doch egal«, brummte ich und verließ meine Familie keine zwei Stunden später.

Und doch hatte Max mich vor vier Wochen zu seiner Hochzeit eingeladen.

»Ich will mich bei dir entschuldigen«, ließ ich Vince gar nicht erst zu Wort kommen, als ich neben ihm stand. »Tut mir leid, dass ich vorschnell geurteilt habe und auch den ‚Trottel' nehme ich zurück.«

Vince nahm seinen Whisky von der Bedienung entgegen, hob das Glas. »Ist schon okay, Rick«, nahm er meine Entschuldigung an. »Nimmst du auch einen?«

Er gab mir tatsächlich die Gelegenheit zu einem klärenden Gespräch. Zu gerne nahm ich sein Angebot an und bestellte ebenfalls. »Für mich das gleiche«, deutete ich an und sah das Nicken der Servicekraft. »Dann bist du nicht mehr sauer auf mich?«, hakte ich nach, weil ich seinen Großmut nicht erwartet hatte.

»Nein, bin ich nicht. Du hast dich fair verhalten, mich sogar per SMS vorgewarnt, dass Elisabeth uns verlassen wird. Auch wenn ich deine Nachricht erst später auf dem Handy gefunden habe«, deutete er an. »Deshalb habe ich sie verpasst.«

Zum Glück hatte ich ihn benachrichtigt! »Und wie hast du Elisabeth wiedergefunden?«, konnte ich mein Interesse nicht verhehlen. Den Abschluss der Geschichte wollte ich auch erfahren, dachte ich, als ich den Whisky erhielt.

Er lachte bei der Erinnerung. »Hat mich einiges gekostet! Natürlich wollte ich nicht wochenlang auf eine dubiose Art der Kontaktaufnahme warten.«

»Also keine Postkarte von ‚Your Ladys Loveline'?«, zog ich ihn auf.

»Sie hatte sogar schon eine passende Karte gefunden«, grinste er. »Aber ob die jemals angekommen wäre? Nein, als es Max besser ging und er wieder laufen konnte, haben wir uns gemeinsam auf den Rückweg nach Europa begeben. Unsere Partnerschaft war beendet, das war uns klar. Aber wir würden uns als Freunde trennen. Als wir in Schiphol landeten, wollte Max weiter nach Deutschland, um Patrick zu besuchen. Und ich dachte, dass Elisabeth am ehesten zu ihrer Familie Kontakt hielte. Peter staunte nicht schlecht, als wir beide vor seiner Tür standen. Ich wusste ja, dass er Elisabeths verschlungene Wege im Internet kannte und er half mir bei der Suche nach ihr.«

Daran erinnerte ich mich. »Aber wie stellt sie das an?«

»Hast du dir schon mal die Tausende von Hilfeseiten in deinem Browser angeschaut?«, lachte er. »Bei den Einstellungen?«

Nein, das war mir schon immer zu viel!

Mein Blick sprach wohl Bände. »Als Peter diesen Button anklickte, staunte ich nicht schlecht«, beschrieb er. »Man findet Elisabeth immer auf den Hilfeseiten des Programms, das ihre Agentenfreunde infiltriert haben, um weltweit untereinander Kontakt zu halten. Und jeder hat eine eigene App, die zu ihm gehört! Als ich es kaum glauben konnte, führte Peter mir das System vor, versank im Kleingedruckten des Browsers und gab Suche bei den Add-ons ein. Und es öffnete sich tatsächlich eine Seite, die irgendein Kauderwelsch berichtete. Peter fuhr über die Zeilen ganz am Ende des Artikels und entdeckte die aufleuchtenden Buchstaben: ADIPRUU, notierte er und reichte mir das Blatt.

»Adipruu, was soll das denn sein?«

»Wahrscheinlich habe ich ebenso ausgesehen, wie du gerade«, lachte Vince. »Wir gaben den Begriff in die Internetsuchmaschine ein und fanden keinen Treffer, wurden auf Adipur in Indien hingewiesen. Aber das war der entscheidende Tipp: In dem Land fanden die Friedensgespräche zum Indien-Pakistan-Konflikt statt, fiel mir ein. Das hatte ich in der Zeitung im Flugzeug gelesen. Aber die waren nicht in Adipur, sondern in Udaipur! Ich war ganz sicher, dass ich sie dort finden würde!«

»Udaipur Lake Palace!«, rief ich aus. »Ein idealer Veranstaltungsort für politische Delegationen, weil das Hotel auf einem See liegt und nur mit Boot zu erreichen ist! Das verringert die Sicherheitsmaßnahmen ganz erheblich!«

»Du kennst das Hotel?«, war Vince nun erstaunt.

»Na klar, jeder James-Bond-Fan kennt es doch: Dort spielte Octopussy!«

»Mir hatte es nichts gesagt«, gab er zu. »Selbstverständlich waren alle Zimmer ausgebucht, und die 500 Pfund pro Nacht hätte ich nicht lange zahlen können. Aber den Flug buchte ich doch. Es herrschten höchste Sicherheitsvorkehrungen und als ich mich dem Check-in des Hotels nähern wollte, um nach ihr zu fragen, wurde ich schon vor den Sperren von der Polizei abgewiesen.«

»Und trotzdem hast du sie gefunden?«, bewunderte ich seinen Mut, sich so ins Ungewisse zu stürzen. »Bei diesen Menschenmengen?«

»Eher wegen der Menschenmengen! Auch wenn Elisabeth besser zurechtkam, konnte sie sich wohl kaum wochenlang in dieser überfüllten Umgebung aufhalten, dachte ich. Und ich wartete in der Nähe des Anlegestegs bis tief in der Nacht. Gerade als ich aufgeben wollte, hörte ich das sanfte Tuckern eines kleinen Motorboots, sah, dass jemand das Hotel verließ. Udaipur hat nur eine halbe Million Einwohner und man kann das Zentrum relativ zügig verlassen, um in eine ruhige Umgebung zu gelangen. Das war mein Glück!«

»Und du konntest sie auf dich aufmerksam machen? Da war doch alles abgesperrt, wie du sagst!«

»Ich brauchte nicht zu winken oder zu rufen«, lächelte er verträumt. »Elisabeth wurde nur von einer Sekretärin begleitet. Aber bevor sie in eine der parkenden Hotellimousinen stieg, hielt sie inne. Und drehte sich ungläubig um. Nein, ich musste nicht monatelang warten, sondern hatte sie nach nur einer Woche weltweiter Suche wiedergefunden.« Er hob den Whiskybecher und prostete mir nochmals zu. »Seitdem waren wir keinen Tag mehr getrennt. Und Stephans Leibgarde war sehr erleichtert, dass die Suche nach ruhig gelegenen Ausweichquartieren nun entfiel. Einer hat mir von den Verrenkungen berichtet, solche Hotels in Tokio oder Mexiko City für Elisabeth aufzutreiben!«, grinste er.

»Dann bist du jetzt ihr Sekretär?«, zog ich ihn auf.

»Unsere Sekretärin hat nun einen weiteren Härtefall zu betreuen!«, deutete er an. »Stephan hat mich ebenfalls engagiert, weil Elisabeth ihm keine Wahl ließ. Na, dann eben zwei Empathen, meinte er ganz pragmatisch, und nun kommen wir ziemlich viel herum.«

Einen Seitenhieb konnte ich nicht lassen. »Mit Max wolltest du nicht reisen!«

»Max brauchte ja auch keinen Spezialisten mit Kenntnissen in historischer Diplomatie!«, zwinkerte er.

Wir hatten die Ansprachen, Glückwünsche und Scherze hinter uns gebracht und längst die Tafel aufgehoben. Die Gäste verteilten sich bei der lauen Sommernacht im Garten oder tanzten auf der Terrasse.

Deshalb horchte ich erstaunt auf, als die Musik unterbrochen wurde und jemand an das Mikrophon tippte. Ich drehte mich um und sah Mariah mit Georg auf dem Podest stehen. Beide hielten einen Korb in der Hand.

»Würdet ihr uns bitte eure Aufmerksamkeit schenken?«, begann Georg in seiner betont korrekten Art.

Was kam denn jetzt noch? Als alle Augen auf sie gerichtet waren, hob Mariah ihren Korb und sprach weiter. »Georg und ich haben einen Auftrag. Wir wollen den Beginn der wunderbaren Liebe zwischen Patrick und Max sehen, aber dieser Wunsch ist nur zu erfüllen, wenn ihr alle eure Fotoapparate, Handys, Videokameras und sonstige Geräte zum Aufnehmen ausgeschaltet in diese Körbe legt. Wir reichen sie gleich herum und stellen sie hier auf die Bühne, damit ihr sie im Blick behalten könnt.«

»Und keinem eurer geliebten Schätze wird ein Schaden entstehen!«, witzelte Georg. »Es geht nur um wenige Minuten!«

Die Musiker begannen wieder zu spielen. Mariah und Georg beantworteten die skeptischen Fragen der Gäste ebenso charmant, wie sie auf eine Abgabe der Geräte bestanden. Letztlich wollte ihnen niemand den Spaß verderben, obwohl es mir schwer fiel, die Daten meines halben Lebens in diesen Korb zu legen. »Pass gut darauf auf, Mariah!«

»Und da sagt man, nur die Jugend ist handysüchtig, Onkel Rick!«, murmelte sie, als sie vorsichtig meinen Datenspeicher zu den anderen schwarzen Kästchen legte.

»Aber was habt ihr denn vor?«

»Wirst du gleich sehen. Und halte uns die Daumen, dass es klappt!«, war sie ihrer Sache nicht ganz sicher.

Anscheinend gab es mehrere dieser Diskussionen, denn die beiden standen erst eine halbe Stunde später mit ihrer wertvollen Beute auf der Bühne.

Erwartungsvoll verstummte die Menge.

»Patrick und Max haben auf Umwegen zueinander gefunden«, begann Mariah. »Und auch wir beide wünschen uns, den Anlass nach Jahren zu erfahren.«

»Deshalb bitten wir Elisabeth und Vince zu einem Tanz auf die Terrasse. Verwehrt uns das nicht!«, bat Georg noch einmal, als er sah, wie erschrocken Elisabeth nach Vincents Hand gegriffen hatte. »Alle Paparazzi wurden ausgesperrt, Mama. Nur Freunde und Familie sind hier!«, wollte er ihre Bedenken zerstreuen. Erwartungsvoll applaudierten Max und Patrick, und die Menge versammelte sich auffordernd um die Tanzfläche.

»Da haben sie Elisabeth und Vince ja übel erwischt!«, flüsterte Franca neben mir.

Als Elisabeth noch immer den Kopf schüttelte, flüsterte Vince ihr kurz ins Ohr, lächelte ihr beruhigend zu, nahm sie bei der Hand und führte sie zur Mitte. »Selbstverständlich erfüllen wir euren Wunsch!« Er gab der Band ein Zeichen.

Nicht nur Mariah, Georg und das Hochzeitspaar wollten sie einmal tanzen sehen. Ich spürte, wie auch ich vor Erwartung kribbelte.

Als die ersten Töne erklangen, wusste ich, dass Georg und Mariah die Kapelle vorbereitet hatten: Sie spielte den langsamen Walzer aus dem Video, eindeutig.

Elisabeth und Vince nahmen einen Schritt voneinander entfernt Haltung an. Vince verbeugte sich formvollendet und Elisabeth deutete einen Hofknicks an, und mir schien, als läge die Ehrfurcht vor dem Wunder der Liebe darin. Sie drehten die erste Runde und ich achtete auf ihre Augen. Sie kämpften gegen den Wunsch an, ihre Lider zu schließen. Wie in dem gelöschten Video tanzten sie so anmutig, dass sich eine Welle des Glücks über die Anwesenden ausbreitete. Gebannt verfolgte die Gesellschaft ihren Tanz, der weit mehr als ein Walzer schien. Auch ich glaubte einen Zipfel ihrer Verbundenheit zu spüren und hörte, wie Susan neben mir nach Luft schnappte. »Das ist ja wunderschön!«

Als das Tanzpaar sich voneinander löste und die Figuren freier auslegte, sah ich Max nach Patricks Hand greifen und hörte die Gäste raunen. »Wer sind die beiden?«, fragte eine Frau hinter mir. »Noch nie habe ich solch einen Walzer gesehen!«

Wie auf dem Video, veränderte sich nun die Musik, wurde rasanter, doch leider spielte man nicht den mitreißenden Filmhit, den ich damals gehört hatte. Die Gäste begannen, im Takt zu klatschen. Vince wirbelte Elisabeth über die Tanzfläche und ich wünschte mir, den beiden näher zu sein, ebenso zu fühlen und zu tanzen. Und doch erschien mir ihr Tanz heute verhaltener, fast abgeklärt. Vielleicht lag es daran, dass die Musik nicht stimmte? Die Band kannte wohl den Filmhit nicht, zu dem die beiden beim ersten Mal getanzt hatten. Ein leises Gefühl der Enttäuschung klang in mir auf, während um mich herum die Spannung bei den Zuschauern stieg. Doch ich hatte richtig gelegen: Vince zog sie plötzlich wieder in seinen Arm und beugte sie zu einer gewagten Tanzpose nach hinten.

Schalk blitzte in seinem Lächeln auf. »Lass uns lieber die anderen Gäste mit einbeziehen!«, glaubte ich im Kopf zu hören.

Elisabeth schlang ihre Arme um seinen Hals, nickte und richtete sich mit ihm auf. Mit einem verschmitzten Lächeln drehte sie sich von ihm fort und hatte mich im Blick. Sie winkte mich ebenso heran, wie Vince sich vor Franca verbeugte. Obwohl ich nur ungern tanze, konnte ich ihrer Aufforderung nicht widerstehen. Sie ergriff meine Hände, zog mich in die Mitte.

Die Band spielte wieder eine ruhigere Musik. Die Stimmung, die Elisabeth und Vince auf die Anwesenden übertragen hatten, brachte Bewegung in die Zuschauermenge, die ebenfalls daran teilhaben wollte.

Als ich sie berührte, freute ich mich auf ihr sanftes Klingen. Ganz verhalten, aber eindeutig spürbar durchflossen mich die Töne. »Den Höhepunkt habt ihr uns versagt!«, flüsterte ich ihr zu.

»Aus nachvollziehbaren Gründen, nicht wahr?«, blitzte ein Lächeln bei ihr auf. »Auch wenn es mir schwer fiel, hier aufzuhören, wollten wir uns den Abschluss für die Nacht aufheben. Oder bevorzugst du mit Susan etwa öffentliche Plätze?«

Nein, selbstverständlich nicht! »Wie geht es dir?« Bisher hatte sich keine Gelegenheit ergeben, allein mit ihr zu sprechen.

Sie überflog die anderen Gäste kurz mit einem wachsamen Blick, als habe sie einen Plan. »Ich denke, ich kann es wagen, Rick. Alle sind gut gelaunt. Konzentriere dich auf mich«, murmelte sie leise. »Vince wird mich schützen.« Wie sehr beneidete ich sie um die Sicherheit, mit der sie auf ihn baute.

Sie nahm meine Hand und schon schien es mir, als tanzten wir nicht mehr in einem schottischen Garten, sondern im Licht einer untergehenden Sonne auf dem Platz vor dem Eingang zur Stufenpyramide. Die Bilder waren so realistisch, dass die grob behauenen Steinplatten unter unseren Füßen noch die Hitze des Tages auszustrahlen schienen. »Vieles hat sich verändert, Rick«, lächelte Elisabeth. »Sieh dich um!«, lud sie mich ein.

Wir waren nicht die einzigen Tänzer über den Baumkronen des Regenwaldes. Ich sah Mariah und Jonathan, Dr. White und Claire, Nora und Martin und ganz entfernt auch Max und Patrick. Sogar Susan drehte sich mit Peter in dieser fremden Welt.

»Sie alle sind wieder hier!«, bestätigte mir Elisabeth. »Das Tal der Stelen ist leer, weil ich den Menschen nun keinen Schaden mehr zufügen kann. Der Fluch des Oyas ist gebrochen.«

Der früher von Blut besudelte Opfertisch, auf dem Elisabeth in ihren Albträumen alle Verwandte und Freunde ermordet hatte, diente nun ganz unverfänglich als Abstellmöglichkeit für die Champagnergläser der Gäste, die hier ausgelassen feierten.

»Mein Land lebt wieder«, nickte sie glücklich. »Möchtest du einen Blick darüber werfen? Dann fliegen wir!«

Ich nickte und sie umfing meine Hand fester. Leicht wie ein Adler fühlte ich mich, als wir abhoben und in den Himmel segelten. Von hier oben konnte ich die Veränderungen sofort erkennen: Der eisige Berg im Zentrum des Landes war verschwunden, ein Stonehenge ragte dagegen formvollendet bis in den Himmel. »Das sind nun Vince und ich, wir beide«, erklärte sie.

Ja, ich hatte bemerkt, dass ihre Fähigkeiten gemeinsam gewachsen und sie den Umgang mit ihnen gelernt hatten: Die ganze Hochzeitsgesellschaft war in ihren Bann gezogen worden, obwohl sicher niemand außerhalb der Familie das Ausmaß ihrer Verbindung ahnte.

»Aber wohin ist die Statue verschwunden?«, konnte ich eine forschende Frage nicht unterlassen.

Sie änderte die Flugrichtung und kurz darauf landeten wir federleicht an dem reißenden Gebirgsbach. »Dort steht sie!«

In der Sonne glänzend, war die Statue auf ihre Originalgröße geschrumpft und reichte mir kaum bis ans Knie. Als ich erstaunt aufsah, lachte Elisabeth.

»Mehr ist nicht von ihr übriggeblieben. Sie kann mir keine Angst mehr machen, weil Vince mich gerettet hat. Ich brauche sie nicht mehr.«

Noch einmal betrachtete ich das friedvolle Land mit den weißen Blumen, sah die Fabeltiere grasen. Doch das kleine Abbild mit der übergroßen Maske, den runden Ohrringen, dem schweren Gürtel und dem furchteinflößenden Dolch passte nicht in diese Traumwelt. »Dann räumen wir doch auf!«, bot ich an.

Als Elisabeth erstaunt nickte, ergriff ich die Statue, hob sie lachend über meinen Kopf und schleuderte sie in die tosenden Fluten des Traumlandes, in denen sie lautlos versank.

Anmerkung, Danksagung und Autoreninformation

Anmerkung der Autorin:

Die Trilogie um Elisabeth, Max und Vincent ist ein Roman. Namen, Personen und Handlung wurden frei erfunden. Ähnlichkeiten mit lebenden oder verstorbenen Personen sind demnach unbeabsichtigt und wären rein zufällig.

„Oyatocin" ist ebenso eine reine Fiktion wie Elisabeths Forschungen. Die Wirkungen eines ähnlich genannten Hormons werden zurzeit intensiv und mit sehr wechselnden Ergebnissen erforscht ...

Mein Dank gilt allen am Erscheinen des Werkes Beteiligten, besonders aber:

- meinen Probelesern Robert und Daniela, die sich der Aufgabe mit großem Engagement gewidmet haben
- der Cover-Designerin Isabell, die den Entstehungsprozess mit Engelsgeduld begleitet hat
- und meinen Lesern, die mich zum (Weiter-)Schreiben ermutigt haben!

Kontakt zur Autorin:
marlian.wall@t-online.de

Die Geschichte um Elisabeth, Max und Vincent ist beendet, weiter geht es in der Krimireihe ;-)

Die Krimireihe von Marlian Wall
Leseprobe zu Band 1: „Schwesternmorde"

Schwer, so schwer.
Warum kann ich mich nicht rühren, fragte sich die junge Frau verzweifelt. Sie kämpfte gegen den Sog des gähnenden Abgrunds, der sich unter ihr auftat, und die Fallwinde des Eissturms drohten sie in die grauenvolle Finsternis hinab zu stoßen. Sie klammerte sich an das zarte Bäumchen ihres Lebens, das seinen Halt zu verlieren schien.

Ein schmerzhafter Stich an ihrem Fußrücken riss sie aus diesem Albtraum, verlieh ihr die Kraft, die Augen zu öffnen. Mühsam orientierte sie sich, erkannte ihr Schlafzimmer in der Helle des Sommermorgens. Sie lag auf dem Bett, war fast vollständig bekleidet. Der Schmerz an ihrem nackten rechten Fuß hatte nachgelassen und ihr Blick fiel auf die unförmige Gestalt in dem weißen Kunststoffoverall, die sie misshandelte. Wer ist der Astronaut in meinem Schlafzimmer, dachte sie benommen.
Die Kreatur sah auf, als habe sie ihren fragenden Blick bemerkt. Sie nickte ihr zu, hielt ihren Fuß jedoch weiter fest umfangen. Sorgfältig befestigte sie ein Pflaster an der Kanüle und sah sie fast bewundernd an. »Da bist du ja noch einmal! Ich habe dein Zucken gespürt und muss sagen, du bist zäher, als ich dachte! Die Schlafmittel in dem Kaffee hätten zwei Männer umgehauen!« Dumpf und fremd klang die Stimme durch den Mundschutz, der das Gesicht bedeckte.
Nein, das kann nicht sein, flehte die Frau, als sie in dem vermummten Subjekt ihren Partner erkannte. Ruhig und konzentriert schloss er nun die Injektionsleitungen an.

Sie wollte schreien und sich wehren, doch ihre Muskeln, selbst die der Zunge, waren wie gelähmt.

Als habe er die Panik in ihren Augen erkannt, ließ er nun von ihrem Fuß ab, kam zum Kopfteil des Bettes und setzte sich neben sie, viel zu nah. Er umfing ihre Schultern und richtete sie mit geübtem Griff auf.

»Schau, mein Liebling, du darfst zuhause in deinem Bett sterben; so, wie es sich viele Menschen wünschen!« Der kühl-ironische Tonfall seiner Stimme ließ sie noch mehr erzittern als die Worte, deren Bedeutung sie nur schwer erfasste. Ihr Blick fiel auf die Perfusoren neben dem Bett. Beide Geräte waren schon programmiert und sie sah die Frage im Display: Starten? Nur ein Knopfdruck trennte sie noch vom Inhalt der großen Spritzen, die in die Geräte eingespannt waren.

Der Mann war ihrem Blick gefolgt und nickte. »Ganz richtig! Ein angenehmer und sicherer Suizid, so professionell, wie man ihn bei einer Krankenschwester erwarten darf. Die Polizei wird nicht genauer nachfragen, aber falls doch, werden sie keine Spur von mir entdecken. Wie du siehst, habe ich auch hier vorgesorgt.« Er sah an sich herab, als wolle er ihr seine Aufmachung erklären. »Nun trink einen Schluck für den Fall, dass sie die Medikamente in deinem Blut nachweisen.« Grob packte er sie, setzte ihr ein Wasserglas an die Lippen und kippte ihr die Flüssigkeit in den Mund.

Sie konnte kaum schlucken, hustete und der grauenhaft bittere Geschmack weckte die Erinnerung.

Ganz unerwartet hatte er nach der Nachtschicht vor der Wohnungstür gestanden und ihr den Becher mit ihrem Lieblingskaffee überreicht: »Überraschung!«

Ja, für Überraschungen war er immer gut gewesen.

Blitzartig erstanden die Bilder vor ihrem inneren Auge: Die Überraschung, als er sie damals bei der Visite so

unvermittelt angelächelt hatte. Sie hatte kaum glauben können, dass es tatsächlich ihr galt, dieses hinreißende Lächeln.
Die Überraschung, als er sie zum ersten Mal zum Essen einlud, die Überraschung, als er sie an ihrem Geburtstag zu einem Kurzurlaub nach Straßburg entführte.
Und die Überraschung, als er sie in dem liebevoll handgeschriebenen Brief um Verzeihung bat.
Heute Morgen war sie bei seinem frühen Besuch noch ganz trunken vor Freude über die anstehende Versöhnung. Sie hatte den Kaffee angenommen und sein Kuss hatte den bitteren Nachgeschmack überdeckt.
Jetzt schüttelte sie sich innerlich bei diesem Geschmack der Flüssigkeit, der ihre Angst bis zur Übelkeit steigerte.
Ich will nicht sterben, schrie alles in ihr, bitte helft mir doch! Die Todesangst mobilisierte ihre letzten Reserven, ließ sie den letzten Schluck des Medikamentencocktails ausspucken, den er ihr einflößte.
Doch er hielt sie wie ein Schraubstock umfangen. Sorgfältig darauf bedacht, den Inhalt nicht zu verschütten, stellte der Täter das Glas wieder auf den Nachttisch und sie hörte den überheblichen Klang seines Lachens.
»Nun wehr dich doch nicht; es gibt keinen anderen Weg für uns. Aber weil du rechtzeitig zum Finale aufgewacht bist, darfst du zur Belohnung nun selbst die Pumpen starten, die dich sanft ins Jenseits führen!«
Er nahm den willenlosen Zeigefinger ihrer linken Hand und drückte auf die Startknöpfe. Der Kontrollton ertönte leise, das kaum hörbare Pumpgeräusch setzte ein. Der kleine wandernde Pfeil im Display signalisierte die einwandfreie Funktion.
Der Mörder ließ sie zurück in die Kissen sinken und strich ihr beruhigend übers Haar. Das Latex seiner Handschuhe verursachte ein elektrisch geladenes Knistern.

»Hab´ keine Angst, es wird nicht wehtun und ich bleibe bei dir, bis du es geschafft hast. Du warst mir eine große Hilfe, mein Engel, aber ich kann dir nicht mehr vertrauen.« Er sah prüfend über das Bühnenbild des inszenierten Suizids hinweg und schien zu überlegen. »Etwas fehlt noch!«
Eilig verließ er das Schlafzimmer, sie hörte ihn in der Küche rumoren und kurz darauf kam er mit ihrem Handy zurück. Sorgfältig wischte er über das Display und entsperrte es mit der typischen Handbewegung. Er suchte den Adressaten, tippte schnell eine Nachricht ein und las sie ihr vor: »Ich kann nicht mehr! Bitte verzeiht mir!«
Er sah auf: »Kurz und bündig, nicht wahr?«
Er verschickte die SMS und wieder nahm er ihre Hand, verteilte ihre Fingerabdrücke auf dem Glas des Handys, bevor er es auf den Nachttisch neben das Wasserglas legte.
»Bis sie hier sind, ist alles vorbei. Aber du wirst sofort gefunden, liegst nicht tagelang hier herum, bis es für alle unangenehm wird. Du wirst auch als Leiche noch wunderschön sein!« Er lächelte höhnisch: »Man sollte auch an die Kollegen denken, das hast du doch immer betont!«

Seine Worte verhallten in dem Rauschen in ihren Ohren. Ihre Lider fielen zu, ein eisiges Kribbeln durchraste ihren Körper und sie spürte die ersten unwillkürlichen Zuckungen, die das Ende des Kampfes ankündigten.
Ich will nicht sterben, flüsterte es noch einmal in ihrem Kopf.
Die Kälte in ihrem Innern ließ sie erzittern; der Sog des Abgrunds hatte sie erneut erfasst.
Wie ein Strudel zog er sie hinunter in die Schwärze, als ihre Kraft erlahmte.

Die Krimireihe von Marlian Wall

Band 1: Schwesternmorde

Höchste Stellen setzen die Polizei und den Staatsanwalt Falk Senkenfeld unter Druck. Kommissarin Dora Singer, Psychologin und Lügendetektivin, wird in ihre Heimat zurückbeordert, um den Freitod einer Krankenschwester zu überprüfen. Schnell stößt sie mit ihrem jungen Team auf Widersprüche und einen weiteren Todesfall.

Als erneut ein Mord geschieht, ermitteln Dora und Falk im Grenzbereich der Medizin, um einen gewissenlosen Serientäter zu überführen.

Band 2: Bombenleger

Ein Bombenanschlag tötet einen Spaziergänger am Kewelsberg. Während die Polizei zunächst von einem zufälligen Opfer in einem Krieg der Jäger gegen die Umweltschützer ausgeht, verfolgt das Team um Theodora und Falk auch die Spur eines Geheimkrieges, der vor vielen Jahren begann. Ein zweiter Anschlag bringt den jungen Polizisten Tim 'Viggi' Feldmann bei seinen Ermittlungen in höchste Gefahr.

Band 3: Priestertod

Ein engagierter Priester wird bei dem Einbruch in seine Kirche ermordet. Die jungen Kommissare der Saarbrücker Kripo ermitteln im ländlichen Bliesgau und stoßen auf die Spuren rivalisierender Diebesbanden, gestohlener Briefe und verschwundener Klassenfotos. In welches Netz aus Intrige und Vertuschung ist der Priester geraten?

Doch der Fall konfrontiert auch Falk Senkenfeld mit seiner Vergangenheit. Gemeinsam mit Dora Singer begibt er sich auf Spurensuche, um das Rätsel seiner Uhr zu lösen.

Band 4: Lügenopfer

Eine hinterhältige Vergewaltigung und ein feiger Giftmord führen in einen Morast aus Erpressung, Ausbeutung und Schattenwirtschaft. Doch nach einem Angriff auf Theodora Singers Familie ist auch das Ermittlerteam geschwächt. Ohne ihre Unterstützung kämpfen Gloria und Viggi um die Lösung des Falls und gegen Verräter in den eigenen Reihen.

Falk Senkenfeld will das Geheimnis um Theos Vergangenheit lüften und stößt in der Welt von Nr. 1 auf weitere Lügenopfer …

Alle Werke auch als Ebook erhältlich!